建築文学傑作選

aoki jun
青木 淳［選］

講談社文芸文庫

JN166328

目次

建築文学傑作選

ヴェネツィアの悲しみ

須賀敦子

古い銅版画。画面の右端には四角い箱のような家並がつづいていて、それに寄り添うように、ヴェネツィア特有の細い石畳の道がある。道は三箇所ほど小さな太鼓橋のようにふくれあがっていて、階段になっているから、通行人はのぼって、また降りることになる。橋の下はリオと呼ばれる細い運河で、橋がふくれあがっているのは、下をゴンドラなどのように底の平たい舟が通るからだ。小さな橋にはかんたんな鉄の手すりがついている。リオは海に流れこんでいるはずなのだが、その絵では、おかしなことに、海の部分が、ちょうど日本でこのところフローリングと呼ばれるようになった木の床のように、細い横縞でおおわれた空間に描かれていて、本来そこにあるはずの水を匂わせる記号はまったく見あたらない。ページの下端には作者の名と、制作年、それに場所の名が、本の版元であるエイナウディ書店らしい、きちんとした活字で表記されている。制作年は一七〇八年。場所はフォンダメンタ・ヌオーヴェ（新河岸）、私もなんどか行ったことのある、東西に長いヴェネツィア島の北辺にあたる淋しい「海岸」だ（フォンダメンタ、というのはヴェネツィアでは運河の「河岸」をいうのだが、潟とはいってもいちおうはひらけた海に面しているこの岸壁のことも、彼らはおなじように「河岸」と呼んでいるし、私には海としかみえないその水域が、地図には「運河」と記されている）。場所が島の北側なのと、もうひとつ、すぐ向い側がヴェネツィアの市営墓地のあるサン・ミケーレの島になっているところからも、ヴェネツィアでいちばん荒涼とした「河岸」といえるだろう。

銅版画家がフローリングふうの縞で海面を処理していることについて、なにかおかしい、と私が考えたのには、意味がある。ほんとうなら海であるはずのその平面に、なんだか得体の知れない人物がいっぱい描かれているのだ。それもただ、ひとが群れているというのではなくて、こどもを乗せた小さな二輪車を引いている男がいたり、二、三人がかたまって、両手を高くあげて踊っているようだったり、「フローリング」のうえにべったりと寝ころんでいる男がいるかと思えば、ゴンドラのような小舟に乗った人物は、舟の「そと」にいる青年となにやら話しこんでいるといった調子なのである。ゆうに画面の三分の一を占める、海であるはずの空間にこの人たちが描かれているのだから、この場所にとってなにごとか記念すべきことをあらわしているにちがいないのに、それがいったい、どういうことなのか、私にはさっぱりわからない。

冬の休日の午後、ながいこと読もう読もうと思って手近においてあったその本のページを繰っていた私は、謎とき絵なのだろうか、それともフォンダメンタ・ヌオーヴェについてのじぶんの記憶がまちがえているのか、その銅版画をまえに決めかねていた。説明があるかと、すぐ横のページに目を移してみたが、そこでは十六世紀のヴェネツィアの文人貴族、アルヴィーゼ・コルナーロによるサン・マルコ広場まえの海域の整備が論じられていて、くだんの挿絵とはまったく関係がなさそうなのだ。読んでゆくうちにわかるだろう。そう思った私は、それ以上深く考えるのはやめて先に進むことにした。

その本の著者は、数年まえに物故したイタリアの有名な建築史家で評論家のマンフレード・タフーリ。本は『ヴェネツィアとルネッサンス』と題された三百ページ余の大著で、ただ漫然と読むにはちょっと重すぎる論文ふうの著作だった。だが、まっこうからまじめに取りくむとかえって挫折しそうだったから、故意にのんびりを決めこんでいたのだけれど、古文書や地図のまざった挿絵を追って、本文を部分的に読み漁っている分にはじゅうぶん愉しかった。

とはいっても、まったくあてずっぽうにその本を取り出したわけでもなかった。私は、以前から興味をもっていたフォンダメンタ・ヌオーヴェについて、なにほどかの情報が得られるかもしれないという、目標のようなものもあるにはあった。総目次によると、その地区についての著者の見解は、例の挿絵の数ページあとに述べられているようだったから、いったんは先に進んだのだが、どうしてかフォンダメンタ・ヌオーヴェのあの奇妙な銅版画が気にかかった（気を散らして脱線に身をまかせるのも、休日の読書の愉しみだ）。もしかしたらあのあたりは、何世紀かまえまで陸地だったのだろうか、あるいは、こんなふうに人物を海面に描いてしまうような様式が当時のヴェネツィアには存在したのかもしれない。私は想像をめぐらせた。あるいはこのあたりの海水が、ある季節、ちょうど日本の潮干狩のころのように、干あがるようなことでもあるのか。私はもういちど、版画のあるページを繰ってみたのだが、なんどめかに戻ったとき、思わない「発見」が待っていた。

いや、発見というのはあまりにもおこがましいだろう。それまで、画面のいちばんうえに、絵のタイトルらしいものが書いてあるのに、うっかり者の私が気づかなかっただけの話なのだから。そこには、こうあった。Laguna verso Murano, agghiacciata nell'A, MDCCVIII（一七〇八年に氷結したムラーノ側の潟）。手書きで銅版画に加えられたらしい文字の印刷が薄かったうえに、背景の空いちめんに、文字に重なるようにして低い雲が描かれていたのと、さらに絵の解題として活字で別に印刷されたキャプションがページの下端にあったことで、私はそちらに気をとられていたのだった。なんのことはない。あまりにもあっけなく問題が解決したので、私はがっかりした。うっかり者の私は、絵のタイトルを見落としておきながら、フローリング上の風景だけを見て勝手気ままな連想を働かせていたのだった。一七〇八年は、いまなら「予期せぬ寒波が襲来した」などといわれて騒がれた年だったのだろう。ただでさえうすら寒い北向きのフォンダメンタ・ヌオーヴェの海面に氷が厚く張って、人びとがそのうえで戯れているのを、銅版画家が描いたのだった。床に寝そべっている、と私が思ったのは、ただ滑べってころんでいるのだったし、踊っているようなのは、これもあわやころびそうになって、両手でバランスをとっている人たちにすぎなかった。ゴンドラのよこの水上であるはずのところに人がゆうぜんと立っているのも、それでわけがわかるのだった。

かなりのあいだ、ヴェネツィアは私にとってひたすら「夢のような」都市であり、島であった。夢のような、と形容するとき、ひとはふつう悪夢につなげては考えない。なんらかの意味で日常を忘れさせ、それから受けた傷を癒してくれるようなものや場所を、夢のような、というのではないか。そういった意味で、ヴェネツィアは、なによりもまず私をなぐさめてくれる島だった。島に渡る、というだけで、私は個人的な不幸にみまわれた大陸からはなれて、ちょうどあたらしい段落をたてて気持をあらためるときのように、それ以前のどろどろから解放され、洗いきよめられた。六九年の休暇をヴェネツィアの対岸にあるリドの浜ですごしたときも、そうだった。その夏滞在したリドの島の突端の辺鄙な村は、大陸はもちろん、ヴェネツィアからさえも隔てられていて、その分、思い出したくない記憶から私を護ってくれた。

また、はじめてヴェネツィアの中心街を歩いたとき、じぶんが「不思議の国のアリス」とおなじくらい小さくなったような気がしたのも、夢のような、という形容につながっている。道を行くにつれて、私は、あらゆるものが手を触れただけで鳴りひびく、とてつもないおもちゃ箱のなかを歩いているような気分にとらわれていた。中心街といっても、ヴェネツィアのことだから、広い道路であるはずがない。四人並ぶともう向こうから来る通行人の邪魔になるほど細い道で、メルチェリアと呼ばれ、標準語では小間物屋を意味するこの名称そのものが、とりわけよそ者にはおもしろく聞こえた。おそらくは、むかしこのあたりには小間物屋が軒をならべていた、といった由緒があるのだろうけれど、私には、まるで細い通りそのものを小間物といっているのではないかと思えてしまうほど、ちまちましたかわいらしい通りで、それも一本だけではなく、何本もの小径が、ひとつひとつ微妙に性格を変えながら、交差し、続きあっている。そればかりでない。それが、ひろびろとしたサン・マルコの広場をひょいと裏側に抜けたところから、これまたアリスのウサギ穴みたいに突然、始まっているのだ。ミラノの、とくに戦後につくられたいかにも都市計画然とした直線を基調とする大通りに慣れていた私は、箱庭に迷いこんだ夏の日のアリみたいに、あっちへ行っては壁にぶつかり、こちらでは運河にぶつかり、右も左もないうちに、教会の鐘がいっせいに鳴って日が暮れ、通りに明りがつく、といった具合なのだった。

明りがついた店の飾り窓が、ふたたび私に目を瞠らせた。ヴェネツィアの人たちが大切にしてきた、オリエントの伝統を思わせる赤みがかった金の装飾品のきらめき。透明であったり不透明であったりする、色とりどりのガラス細工。ブラノをはじめ、島やアドリア海沿岸の村で女たちがいまも編みつづける精巧そのもののレース編み。そのすべてを記録するように、黒ずんだ運河の水面にゆれる数しれない色の明り。寄せてはかえす、小さな波のような女たちのおしゃべり。

ヴェネツィアの女がウソをついたら、と話してくれたトスカーナの男がいた。ウソだってわかっていても、じっと聴いていてごらん。世のなかには、それ以外することがないって思わせるくらい、愉しいウソを、彼女たちはこころをこめてつくりあげるから。女がウソをついたといって本気で腹をたてるヴェネツィア男なんていないのさ。女の私には少々、侮辱的でなくもなかったけれど、友人のよこでBMWを運転していた女性は、さもうれしそうに声をたてて笑った。あたし、と彼女は話してくれたばかりだった。このあいだ、サン・マルコ広場でひょいと気がついたら、なんだかびっこひいて歩いてるのよ。なんだろ、って足もとを見たら、かたいっぽうは黒のヒールで、もういっぽうは茶色のスポーツ靴だったのよ。アッハハ。

『デカメロン』に出てくるヴェネツィアも、これは女ではないけれど、やっぱりウソつきの話だ。よその町で詐欺をはたらいた男が、ヴェネツィアではフラテ・アルベルトという修道士になりすまし、ある夜、美人だが少々アタマのよわいリゼッタという女のベッドに、忍びこむ。リゼッタの夫が旅に出て留守なのを彼女の告白を聴いて知っていたからだ。それはかならずや大天使様ガブリエルにちがいないぞ。翌日、教会に来て告白したリゼッタにエセ修道士はおごそかに告げる。ゆめゆめそそうがあってはなりませぬぞ。女はそれを聞いて感動し、やっぱり天使さまはすごい、と友人にいいふらすのだが、それを聞いた夫の弟だったかが、夜、リゼッタの寝室にひそんでいて、アルベルトが窓からはいってくるところを襲う。「天使様」はほうほうのていで窓からとびだして、運河に落ちるのだが、泳ぎを知らないものだから溺れそうになったのを、通りかかった舟の船頭に救われる。話にはまだあとがあるのだけれど、私には、なんだかリゼッタも男が天使様なんかじゃないのを知っていて、ウソをついていたのではないかと思えてしかたがない。十四世紀のボッカッチョが、『デカメロン』でただ一篇だけのヴェネツィアの話を、すでに「うそ」と結びつけていたこともおもしろい。

はてしない虚構への意欲。それをヴェネツィアの人たちは何百年もかかって、この島でつちかってきた。島に棲んでいることのたよりなさを忘れるために。もとは小さなふたつの島であったのを、彼らは、まず木の骨組みを海に埋め、そのうえに泥を置き、石材を積みかさねることでひとつの都市の形態に島を作り変えた。島ができると、まず教会を建て、広場をつくり、島と島のあいだの、なんの変哲もない海だった場所は、掘り下げてこれを「運河」と呼んだ。歩行者のためには石畳の道路をつくり、にぎにぎしい商館や貴族たちの館で都市をかざる。もとは小枝で屋根を葺《ふ》いた水上住居群でしかなかったものを、ロマネスクからゴシックへ、ゴシックからルネッサンスへと、彼らは様式を発展させることも忘れなかった。だが、飾りたてても飾りたてても、足のずっと下のほうが水であることが、彼らの意識から消え去ることはけっしてない。

夜、友人たちとにぎやかな食事をすませたあとなど、川面に吹きつける風を受けてたえず揺れる暗い船着場で、ひとりヴァポレット（水上バス）を待つあいだ、私は過ぎ去った時間のなかに生きたヴェネツィア人たちの孤独や寂寥を、ふと足の下に感じることがある。島が海に浮かんだ仮の棲み家にしかすぎないという感覚が、あそこにはリンボのたましいのようにひしめいている。あの島では、ヨーロッパの都市たちを造り上げた石の思想が、たえず水に脅かされているからだ。

かさねて島を訪れるうちに、私はヴェネツィアのそんな暗い部分にすこしずつ惹かれるようになっていった。夢でないヴェネツィア。まるでアリジゴクに墜ちた小さな昆虫のように私はヴェネツィアの悲しみに捉えられ、それに寄り添った。最初それを意識したのは、これまでにもどこかで触れたことのあるジュデッカ運河の河岸を歩いていたときのこと、「不治の病者たちの」という二十世紀の私たちにはあまりにもむごたらしく聞こえる形容句が河岸の名として表示されているのが目にとまったときではなかったか。十六世紀の後半、なんどめかにこの島を襲ったペストの患者たちを収容するために、そのあとは性病にかかった娼婦らを閉じこめておくために建てられた病院があったという、いまは美しい庭園にかこまれてひっそりとしたその区画の名が、私の注意をひいた。だが、私が、そこで生涯を終えた人たちの悲しみのなかにすこしでも分け入ることができたとすれば、それは、ある十二月の夜、ゆるやかに流れるジュデッカ運河をへだてた真向いに、皓々と人工の照明をほどこされて闇を背に勝ちほこっていた、あの石の虚構を極限にまで押しすすめたような、レデントーレ教会のファサードに気づいたときだったかもしれない。これを設計した建築家パラディオは、もしかしたら、完璧なかたち以外に、人間の悲しみをいやすものは存在しないと信じていたのではなかったか。しかし、同時に、完璧な世界、すなわち、当時パラディオもふくめたこの島の知識人たちにもてはやされたユートピアの思想さえ、虚構を守ってくれるはずの石を海底でひそかに浸蝕しつづける水のちからには、いつか敗退する運命にあるという意識が、どこかで彼らを脅かしていたからではなかったか。

パラディオの名を私が意識するようになったのは、もっとも、ずいぶん以前のこと、ミラノで暮らしていたころの話だった。一五一八年、パドヴァに生まれ、ローマに学んで、六十二歳でヴィチェンツァで生涯を終えたこの人の設計になる、奇跡のようだといわれるヴィッラ・マゼールのじっさいの「住人」であったC夫人とぐうぜん知り合ったことから、私が彼女にたのまれてある人を紹介したことがきっかけだった。とるにたりない私のサービスが、予想外に彼女をよろこばせたのだった。一週間ほど、うちに泊まりにいらっしゃいませんか、という思いがけない招待状がとどいたのが、残念なことに十一月のはじめで、私は十日たらずのうちにじぶんの結婚式をひかえていた。そんな機会はまず二度とないよ、行きたかったら、行っておいでよ。結婚式なんて、なにも準備なんていらないさと、まもなく夫になるひとは言ってくれたのだけれど、私はいかにも気がそぞろだったし、とてもひとりで旅をする気にはなれなかったから、ほんとうに惜しいけれど、と断念するむねの返事を書いたのだった……。

だが、私があのかがやかしい招待を断った理由は、たぶんそれだけではなかった。当時の私のなかでは、古典主義というものへの理解がまったく肉体的な受容をともなっていなかったから、パラディオといわれても、ヴィッラ・マゼールといわれても、びくともしなかったのだ。まるで機嫌のわるいハリネズミよろしく、好きなものはじぶんで選ぶ、と不測の闖入者からじぶんを護ることにのみ汲々としていた私は、たとえ、あしたカミサマがきみの家のまえを通るといわれても、それがじぶんに都合のよいものでなければ、窓をそっと開けてのぞくことさえしなかったにちがいない。

レデントーレ教会のファサードの完璧な幾何学性は、それまでの私にとって、つめたい、とか、皮相的であるとか、そういった形容詞でかたづけられる範疇のものに属していて、それをじぶんのなかのなにに結びつけてよいのか、どのように発展させることができるのか、まったく手がかりのないものだった。もしかしたらこのような偏見は、数字がなによりも嫌いだったこどものころからの知的慣習につながっていたとも思える。

そして、もうひとつ、もしかするとおなじ原因から派生しているかもしれないのだけれど、私は、古典主義がめざした、形態による虚構性ということを、建築はおろか、文学においても、ながいこと理解できないままで歩いていた。潜在意識的にはその方向を大切に思いながら、ちょうどそこにさしかかる道の入口あたりに、厚い緞帳が垂れているみたいで、その先は視界がさえぎられていた。

パラディオのファサードが、いちどきにそういったことどもから私を解放してくれたといえば、それは誇張だろう。でも、その夜、それまで理解できなかったことに、光が射したのはたしかだ。すなわち、不治の病者の河岸と対岸のレデントーレ教会にはさまれて、私は、じぶんにとっての不治の病を乗りこえるには、あれほど怖れてずっと遠くに置いていた、形態の虚構という手法のちからを借りるしかないことに気づき、同時に、そのことが、いつまでも私の不治の病でありつづけることとの予感に気づいたのではなかったか。

河岸の道の人通りはもうまばらで、一列に繋がれた船が岸壁にあたる音が、冬の夜、この島を不吉なコウモリの翼のように包みこむ湿気のせいだろう、昼間よりくぐもって聞こえた。いまは人工的に照明されているこの教会も、これが設計された十六世紀には月のある夜だけ、そしてそれ以外のときは闇につつまれている分だけ、「不治の病者」たちにとって、まるで治癒の約束のように光りかがやいて見えたのではなかったか。だが、彼らはほんとうに慰められたのだろうか。ファサードの均衡が完璧であればあるほど、それが光に満ちていればいるほど、生涯、このおぞけだつような名の場所から外に出ることのできなかった病者たちの現実は悲惨で、建築家のめざしたユートピアからは乖離したものだったにちがいない。

病者たちの悲惨から私がこの島のゲット（ユダヤ人街）に行きついたのは、当然なロジックだった。暗くて狭い通路だけで外の世界とつながっている、そこだけは陽のあたらない島のなかの影の部分のようなゲット。「夜どおしぶつぶつとつぶやきつづけてその小うるささがかぎりなくイエス・キリスト様のお気に障る」という理由のために、この区画にユダヤ人たちが移されたのは、やはり十六世紀のことだった。そしてゲットをはじめて訪れた日、なによりも私を打ちのめしたのは、広場に面した小さな老人ホームの横に建てられた、死者をとむらう記念碑だった。大きな白い石には、ナチの強制収容所で、殺される理由のわからないまま目を大きくひらいて死んでいったヴェネツィアのユダヤ人たちの名が刻まれている。

その朝は、私は、やはり十六世紀に企画され整備された「あたらしい河岸」、フォンダメンタ・ヌオーヴェにいた。潟の北端にあるトルチェッロ島の教会に行くために、この河岸から出る船を待っていた。いっしょに旅をしていたふたりの友人たちは、取材のためヴェネツィアの墓地になっている、おなじ河岸の海をへだてた正面にあるサン・ミケーレ島に行こうとしていた。いっしょに来ない？　と誘われたのを、私は断った。死者がやすらう街を、元気な友人たちと歩きまわる気になれなかったのと、その朝を逃すと、この旅のあいだにトルチェッロに行く時間は他に確保できないことを知っていたからだ。だが、墓地に行く船が出てしまって、なにもない河岸にひとり残されると、私は、思ってもみなかった淋しさに、まるで鬼界ヶ島に置き去りになった俊寛みたいに慌てた。真っ向から吹きつけてくる刺すような北風のなかで、一時間ちかい待ち時間をいったいどうやってやりすごせばいいのか。

まず、しっかりと船の時間をたしかめて、それまでは近辺を見物して歩く、という日本でなら当然のように実現可能なプログラムがあたまに浮かんだのだが、それがこのヴェネツィアでうまく機能するかどうかは、かなり疑わしかった。せめて時間表があればと、案内所のようなものを探したが、この船着場から船に乗る旅行者はあまりいないらしく、それらしい場所はどこにも見あたらない。こんなときごくイタリアふうな解決策にしたがうのなら、「その辺にいる」可能ならば複数の「だれか」に、トルチェッロに渡りたがっている人間がひとりいることを知らせておくべきなのだ。それをしておけば、たとえ私が何分か遅刻したとしても、船は待ってくれるはずだ。反対に、だれにも知らせないまま河岸を離れたと仮定する。そして、船がなにかの都合で三分とか五分、定時よりはやく着いたような場合、もう致命的だ。だれもいないな、じゃあ出よう、と船はさっさとタラップをあげてしまうだろう。

そこで「その辺にいるだれか」をまず探しにかかった私は、冬のフォンダメンタ・ヌオーヴェという場所にかぎって、ほとんどそれが不可能であることに気づきはじめた。日曜でもなく、朝がとびきりはやいわけでもないのに、棺桶のサンプルを店先に飾った葬儀屋をのぞいては、どの店もきっちりとシャッターを下ろしていた。子供たちは学校に行っているのだろう。通行人はまったくいない。ヴェネツィアにしてはめずらしく、絵はがき一枚、ゴンドラのレプリカひとつ、売っているのでもない。船着場の切符売りのおばさんも、友人たちが乗っていった墓地行きの定期船が出てしまうと、さあ切符売りの仕事は終った、あとは本来の個人に戻るのだといわんばかりに、さっさと姿を消してしまった。私はかすかに後悔さえしていた。こんなことなら、仲間といっしょに墓地に行ってしまえばよかった。この吹きさらしのなかで、いったい私はいつまでこの荒涼に耐えて待たなければならないのだ。

じっとしていては凍えてしまいそうだったから、私は、船着場にくる船が視界にはいる範囲を離れないことを原則にして、フォンダメンタ・ヌオーヴェの河岸を海に沿って歩きはじめた。銅版画にある、ふくらんだ橋が架かった、海沿いの道だ。橋の下の運河の幅によって、橋は高かったり、低かったりした。低いところでは、一瞬、船着場が見えなくなって、小さな不安が私を捉える。だが、すこし歩くと、水上の船着場が風に揺れているのが、もういちど視界にはいる。またふくらんだ橋がある。橋のてっぺんに立つと、墓場の島がいっそう近くに迫ってみえる。水平線にまめつぶのような船が見えると、私はあわてて船着場に戻る。だが、船はサン・マルコ広場行きの定期便だったり、反対側のサンタ・ルチアの鉄道駅行きだったりした。時間表を信用するとすれば、トルチェッロ行きの船が来るまでには、まだ間がある。寒さに気がなえて、私はとうとう船着場にいちばん近い橋のたもとにすわりこんでしまった。

海沿いの道にかかった橋の石段を、登っては降りる自分の足音が、私を遠い春の日に連れ戻した。黒いマントを着た小柄なルチッラの足音だった。アフリカの僻地でボランティアをしていて、休暇でイタリアに戻ったばかりの彼女が、ヴェネツィアに私を連れてきてくれた、そのルチッラの足音だ。前年に夫が死んで、私はまだ足をひきずるような感覚で暮らしていたのを、ある晩、仲間の集会で紹介されただけのルチッラが、あした、ヴェネツィアに行くのだけれど、いっしょに来ない？　とさそってくれた。わたし、あした、ヴェネツィア生まれなのよ。ちょっと親類に用があって行くのだけど、そう彼女はいった。ヴェネツィアには、まだ行ったことがなかった。でも、興味が湧いたのでもなかった。ミラノを離れるのなら、どこだってよかった。誘いにすがるようにして、私は早朝のミラノ駅から彼女と列車に乗りこんだ。

ヴェネツィアが島であることを私がからだで知ったのは、メストレの停車場を出て列車が海にわたされた長い線路を走りはじめてからだった。知識としては知っていても、私は自分を乗せた列車が海にかこまれているのをみて、はじめて「島」を感じた。

島に着いたルチッラは、私をしたがえて道から道へ、橋から橋へと、やすむひまもなく歩いた。ヴェネツィアの人間が水上バスに乗らないことを、私はその日、ルチッラから教わった。登っては降り、降りては登り、ふくらんだ橋を渡っていて、私はルチッラが片足をひきずっているのに気づいた。そのことを彼女はからだぜんたいで隠すようにして歩いたから、黒いマントのすそが黒いつばさのように大きく揺れた。

フォンダメンタ・ヌオーヴェの橋のたもとで北風をよけてうずくまりながら、いま橋を渡ってきた自分の足音から、私は、あの日のルチッラを思い出していた。おばさんに会う、といって彼女が私を待たせたのは、いま考えると、グリエの橋と呼ばれる、ゲットの入口にちかい、ヴァポレットの停留所の名にもなっている橋のきわだった。彼女がはいっていって、ながいこと出てこなかった「おばさんの店」が、その橋のすぐまえにある食料品屋であることを私は二、三日まえ、ゲットを訪れたときに確認したばかりだった。彼女が憶えていないほど小さいころに亡くなったという、漆黒の髪のルチッラの両親は、もしかしたらゲットの人たちではなかったか。

考えは衝撃的だった。ヴェネツィアに行く列車のなかで、彼女はなんどか、「わたしを事実上ひきとって、そだててくれたS夫人」というひとのことを話した。看護婦になりたかったルチッラの学費を出してくれたのも、ピエモンテの出身だと彼女が話したその女性だった。そのひとから、わたしはなにもかも教えられたのよ。ルチッラはそうもいった。

ゲットの老人ホームのよこにあった、戦時中の死者にささげられた白い大きな石碑が、記憶のなかで朝の太陽を受けてきらめいた。もしかしたら、あのなかに、ルチッラの両親の名もあったのではないか。戦争のあと、わたしはながいこと、この子はたぶん生きられないっていわれていたのよ。S夫人がいなかったら、わたしはたぶん生きていなかった。細い、しっかりした彼女の声が、フォンダメンタ・ヌオーヴェの橋のたもとにいる私の耳に響くようだった。あのとき、たった一日の旅を通じて、いつ死ぬかもしれないといわれてそだった黒い目のルチッラが、死にそうだった私に生きるちからを注ぎこもうとしていた。彼女が足をひきずっていたのは、狂気の思想に殺された彼女の先祖たちの痛みを、彼女がじぶんの肉に負いつづけていたからではなかったか。

ゲットがいまの形態をもつようになった十六世紀は、宗教の面でも、文化や政治経済の面でも、ヴェネツィアが大きな実りを迎えた時代でもあった。結局は実現されるにいたらなかったが、文人でユートピア論者でもあったアルヴィーゼ・コルナーロがサン・マルコ広場の沖合に建設を思いえがいた、大衆のための「世界劇場」の計画について激しい論戦がくりひろげられ、彼の論敵でもあった水道庁の役人で「自然保護主義者」だったサッバディーノが、フォンダメンタ・ヌオーヴェの護岸を「活きた石」で構築することを熱心に説いた十六世紀は、同時にこの島が、夢の部分と影の部分にはっきりと別れた時代でもあった。

流亡記

開高 健

――F・K氏に――

一

町は小さくて古かった。旅行者たちは、黄土の平野のなかのひとつの点、または地平線上のかすかな土の芽としてそれを眺めた。あたりのゆるやかな丘の頂点にたつと指を輪にまるめたなかへすっぽり入ってしまうほど、それは小さかった。町を中心にいくつもの緑の輪がかさなりあいつつ平野のなかにひろがっていた。その輪は中心部にちかいほど色が濃く、周辺へいくにしたがって淡くなり、しまいには黄土のなかににじんで消えていた。消えるのは地平線よりはるかこちらだが、その幾条もの同心円の緑線をつらぬいて街道が走っている。街道は町から発して地平線のかなたまで細ぼそとながらもとぎれずにつづいていた。この緑の輪状帯はすべて畑であって、中心から遠ざかるほど淡くなるのは肥料がそこまで運べないからだ。この野菜畑と高粱畑のなかを街道にそって歩いてゆくと、町にちかづくにつれてさまざまなものが行手にあらわれる。城壁、望楼、門、旗、家畜の列、百姓たちの荷車、といったようなものである。ときには歌声や銅鑼のひびきが壁のなかからにぎやかに聞こえてくることもあるが、それは市のたつ日のことである。いつもは、町はたいていひっそりと静まって、日光と微風と黄いろい塵のなかにねむっている。

城壁にかこまれてはいるが、町は、それ自身、ひとつの黄土の隆起にすぎなかった。どれほどにぎやかな町の中心部にたってもこのことは感じられた。町の中心の広場は市場になっていて、城外からくる百姓たちがニワトリや野菜を籠につめて売っている。役人が歩き、職人が道具の音をたて、女たちは野菜の匂いのなかで笑ったり、叫んだりしている。そのすべての人と物と匂いのまわりにあるのは土だ。土の塀、土の壁、土の門、どの家もみんな土でつくられてある。人家の礎石はもともと敷かれなかったか、あるいは土の底深く沈むかして、家と道を区別するものはなにもないのだ。私たちにとって家とは道の一部が腫れてふくれてまるい背を起したものである。蟻塚にすぎないのである。家が大地への抵抗であることをしめすものはなにもない。戸口にも、辻にも、町にあるのは黄土だけである。石はかろうじて役所の建物と監獄の壁と数軒の富裕な商人の私有墓地に使われているばかりである。私たちは死んでも自分の名を人びとの記憶のほかにきざむべきものをなにももたないのである。

私たちの地方では石はひどく高価な素材であった。山ははるかに遠くて、行商人の口から聞くほかに町ではじっさいに見たものがほとんどいない。丘はあるが、これも黄土の凸起にすぎない。城壁から見晴らしても眼に映るのはただ広大な高粱畑と、黄いろくかすんだ地平線だけである。行商人たちは取引をすませると声高に諸国の見聞記をつたえてくれたが、私たちの誰ひとりとして山についての正しい像をもっている者はなかった。まして海や湖など、はたして町の人間の何人が死ぬまでに見ることだろうか。私たちの国はそれほど広大で、およそ限界というものを知らないのだ。するどく硬い石にみちた山岳地帯こそは、おそらく、この大地の背骨なのだろう。しかし、私たちは、厚くやわらかい黄土の脂肪が東西南北を蔽った、女の腹部のような土地に住んでいるのだ。土は肥えて、深く、多毛多産で、毎年疲れることを知らずに穀物や家畜を生むが、骨はどこにあるのか、まったく感ずることができない。

町の第一の建造物は、もちろん、城壁である。なんといっても、壁なしで暮らすことはできない。これこそはあらゆる価値に先行するものだ。他人の穀物倉や畑や乾肉などについては私たちはさまざまな意見をもっているが、城壁については誰も異論をはさむことができない。ここ数十年、戦争のたえまがないのである。さまざまな主張をもった将軍とその軍隊が平野をよこぎった。亡んだ町の記録はかぞえきれない。殺された住民の話はかならず壁の崩壊からはじめられた。私たちの国では、町といわず村といわず、およそ人の住むところにはかならずまわりに壁がある。町を壁でかこみ、自分の家を壁でかこみ、壁を体のまわりに感じないでは一日もやっていけないのだ。山も海も見えないくらい広漠とした国に住んでいながら壁なしにすごせないとは奇妙なことだが、事実である。

城壁は町の共同財産だ。私たちの町は耕作に依存するばかりで、絹や玉や機械などというような特殊な技術はなにもないから、城壁ぐらいしか自慢できるものはないのだが、これもほかの町のとくらべてとくにこれといった特徴をあげることはできない。それは石材を一本も使わずにつくられた。黄土は水でねると固くなる。曾祖父たちは平野のまんなかにたつと、風を嗅ぎ、土をなめてから、道具をとって足もとを掘った。土を水でねると、木枠にはめて陽に乾かし、固まるところを待って枠をはずすと煉瓦ができた。その土のかたまりを何百箇、何千箇と、一箇ずつたんねんにつみあげて彼らは町の外壁をつくったのだ。この壁と、各人の家と、どちらの建造がさきであったかは正確なことをおぼえている人間がいまではみんな死んでしまったから、わからないことではあるが、おそらく城壁のほうがさきだったにちがいない、と私たちは信じている。伝説は賢人の大きな時代をつたえているが、私たちの町はそれよりはるか以後に生まれたのだ。壁の心配のいらない日はかつて訪れたことがないのだ。人びとは壁の中で生まれ、壁のために生きた。どこの家でも、壁のためにはたらかずに死んでいったものはひとりもないのだ。高粱畑のなかからとつぜんあらわれる兵士たちはいつも新しい武器をもっていた。祖父の頃、刀は肉を切るだけだったが、父の時代になると骨を切られた死体が散乱した。槍の貫徹力は増大し、矢の飛行距離はのびるばかりである。毎年、壁のうける傷は、深く、大きくなった。兵器だけではない。それはたえまない風のヤスリにもゆだねられているのだ。道はひっきりなしに私たちの家をむしばみ、平野は町を犯す。風のなかで城壁は眼に見えずにじりじりと沈み、低くなってゆくのである。

城壁の改修作業は季節を問わずにおこなわれた。少数の役人と、富商と、豪農をのぞく町の住民は子供から老婆におよぶまでみんなはたらいた。その日は、畑仕事、商取引、家事、午睡など、すべてが禁じられた。城外の畑へ黄土をとりにゆく牛車のきしみと、長い苦しい午後。少年時代から青年時代にかけて出会った数知れぬ労働日を私は忘れることができない。学校は休みになり、私たちは歓声をあげて城壁のうえを走りまわり、父の怒張する背の筋肉の地図に見とれたり、炊きだしをする母の着物にしみる火の匂いをおぼえたりした。腕に筋肉がつくようになると、私も仕事場にたった。建築法は曾祖父以来すこしもかわらない。土をはこび、水を汲み、木枠をつくり、煉瓦をつむ。仕事の系はばらばらにほぐされて全住民に配られたが、体を起せばいつでも日光と汗と叫声のなかにその全貌を見ることができた。煉瓦をはこぶ家畜の列。肩から肩へわたる水桶。土をねる者たちの歌声。それはなめらかで堅固な円だった。すべての人びとは密着した点であった。夕方になって青い川のような夜がしのびよってくる頃になると、私たちは高くなった城壁を見とどけて満足し、道具をかついで家に帰った。ベッドのうえで眠りにおちる瞬間の抵抗、ものうくこころよい寝返りの刹那に私たちをおそう、あの透明ではげしい拡張感にかえられるものがあるだろうか。背骨のこころよいきしみにうめいてあいまいにつぶやくとき、私たちはキラキラかがやく川となって壁にしみて窓から流れだし、香ばしい藁の匂いにみちた広大な瞬間のなかで町はとけた。

兵士たちはしばしば私たちを嘲笑し、侮辱した。彼らは泥酔して仕事場のあたりを歩きまわり、私たちが征服されてから壁を固めていることをさして口ぐちにわらった。彼らはほとんどが傭兵で、あらゆる地方の出身者であった。ならず者、ばくち打ち、浮浪者、色情狂の集りであり、誰ひとりとして自分の仕事に目的を見いだしている者はなかった。彼らは東に流れ、西にうろついて、戦争でぼろぎれのようになった平野のなかを一銭でも多い賃金を支払う野心家をもとめてさまよい歩いているだけだ。自分たちの指導者にたいしてなんの信仰ももっているわけではない。だから、私たちが彼らを迎え入れながらなおつぎの侵略者を予想して防壁を高めることに苦しむありさまを見ても、反感を抱く必要はどこにもないのだ。私たちは彼らをけっして無視しなかった。むしろ、穀物や酒や家畜などを盗むにまかせて歓待してやったといってもよいくらいである。

私たちは侵略者にたいしてまったく無抵抗であった。町はだれにも城門をひらいた。将軍たちがどんな思想を新兵器といっしょにもちこんでも異をとなえるものはなかった。赤旗をかかげた軍隊がやってくれば私たちは赤旗を用意し、白旗の情報が望楼から叫ばれれば人びとはただちにベッドの敷布を裂きに家へかけこんだ。そういうことは一度もなかったが、もし高粱畑のかなたの旗が赤か白かわからなければ、さっそく私たちは二本の旗を用意して、いざとなればどちらでもだせるように背にかくしながら城門のところへ歓迎の列をつくって軍隊の到着を待ったにちがいないと思う。事実、たいていのことはそのように実行されたのだ。太陽を好む将軍が町へくれば学校の先生は校庭に太陽の略図を描いて生徒に教え、竜を愛する野心家がくればさっそくその頌歌《しょうか》をつくった。この点、どんな意味でも私たちに偏向はないのだ。それよりほかの生きかたは当時では考えることができなかった。将軍たちのなかには情熱を制御できる人間がまったくいないわけではなかったが、彼らのたいていは自分のマークにたいしてぬきがたい趣味をもっていた。これについては、ある家族のことを書くだけでたくさんだ。町の服屋は子供が塀に星の画を落書きしたのを忘れていたために、広場で処刑された。そのときの将軍は雲につつまれた虎を愛していた。彼がやってくるまで星の旗印をかかげた軍隊が町に進駐していたのだが、士気沮喪からか、戦略上の必要からか、虎が畑のむこうにあらわれたのを見るや否や彼らは私たちに城門をあけさせて逃げてしまった。私たちは無血入城した将軍を迎えると、ただちに校庭や教科書や旗竿のさきや歌のなかから星をぬきとり、消しとった。それはあくまでも技術的な問題にすぎない。私たちは星を愛しもしなければとくに新しい感情で憎むこともしなかった。それが空を駈ける虎にかわろうが岩角で羽ばたく鷲にかわろうが、知ったことではない。服屋は不注意にすぎなかった。将軍は情熱を誇示したくてうずうずしていたのだから、危機というなら町の全住民がひとしく危機にさらされていたわけだ。ひとりの兵士が服屋の塀にあるひっかき傷とも画ともわからぬマークを発見し、将軍に報告した。事はその場で決裁された。町の全住民が家から追いたてられて広場に集合を命じられた。服屋は一家八人がひとりのこらず殺され、犯された。子供五人は首を切られた。父親は両眼をえぐられたうえに鼻を削られ、手と足をおとされた。老婆は背骨を折られ、母親は輪姦された。私たちはすべてが完了するまで嘔吐や貧血の発作にたえながらそこにたっていた。子供たちの叫声はとんできて木材のように人びとの体にぶつかり、父親は血みどろになって土のうえをころがりまわった。排泄をおわった兵士たちの哄笑が広場のまわりの壁をゆりうごかした。私たちはだまって家にもどると、食事もしないでベッドにもぐりこんだ。広場からは、夕暮れの茂みに迷いこんだ微風のような母親の泣声が聞こえてきた。

人生はドアのすきまをよこぎる白い馬の閃めきよりも速い、という言葉が、当時、平野のあらゆる町を浸したのだが、私たちが指導者と軍隊をもたなかったことをお考えになるまえに、兵士の嘲笑を思っていただきたい。彼らはどこかの野戦天幕の徴兵事務所でやとわれると、たえまなく怠惰と逃亡の機会を狙いながら将軍にひきいられて町へやってきた。娘を犯し、牛を殺し、穀物倉の錠を手斧でたたきやぶって彼らはほしいままな力をふるった。町は脂肪ゆたかな白痴の娼婦のように彼らの筋肉や精液にいわれるままに仕え、媚びたり、殺されたり、酔ったりした。が、将軍たちのあるものは永くて一、二年、みじかければわずか半年で、つぎの侵略者に追われて町を去った。彼らは町をでると、たちまち殺されてしまった。それは時間と距離の問題にすぎないのである。彼らが追われてどこまで逃げのびたか、私たちは知らないし、いちいちおぼえているゆとりもなかった。しかし、一度去った軍隊は二度ともどってこなかった。諸国をめぐり歩く行商人は遠い峡谷や野の数知れぬ滅亡戦や新しい戦術家の機略を説明することに市場の人ごみと時間を忘れた。どこかで戦いがあると、落伍兵や脱走兵たちが二人、三人とつれだって高粱畑のなかを影のようによこぎっていくのが見られた。百姓たちは水や乾肉をせがまれると、しぶしぶいわれるままにさしだしたが、彼らが門口を去ると、たちまち村じゅうの男たちが集ってそのあとを追い、よってたかって鎌やれんがなどで彼らをたたき殺した。城壁の望楼の見張番たちも落伍兵にたいしては城門をピッタリ閉じて、どれほど脅迫され、哀訴されてもかんぬきをぬこうとしなかった。そして、彼らがふたたびどこかの軍隊に入って町へやってきたりすることのないよう、町の男たちは総出で彼らのあとを追い、庖丁や棍棒でなぶり殺しに殺した。死体は城外の畑の畦道や廃溝にすてられ、野ざらしにされた。鉛いろの額や重い顎や土埃りにかすんだ眼、鎧、ぼろぼろにちぎれた軍服などが街道にころがって、日光のなかで虹のような腐臭を発散して、とけた。将軍たちの行方は砂にしむ水のようにわからない。

私たちの知恵はたったひとつしかないのである。戦乱は十数年にわたって、果知れぬ攻防戦がくりかえされ、侵略があり、敗北があり、諸侯たちの興亡はかぞえきれなかった。が、行商人が宮殿や天幕の奥に走る暗殺者の叫声を話しおわるたびに、私たちは眼を城壁にそそいだ。すでにそれは雨と風によってまるめられ、煉瓦はとけあって形を失うまでになり、一箇一箇を見わけることができなくなっている。人家とおなじように大地ととけあって、建築物というよりはほとんど自然物である。それが町にとって希望であったというたしかな経験を私たちはあまりもっていない。防禦物として見ればそれは不完全きわまるものだし、戦術的に可能なかぎり利用できるほどの知識や勇気も私たちはもちあわせなかった。それはちょうど大地の腫物のような私たちにとってのかさぶたにすぎないといってもよい。価値は無にひとしいのである。しかし、あらゆる検討の末に私はなおすてきれぬものをそこに感ずるのだ。これは町に住む人びとすべての感覚である。力や筋肉の殺到にたいしてそれほど脆弱な存在のないことがわかりきっていながら、なぜあなたは腹より背に信頼をおいて体をまげるのだろうか。私たちにとって壁はそのようなものなのだ。夜おそく枕に頭をおとすとき、私たちはおしあいへしあいかさなりあった何十軒もの家の何十枚もの壁や塀のむこうに、つたえ聞く海のような平野の肉薄にたちむかう重く、厚いものの気配をかならず感ずる。城壁は私たちの背だ。ちょっとでも崩れると私たちはたちまちかけ集ってこのたわいもない土の隆起にとびかかり、うろうろ歩きまわり、眼にしむ汗をぬぐいながらはたらいて倦むことを知らなかった。城壁の意味はおそらくその共同作業の感覚それ自体のなかにもとめるよりほかにないのではないかと私は思う。兵士たちの嘲笑もそこからきているのである。彼らは絶望を感ずるのだ。流れただよう、孤独で兇暴な点にすぎぬ彼らは壁を見て焦躁をさそいだされるのだ。蟻のようにせっせと煉瓦をはこぶ仕事場の私たちに彼らがニンニク臭く生温かい痰を吐きかければ吐きかけるほど私たちはそのことを確認した。私たちは苦痛を土に流しこむために夢中になってはたらいた。家畜を盗まれた百姓、ふいごをこわされた鍛冶屋、酒壺を割られた居酒屋、男、女、老人、子供、すべてぼうふらのような町の住民たちがただ黙々とはたらいた。壁は私たちの恥や汚辱や無気力を水でこねて、ねって、つくられたものである。そのほかに私たちはどんな抵抗の方法も思いつくことができなかった。妻や娘たちの傷、やぶられた穀物倉、裂けた畑、それらのものについては、にがにがしいが説得力に富んだ時間の愛撫と、黄土の受胎力を期待するよりほかにしかたがなかった。

　そのころはしじゅう避難民の姿が見られた。街道や高粱畑を人びとは牛車をひき、袋や傘をもってさまよい歩いた。私たちの町を占領した兵士たちは城壁から避難民の列を発見すると、ときどきでかけていって彼らを殺した。たいていの避難民は武器をとって抵抗したために町を破壊されて追いだされた人びとであったが、すでに疲労しきっていて、兵士たちに追われてもろくに逃走することもできず、むざむざ槍に刺しつらぬかれた。兵士たちは彼らのこわれかかった牛車におそいかかって、酒や食物や貴金属品などを奪った。しかし、大部分の人びとはすでに町をでるときに無一物同様になり、あちらこちらの町にしめだされて街道をさまようちに強盗におそわれたりしていたので、兵士たちがめぼしい品にありつくことはめったになかった。彼らはあさるものがないとわかると、失望して、気まぐれに避難民を殴ったり、殺したりして、ひきあげた。私たちは城壁のうえから兵士たちの暴行をつぶさに眺め、煤と土埃りにまみれた人びとが刀に切られて背にパックリと穴をあけながらなおもたちあがろうとして車輪にしがみついてはくずれおちるありさまを見守った。避難民たちの骨の砕ける音や叫声を聞かなかった人はひとりもいない。しかし、彼らを私たちの町に収容して宿泊させようといいだす者もいなかった。兵士たちを養うためにあらゆる物資が徴発されて、商店は戸をしめ、穀物倉はからっぽになり、人びとは栄養失調からくる慢性の貧血症のためにやつれきっていたのだ。とても避難民を養うことなど、できなかった。のみならず、兵士たちは町が寡婦のように蒼ざめて薄暗いまなざしですわりこんでいるのを見て、このうえ食糧が不足することを恐れ、私たちに難民の救済をきびしく禁じたから、いよいよ彼らはしめだされることとなった。彼らは城門のそとに牛車をとめ、何日も野宿して壁がひらくのを待ったが、かんぬきがぬかれたことはついに一度もなかった。城壁がなければ私たちは彼らの刃のような不幸や苦痛にさらされてとうてい身をよけることができなかっただろう。難民たちはぼろ布をぶちまけたように城外の畑や街道に野宿し、たったり、すわったり、藁をくわえたり、横腹をかいたりして何日もすごしたあげく、とぼとぼとどこかへ消えていった。彼らの去ったあとにはしばしば瀕死の重傷者や病人や赤ン坊が、足を折られた昆虫のようにのこされていた。私たちはむっと鼻をつく膿や垢や乳の生温かい匂いのなかを歩きまわって脈をしらべたが、なかにはすでに死んでいるものもあって、私たちが髪をつかんでひきおこしてから手を放すと、額が土にぶつかって木のような音をたてた。生きのこっている者については難民たちの意志にしたがって町の誰かが処理をした。彼らの叫声やうめき声はそのひくさにもかかわらず風や壁や塀をこえて町の夜のなかをさまよい歩き、不浸透への欲望にとりつかれた将軍をいらだたせた。彼は兵士の感傷を恐れることを口実に将校に命令をくだしたが、兵士たちは衰弱者を殺すことをあまり好まなかったので、たいていの場合、町の人間がでかけなければならなかった。でていってもどってきた者はそれから二、三日、口をきかなかった。

　このように町は生きのびることだけを考えて暮らし、将軍や兵士たちのいうなりになり、息もたえだえの人間の首をしめてその日その日を送っていたわけだが、危険は私たちも難民もあまりちがわなかった。ひとりの将軍が兵士たちをつれて去ると、ほとんどそれと踵を接するようにしてつぎの軍隊がやってくるのだ。どこの国のどんな人間なのかもわからない。彼らはとつぜん畑のかなたにあらわれると、金属で体をつつみ、喊声をあげて殺到してくるのだ。望楼にけたたましい叫声があがるのを聞くと学校は授業をやめ、人びとはけいれんをおこし、あわてふためいて貴重品や食糧を壁や床や庭の穴のなかに投げこんだ。教師は老人や妊婦や幼児たちといっしょに生徒をつれて町の裏門から逃げだし、はるかに遠い丘のかげへ退避した。しかし、兵士たちの足は私たちよりはるかに速かった。高粱畑から高粱畑へ、畦道をウズラの群れのように走る私たちの姿を発見すると彼らは馬を走らせ、容赦なく弓をひき、槍を投げた。彼らの矢のおそるべき正確さと気まぐれの記憶は忘れることができない。矢は乾いた、するどいひびきをたてて空気を裂き、私たちの薄い体を狙って右に左につきささった。せまい畦道をわれさきにと逃げるために私たちはおしあい、へしあいし、はげしい馬蹄のとどろきのなかでおたがいに兇暴な殺意に駈りたてられて殴ったり、蹴ったりした。兵士たちは組んずほぐれつしている私たちのまわりで馬を走らせ、ゲラゲラ笑った。

警報がでるとすぐさま私たちは退避したが、運よく兵士に見つからないで丘のふもとの横穴へ逃げこむことに成功すると、教師は自分のまわりに生徒を集め、薄暗い、しめった穴のなかから外の明るい野原を眺めながら、むかしの話をした。あらゆる町に人と物がみちみちていた日、その音楽や匂いや料理のうえに彼はうっとりしたまなざしを投げて、私たちを誘惑しようとした。絹の帳にしむ茶の匂い、鳥のしたたらす金色のあぶら、中庭の夜をふちどる台所の女たちの合図の声。祭日や歌や物売りたちの呼声などに教師の話は飾られていた。しかし、私たちは広い畑を必死になって走ったために横穴のなかへ入っても息がきれ、欠食からくる貧血の発作のためにしばしば眼のまえが暗く黄ばんで、めまいと深い墜落感におそわれ、とうてい教師の話などに耳をかたむけていられなかった。私たちは暗闇に舞う無数の眼華のきらめきを眺めて嘔気をこらえながら、わいせつな言葉で教師を露骨にののしった。

まったく悪い、小さな時代だった。町の人びとの息は古い藁の匂いがし、言葉は壺のかけらに似ていた。孤独や絶望や不安について特権をもつものがひとりもいなくなったし、街道や辻で出会う眼や口や皺はおどろくほど似かよって、そこからなんの職業を読みわけることもできなかった。あらゆる道具が作用を失ったのだ。人びとは槌や鋤や臼や鋏をつかって生きてはいたが、すでに体や顔にその固有の堅固な痕跡をとどめていなかった。道具は手から血管のなかにもぐりこんで顔や腰や背骨などにしるしを放射することをやめてしまったのだ。町長から屑拾いの老婆にいたるまで、町のすべての人びとがたったひとつの使い古した顔しかもたなくなってしまった。やつれきった町のなかで兵士たちの甲ン高い酔った叫声が長い、うつろなこだまをひびかせ、くずれた土塀や暗い戸口や立木のかげなどにちらりとのぞいて消える顔は子供も老人も区別がつかなかった。

そのころの平均人の死の例をひとつだけあげてみよう。

私の父は半農半商であった。城外に彼は小さな畑をもち、城内で雑貨商をいとなんでいた。雑貨商といっても、諸国の行商人たちのもってくるいろいろな品物を町の産物と交換する交易所のようなものである。彼は一週の半分を小商人として送り、あとの半分を城外の畑で百姓仕事をしてすごした。彼は老後をそこですごすつもりで、畑のよこに小さな家を建てた。学校が休暇のときは私もよくでかけたが、ひくい土塀と小さな中庭のある、台所と寝室、二室きりの、僧院のような家であった。

ほかのすべての農民や小商人とおなじように父もまた季節のうえに死んでゆくべき人であった。雑貨店の経営は仕入れのときに自分でたちあうだけで、あとは妻にまかせ、ひまさえあれば店のまえの日なたにしゃがみこんで彼は白湯を飲みつつ市場通りの人や荷物のうごきをぼんやりと眺めてすごした。ヒバリを飼い、祭日には銅鑼をたたき、行商人と冗談話にふけるのが彼はなにより好きだった。城外の家では、一日の畑仕事がおわると、土が夜気ですっかり冷えてしまうまで彼は庭の乾いたところに半裸のままねそべり、横腹をものうげにかきながら当時のすべての人びとが願った幸福を夢想した。彼は牛が反芻するようにその想像をくりかえしくりかえし嚙みしめて味わい、土に肌をぴったりくっつけて何時間もぼんやりしていた。彼は子供の私にむかっても、しばしば、その、首と胴がぶじにつながって死後の旅行をする楽しみについてしゃべった。将軍や兵士や収税吏や富商たちを彼は軽蔑して、私がときたま彼らのことを口にしても、いつも鼻を鳴らすだけであった。その軽蔑はすべて死後の旅行の豊かさと快適さにたいする確信からきていた。彼のもっとも憎む恐怖は矢や槍ではなく、鋭利な刀に首を切りおとされてこの旅行、無数の人にみちていながらひとりもいないのとおなじように闊歩できる金の舗道や、墜落しても死なない、花にみちた谷や、思いついた瞬間に思いついた距離だけ飛翔できる奇蹟や金を払わなくとものれる鳳頭船などにみたされた旅行、ただそれがさまたげられはしまいかということにつきていた。彼によればこの旅行の唯一の資格は首と胴がつながっていることだけで、もし首がなければ他界に生きのびることはできないから、人は透明な影となりながらなおかつ永久に閉じることのない傷を抱いて辻や戸口をさまよいつづけねばならないはずであった。兵士より、重税より、なによりも彼はそのことを恐れていた。

父は身首の所を異にすることなく死んだ。希望がかなえられたわけだ。そのことだけをとると、当時としては例外的な恩寵であったかもしれない。体がたおれたとき、彼は希望にみちてたちあがり、花や竜の彫刻にみちた、厖大な群集のひしめく薄明の門へいそいだことだろうと思う。しかし、彼が死んでも私はとくにうごかされるものを感ずることができなかった。それはよちよち歩きのころから出会った無数の死のひとつにすぎなかった。彼はおびただしい苦痛を発散しながら衰弱し、しぼんで、死んでいったが、そのことで私はなにもかえられることがなかった。

父は殺されたのである。理由は不明だ。広場の全町民の面前で虐殺された服屋一家は苦痛のはるかかなたにおぼろげな星のマークをもっていたが、父の場合はなにもなかった。ある秋の午後、母が台所で粟を炊き、私がベッドにねころんで本を読んでいるとき、戸外で叫声が聞こえた。家から走りでてみると、道のまんなかに父がたおれ、湯呑茶碗がころがり、五、六人の武装した兵士が声高に笑いながら日光のなかをたち去ろうとしていた。私と母の足音を聞いて、血まみれの手斧をさげたひとりが眼にもとまらぬすばやい身ごなしでふりかえったが、私たちを見ると、すぐ姿勢をゆるめ、聞きとれぬ南方語で哄笑しながら仲間のあとを追っていった。私がかけつけると、父は頭部を強打されてうめいていた。薄桃色の脳漿が耳のうえにこぼれるほどの裂傷であった。母は笑声に似た叫声をたてて父の体にとびついた。

私は肩に淡い秋の日光を感じながらぼんやりとたたずんだ。市場通りにはいつもの人ごみがあったが、人びとは私の視線をうけるとまぶたをおとすか、そっぽをむくかした。もちろん異国の兵士の背にむかって糾弾の声をあげるものはひとりもなかった。私の不幸は人びとの足のうごきをすこしゆるめ、眼の暗度をすこし増し、ぎこちない沈黙をあたえたにすぎなかった。それだけだ。ただそれだけだ。死は、もう、劇ではないのだ。父はそこにいた。兵士は斧をもっていた。だから殺されたのだ。父の頭髪は薄かった。灰色の球は日光のなかに薄い皮を張り、なんの防禦物ももたず、むきだしで、もろくて、誘惑を発散していた。人びとは屋台のかげや夕食のテーブルで声ひくく兵士について話しあうだろう。彼らの陽気さ、多血質、おとなの体と子供っぽい衝動。そんなことについて話しあったあげく人びとは彼らもまた遠からず畦道で撲殺される運命にあることをかぞえてみじめに自分を暗がりにむかって解放するのだ。

父は、四日間、裂けめから土埃りといっしょに侵入した死を相手に見こみがないことのわかりきったたたかいを演じ、尿と汗と膿のなかで息たえていった。猫の背のような丘に私たちは彼を埋めた。幾人かの人びとが集り、私と母は女に粟一袋をやって泣かせた。女は麦をせびったのだが、私たちは貧しくて、それだけのことしかできなかった。一路平安のうたごえは女の泣声がやむと、風に散って、あとかたもなかった。

二

父の死後、数年たって、私が雑貨商として独立するようになってからようやく戦争がおわった。ある北方の貴族が帝国を完成したのである。あらゆる情報の発生点からはるかに遠い田舎町の物資交換所の経営者にすぎない私にはその間の大陸全土の年代記を書く資格がない。諸国の行商人がもちこむ話題と、町に起る大小の事実を見るよりほかに時代の意味や原則を知る方法を私はもたないのだ。

東西南北から戦火の切れめをぬってやってくる旅商人たちの話はいつごろからとなく次

第にあいつぐ野心家や叛逆者の人名表であることをやめ、主題をひとりの若い貴族とその幕僚たちの性格描写に限定するようになった。幾多の老獪な外交戦や、暗殺者の駆使や、機敏な野戦術をつうじて彼は山岳地帯の地方貴族から大陸の統一者の輪郭をおびはじめた。彼の進出をはばむために諸国の王たちは東西に同盟したり、南北に共同戦線を張ったりしたが、いずれも多年の叛逆者の続出のために疲れきっておたがい不信にとりつかれていたので、企図はつねに持続力を欠いた、神経質なけいれんでおわってしまった。彼らは共同戦線から脱落し、大陸のあちらこちらで孤立した総決戦を試みてはかたっぱしからやぶられ、没落し、併合されていった。北の貴族の個性は国境の無視と才能にたいする寛容さにあった。彼は自国者であろうが他国者であろうが、才能がありさえすれば国籍を問わず自分の幕僚に加え、気前よく権力をあたえてその才能を思うさま発揮するようにさせた。彼の侵攻を拒もうとする諸侯たちもこれにならって遊説者たちには耳をかたむけたが、彼らは宮殿と野戦天幕のまわりをうろついて唾と企画を売りこみにやってくる、政治狂、山師、ごろつきの、蚊のような群れのなかから実践力に富んだ方法者を区別することができなかった。性急な誇大妄想癖にとりつかれた無国籍者の軍事評論家と、自分の洞察力にたいする過信のために亡びていった王と将軍の名は枚挙にいとまがない。全国各地の諸侯の軍団はそれぞれの王や条約の命令のもとにいっせいにうごいたが、ことごとく全滅、敗走した。私たちを苦しめた、うぬぼれた地方的英雄、風のような将軍たち、気まぐれな凌辱者のすべてを吸収して軍団は高粱畑のはるかかなたの地平線上を北にむかって移動し、たたかって、消えた。おびただしい都市の焼跡と平野の爪跡のなかからつねにひとつの名前だけがおきあがってきたのである。野心家の盛衰記に疲れきっていた私もやがて疑いをすてなければならなくなった。夜のふけるのも忘れておびただしい流血の勝利を講釈する旅商人たちの話に私は耳をかたむけ、来ては去り、去ってはやってくる彼らの物語から共通の部分だけえらびだしてすこしずつ地図を完成していった。それは私が二十五歳のときになって巨大な円を閉じた。その夏、ひとりの毛皮商人がさいごの王国の没落と首都建設の情報をもたらしたのだ。背のひくい北方の貴族は、参列者の隊伍の後尾が地平線に消えるほど豪奢な儀式のあと、壇上で三度絶叫して、皇帝となった。

首都は咸陽ときめられた。私たちの町からは、はるかに遠い。およそ想像するだけで髪の白くなりそうなほどの遠方である。のみならず、その新しい都市計画の壮大さもまた私たちの想像をこえて異様なものである。旅行者や行商人たちは聞くだけでめまいのおこりそうな宮殿の設計図をもってきた。彼らは取引をすませたあと湯呑茶碗に指をつっこみ、帳場の古い木の台のうえに無数の点と線をひいた。彼らはあちらこちらと指を走らせて説明しているうちに昂奮して、図がまだ完成しないうちに感嘆の声をあげた。彼らは手垢のために皮のような光沢をおびた台の表面を眺め、ひとしずくのしみをさして、皇帝の妾の宮殿だといった。それは私たちの町を十五集めて空にむかってつみかさねたほどの面積と体積をもつ。しかも、公認されているだけで現在のところ皇帝には二十三人の妾がいるというのである。そのひとりずつにこれだけの寝殿が計画されているわけである。宮殿は寝室だけではないはずだ。するとどういうことになるのか。ひとりの妾のために町が十五必要とされ、皇帝の視線が女の頬や腰にとまるたびに宦官が車を走らせ、しかもなおその寝殿のための建坪が宮殿全体の総坪数から見れば桶一杯の水のそのひとしずくにすぎないようなものであるとするなら……

驚異は建物の数ばかりではなかった。私たちにとってまったく新しい体制がつくられたのだ。これまで大陸の全土はいくつかの国にわかれ、各国の王はそれぞれの地方に領主を封じて支配にあたらせていたのだが、これは大円のなかの無数の同心円というよりは、諸侯の力の充実と恣意によって中心のばらばらになった無数の円を散在し、おたがいに衝突、格闘させる結果となってしまった。いくつかの国を苦闘の末に併合してひとつの大国を出現させても、王たちはこの伝統と習慣にしたがって縁戚者や功労者に領土を分割してあたえるために、つねに叛逆者や内乱がたえなかった。皇帝はこの危険をさけるために幕僚や将軍をすべて給料生活者に仕立ててしまったのである。金の竜の乱舞する何百枚という絹のカーテンの花びらの蕊《しべ》にまどろむひとりの精液にみちた男は、同時に馬車の馭者から総理大臣にまでおよぶ官吏全員の任免権をもち、これまた何百本と数知れぬ系統線いっさいの集合点によこたわることとなったのだ。放射線は壁の迷路を右にまがり、左に走って、部屋から部屋、廊下から廊下へとぬけて咸陽の町にでると、川をわたり、峡谷をくぐって大陸全土の町々の城壁とその内部にしのびこむ。位の上下を問わず、官吏は皇帝の名によって、ある日、とつぜん馬車にのって、長い、苦しい旅に出発しなければならない。これまでの各地の支配者、諸侯や領主や将軍たちは、それぞれの領土の地図を手や足のうえに感じていた。しかし、新体制によれば、馬車の乗客は、ある夕方、まったく見知らぬ駅でおりるのだ。彼はテーブルにむかって書類のうえにかがみこむが、食後の軽いざわめきをもつ生温かい耳たぶのうしろにはいつもひとりの男がたつのである。彼は伝令の到着を待ち、通達袋をあけると、ものうげに読んでから隣室の男にわたし、肘掛椅子にもどって爪をみがく。書類、署名、伝言。ただそれがあるばかりだ。寝室に入って枕に頭をおとすとき、彼は薄暗がりのなかにおびただしい人間がしがみついた階段と三角錐をかいま見るだろう。首都の大臣から県長、郡長、市長におよぶまで、私たちの支配者はことごとくひとりの男の無数の影のひとつにすぎないのだ。彼らは命令をつたえ、その命令の原因をなす衝動を感ずることも理解することもなく書類に署名し、支配せずに、管理する。無数の枝にわかれた透明な溝のなかで彼らはたったり、すわったり、排泄したりすることしかゆるされないのである。

皇帝はこうして地方的英雄の出現する危機をのぞいてしまうと、万世一系を宣言した。これまで、各国歴代の王の名前は彼らがそれぞれ標榜する道徳をとって固有名詞としていたのだが、今後、私たちは、どのようにかりそめの人格の想像も皇帝の呼名からひきおこすことができなくなった。帝位は個性で呼ばれない。それは一家族内の順列である。あらゆる官庁をつらぬいて束ねる透明な系は法律によって自動運動をおこない、衝動は上から下へ流れ、帝位を犯すことはぜったい不可能なのだ。私たちは聖家族の首長を一世、始皇帝と呼ぶことになった。彼が死ねば帝位は遺言によってその十六人の子供のひとりにつたえられ、二世皇帝と呼ばれることになるだろう。皇帝の視線は右に左にさまよい、寝殿は増築されてとどまることを知らないのである。精液が彼の体から流れれば流れるほど嗣子の選択の可能性は増す。私たちはなんの発言権ももたないが、しかしそれは明日の空が晴れか曇りかというよりはいくらかましな期待の材料にはなる。人びとは皇帝の荒淫、乱交をのぞむべきである。

新体制の波及には時間がかかった。行商人たちは全国各都市の官庁においてめまぐるしい人事異動がおこなわれていることを告げた。皇帝の命令は彼がいままでの王の何人よりも不浸透性へのはげしい憧れにとりつかれていることを証明して、苛烈であった。彼は諸国を壊滅、統一する困難な事業においては、国籍を無視して才能を狩り集め、動員したが、統一後もこの習慣をすてなかった。彼は諸都市の腐敗しきった旧支配者を官庁から容赦なく追放して首都から新人を派遣し、旧官僚たちがどれほど自分がその地方の実力者であり、地理と風俗に通じて有能であるかを証明して利権にありつこうとしても許さなかった。彼は自分の任命した吏員たちが職務を完遂できるよう、地方的特性を無視した無数の法網を全国に張りわたした。さらに彼は能率と規格にたいする欲望から、それまで全国ばらばらだった度量衡を統一し、車と道の幅を一定にすることを命令した。そのため各県、各郡の主要都市の官庁前には首都から送られた数表がかかげられ、秤や桝や荷車の見本が展示された。違反者は理由の如何によらず厳罰処分として夫役に徴集されるので、行商人たちの話によれば、はるばる村や町からでてきた百姓、商人、職工たちが県庁前広場に長蛇の列をつくり、なかには展示場に入る順番を待つために道路に野宿するものもあるということだった。壁とカーテンと裸女のひしめきの奥でおこった皇帝の身ぶるいはそのようにして商店や工場や村にひびき、計量器や車や田の形をかえてしまったのだが、ショックはやがて学校の教科書にもおよんだ。文字が統一されたのである。皇帝はあらゆる意味において特性を排除しようとしているかのようだった。彼は自分が貴族階級の出身であるにもかかわらず、採用した書体は最下層階級の奴隷たちの文字であった。このことにおいて私たちは皇帝の神経叢のなかでどんな劇がおこなわれたのか、容易に察知することができない。彼が出身階級の教養や趣味をこえた機能主義者であるのか、あるいは新興勢力のほとばしってやまない自信が旧特権階級のあらゆる属性を侮蔑したあらわれであるとするのか、私たちは判断にくるしむ。が、いずれにしても貴族や高級官吏たちは大陸全土の人民の数にくらべればごく少数の人数であり、隷書が流布されればその効果の大きさは計り知れないものがある。文字に関するかぎり貴族は完膚なきまでにたたきのめされた。書家、詩人、作家たちは下婢、召使、糞尿汲取人たちの言葉によって書き、語らねばならなくなったのである。彼らの美しく傲慢で繊細な瞳に走る苦痛のいろを見て皇帝は哄笑したであろう。貴族、高級官吏、豪農、富商たちの子弟を収容する学校においてもいままでの高踏主義の文字をつらねた教科書は一冊のこらず廃棄され、旧世代の芸術愛好家たちは書店を去って紙魚《しみ》の洞穴のような図書館へもぐりこむよりしようがなくなった。

これらのさまざまな革命がすっかりそろって私たちの町に到着するためには何年もかかった。私たちを支配する人物の想像力と実践力は大型で、原動力にみち、それをつたえる機構も綿密で効果的であったが、それにもまして帝国の版図、大陸全土は広大であった。日常生活において、おこりつつある変化の全貌をつかんで原則を知るようなことは、私たちのような田舎町の住民にとってほとんど不可能なことであった。行商人がもってくる秤や桝や荷車や書物などを私たちは何ヵ月おきかにぽつりぽつりと入手して、行商人たちのいうままに町で再生産した。彼らはすでに全国どこへいっても共通の基準で商取引のできる便利さになじみきっていたので私たちもいきおいそれについていかなければならなかった。町はきわめて緩慢にこれらの新しい刺激をとり入れ、消化していった。首都建設の情報がもたらされた夏から夫役人として徴集されるまでの数年間、町はまったく平穏であった。生涯をふりかえって私はこの数年をのぞくほかに安息を感じたことは一瞬もなかった。この期間、首都周辺の都市や地方の大都市では新しい苦痛が発生しつつあったのだが、私たちに関するかぎり、毎日はまったく平穏であった。

すでに戦争はやみ、支配者はいず、難民もまたいなかった。私たちは、いつのまにか、城壁や畑や屋根や食器のなかを季節がふたたびよこぎっていくのを発見するようになっていた。町はあいかわらず渺《びょう》たる地平線上の土の芽であり、大地の凸起にすぎなかったが、それをかこむ幾重もの緑の輪状帯は受胎力を回復し、馬蹄や兵車によって裂かれた傷口は麦や高粱に蔽われた。穀物倉の戸が修繕され、人びとは壁や床や中庭のあちらこちらに掘った穴を埋めた。百姓たちは陽気な叫声をあげて豚や牛を町に追いこんだ。かつて教師が丘の退避壕のなかであこがれ、私たちがめまいをたえながらののしった音楽や料理や匂いが町のあちらこちらによみがえった。庭の奥の少女のうたごえ、屋根にとびあがった鶏ののしる叫声、陽だまりの無駄話、藁の匂い、家具の静かに乾割《ひわ》れる気配。ふたたび道具が人びとの顔や眼のなかで生きはじめ、さまざまな儀式が思いだされた。酔っぱらいが腹をたたきながら塀や戸にぶつかりつつ歌とともに去ってゆく夜ももどってきたし、物故者の追悼式も催された。私たちは城外にでかけて街道や廃溝や残飯捨場などを掘りおこし、かつて撲殺した落伍兵、難民、赤ン坊たちの骨を集め、丘の共同墓地に埋めなおしてやった。輪姦された服屋の寡婦は雑役婦としてはたらいていたが、追悼会の日には麦や乾肉をもらって、みんなにかわって丘のうえで叫び泣いた。

こうした日々がいつを境にして発生したのかはよく思いだせない。首都建設の情報が入った夏を終戦の年だと考えたいが、じっさいに宮殿の建築が着手されたのはその一年まえであったし、さらに、その二年まえにさいごの将軍が北方遠征軍の噂さを聞いて町を去ってしまい、実質上の圧迫は消えていた。しかし、私たちがほんとに心理的な戒厳状態から解放されて輪番制だった望楼の見張りをやめたのは、首都建設の噂さを聞いた翌年の春であった。そのころになると人びとはようやく安心し、百姓たちは畦道にヒバリの籠をおいて畑を耕やすようになった。眼をとじてすわりこんでいた町に栄養の液がひそかな気配で流れはじめ、塀や立木のかげに顔がちらりとのぞいて消えるというようなこともなくなった。落伍兵や脱走兵たちの群れが兇暴な小集団をつくってあちらこちらの町を襲っているという噂さは何度か聞いたが、私たちの町はどういうわけか災厄をまぬがれて、一度も夜警団を組織する必要がなかった。私はいつのまにか少年時代からの慢性貧血症からたちなおり、はげしい運動をしてもめまいをおこしたり、眼華の乱舞を見たりすることがなくなった。夜ふけに仕事をおわって、毛皮や農耕具や大豆袋などを積みあげた帳場にもたれて酒をひとりで飲むとき、私は家具のように堅く重い自分の体と、そのなかで軽く音をたてつつ流れまわる、新鮮で温かい血液の気配を感じ、戸や壁や道のむこうに聞こえる居酒屋のかすかなざわめきに耳をかたむけた。父のやっていたように私は日なたぼっこを好み、白湯を愛するようになり、荒れきっていた城外の家を手入れして、肌をぴったり土にくっつけて何時間もじっとねそべったまま夏の夜をすごすことをおぼえるようになった。いつしか私もまた季節に体を浸し、そのまま静かにおぼれ死んでいくかと思われた。

　しかし、この安逸もついに冬の道の陽だまりのようなものにすぎなかった。その温かみが服の繊維をふくらませてから肉にしみ肋骨のあいだにやっとたまったところで、陽が消えてしまったのだ。平和がいつ畑からたちあがってきたかということについては明確な記憶をもたないが、恐怖の訪れた日のことははっきりおぼえている。それはいままでの軍隊のように銅鑼も鳴らさなければ歓声もあげず、矢のうなりや槍のひらめきもなかった。すでに私たちは望楼に見張番をたてることをやめていたので、彼らがやってくるのをあらかじめ発見したものはひとりもいなかった。ちょうど正午頃のことだったので、町の人びとは道ばたでサイコロばくちをしたり、闘鶏をしたり、ヒバリの鳴きあわせや冗談話、牛の背をつまんだり、藁をくわえてぶらぶらしたり、なんとなく日なたを歩きまわっていた。城門はしじゅう出入りする百姓や家畜の群れたちのために大きくひらかれたままになっていた。そこへ彼らは街道からまっすぐ入ってきたのだ。

　はじめのうち私たちは彼らが行商人の一団ではないかと思った。指揮者らしい男がひとり先頭にたってみじかい棒をもってはいたものの、あとの連中はみんなばらばらの服装で、日光に眼をしかめたり、髪をかいたり、ぼんやり両手をぶらさげて屋根を見あげたり、のんびりした様子をしていたからだ。とうてい彼らが兵士であるとは思えなかった。

彼らはしばらくそうやって広場の人ごみや市場通りの雑踏の風景などを眺めていたが、やがて先頭の男は二、三人の仲間を呼び、なにか耳うちして棒をあげた。棒は町の屋根のうえをあちらこちらとさまよってから、やがて、ぴたりと市場通りのさきをさしてとまり、しばらくじっとして、力なくおちた。私は店さきにたってすべてを目撃していた。

棒をおろすと、男はポケットから笛をとりだし、たくましい胸を橋のようにふくらませてするどく吹き鳴らした。それを合図にひとりの男が綱をもって市場通りを全速力でかけだした。彼は片手に綱をにぎり、通りにひしめく人びとをおしのけ、はねのけて、ただひたすら一直線に走って、またたくまに通りのかなたの城壁にたどりついた。綱はピンと張られて町を正確に二つに割った。人びとが茫然と佇んで綱を眺めていると、笛を吹いた男がめんどうそうな、慣れきった動作で広場のまんなかにでてくると、皇帝の命令によって必要人員を徴集する。綱より右半分の区域にたち、そこに住み、現在時そこにいる者のうち十八歳以上の男は即刻集合せよ、といった。彼の命令がおわるかおわらないかに、いまのいままでだらしなく陽に眉をしかめて爪をかんでいた兵士たちがいっせいに体をのばし、綱にそって眼にもとまらぬ速さで走ると、一〇メートルおきにたって人びとを狩り集めはじめた。彼らは綱から左側の区域にいる男たちには、どれほどたくましく、どれほど綱に接していようと、まるっきり見むきもせず、指一本ふれようとしなかった。が、右側の区域の男にたいしては全身的な力をふるったのである。人びとはおそいかかる兵士から逃げようとして必死になって走った。サイコロがとびちり、鳥籠がふみつぶされ、牛や豚が悲鳴をあげて走るなかを人びとはわけもわからず口ぐちに叫びかわしながら壁の穴や路地や倉庫のなかへ走りこもうとした。兵士たちは右にとび、左に走り、逃げる男をつかまえて顎を殴ったり、膝で腹を蹴ったり、正確に急所急所を狙ってめまぐるしい活動をした。指揮者の命令を待っているあいだは歩き疲れた埃りまみれの行商人としか見えなかった彼らがひとたび運動をはじめると兇暴な能率が筋肉を占めた。迷わず、ためらわず、彼らは殴るべき人間を殴り、蹴るべき人間を蹴った。彼らの生地の粗い服のしたにひそむ筋肉が技術と効果のためにだけ、ただそれだけのために形をあたえられつくりあげられたものであることがはっきりと了解された。誰ひとりとして彼らの眼と手から逃げられるものはなかった。家に逃げこんだものはひきずりだされ、城外へ走ろうとしたものは城壁に追いつめられ、家にかくれていた男は病人も老人もかまうことなくひきずりだされた。

異様な光景であった。兵士たちは綱の右側にいた人間を骨の砕けそうになるほどの音をたてて殴りながら、左側の人間には唾ひとつかけないのである。町は静寂と混乱の奇怪な混合となった。綱の左にいた人間は兵士たちが行動をはじめたとたんいっせいに逃げだしたが、やがて彼らが綱をくぐってやってくる意志のないことをさとると、家や倉庫からぞろぞろ這いだし、寝ていたものまでおきて、おそるおそる綱にちかづいた。兵士たちは殴りたおした男たちをひとりずつたたせて綱にそって一列にならばせると、今度は一軒一軒家に入っていってベッドのしたから物置のなかまで、徹底的に捜索した。彼らの厚い体がドアのなかに消えると、やがてあちらこちらの壁のなかでけたたましい男女の叫声がおこり、人びとはくちびるから血をしたたらせながらよろよろと道にでてきた。

隊長はそのあいだ広場の中央にたって部下の行動をぼんやり眺めていた。彼は疲れたような表情ですこし口をあけ、指揮棒で軽く腿をうちながら、ときどき土けむりや叫声などに憂鬱なまなざしを投げた。重い顎とたくましい後頭部を彼はもっていたが、がっくりおとしたその厚い肩からは無智と孤独が発散していた。彼は両手をうしろに組むと指揮棒をぶらぶらさせながら右に五歩ほど歩き、ゆっくりもどってきて左へ十歩ほどゆき、日光を楽しむ散歩者でもなく、人を待つ人間のようでもなく、女や男の泣声、叫声、頭のぶつかる音や肉の鳴る音、あわただしい荷車のひびきや家畜の悲鳴などのなかをだまって往き来した。彼の無関心さはいたるところに見いだされた。はじめに綱をもって走った兵士は市場通りに綱を張りわたしてしまうと、あとは城壁にもたれてだらりと腕をたらしたまま仲間たちの運動をぼんやり眺めているだけで、追われた町民が綱をくぐって左地区へ入ろうとするのを見ても眉ひとつうごかさなかったし、右地区のなかを走りまわる兵士たちも右に左に走っているように見えながらよく注意すればひとりひとりはきわめてせまい活動面積しかもっていないことがわかった。はじめに彼らは一〇メートルおきぐらいにわかれてたったので、狩りこみをはじめてもその間隔内でしか活動しないのだ。彼らは自分の領域内にいる町民には苛烈な精力を消費したが、他人の受持区域の人間にはほとんど関心をしめそうとしなかった。追う人間より追われる人間の数のほうがはるかに多いから力を分散させないように、という計算からかもしれない。しかし、あきらかに彼らの狂暴さは粘着力をもっていなかった。なぜなら、ほとんど右地区の人間が逮捕されたなかで二、三人の敏捷なものだけはたくみに兵士それぞれの領域線上だけを縫って走ったために左地区へ逃げこむことに成功したからだ。兵士は領域線まで追いつめても相手が他人の受持区のなかへとびこむのを見とどけるとそれ以上積極的に追おうとしなかった。そのため領域線を走る人間は右と左から迫る二つの力をなんの労力もなく殺しつつ走れることになるのだ。ひしめきあう雑踏のなかでその力の地図を瞬間的にさとった人間だけが逃走に成功した。あとはみな逮捕された。私はひとりの兵士がまっしぐらに走ってくるのを見て、背をおこし、殴られるまえに綱のほうへ自分から歩いていった。

隊長の命令はきわめて忠実に果された。綱から右の男はことごとく犯罪者にされた。左地区に住んでいながらたまたま道路の中央より右にたっていたものも、一瞬まえまで左にいたのに綱を張られるときにおしのけられたためにころんで右へ入ったものも、また右でもなく左でもない城外の百姓がたまたま野菜籠を道路右寄りにおろして立話をしていたためとか、あるいはたったいま道路を右から左へよこぎろうとしていたのにとか、さまざまな哀訴の声を私は列のなかで聞いたが、隊長や兵士はなんの注意も払わなかった。はじめに綱をもって走った兵士が城壁から体をおこし、道路のまんなかにずらりとならんだ私たちをひとりずつ縛ってつないでいった。ほかの兵士たちは彼がどんなに手間どっても知らぬ顔で、藁をくわえたり、空を眺めたりしていた。発条《バネ》はすでに死んで、ゆるんでいた。彼らの顔や肩や腕にはついさきほどまでの狂暴さが一刷きものこっていなかった。彼らはことごとく第一級の戦士としての筋肉、握力や脚力や正確きわまる技能をもっていた。彼らの腕にふれて嘔気を感じなかったものはひとりもない。走っているときの彼らの体は刃や槌なのだ。それほどの狂暴さが笛の一吹きでなんの準備もなくとつぜん発動し、一瞬で高頂に達し、目的を果したとたんに死ぬのだ。これはいままでの兵士ともちがう型である。いままでの兵士はかならず兵士であった。しかし私たちを狩りだした連中は兵士ではないのだ。彼らはまったく新しい職業人だ。はじめて私が出会い、その後数知れず出会った、皇帝の新体制が生みだした、まったく新しい職業人、顔や体からその道具をうかがい知ることのまったくできない職業人であった。私たちは彼らにひきいられ、半身不随になった町をあとに、正午すぎの街道へでていった。

三

いくつもの町を通過して私たちは首都にむかった。はじめの隊長は私たちを徴集した目的をまったく知っていなかった。彼は私たちを近郷のいちばん大きな市へつれていった。ここはついさいきんになって首都からの贈物をうけとっていた。すなわち、三つの大きな官庁の建物があって、そこに市長と警察署長と税務署長がいた。この三人は皇帝が全国のあらゆる町にたいしておこなう組合わせ式贈物であった。下級官吏にはすべてその土地の出身者を採用したが、指導者級の人間はみんな中央から派遣され、たえず更迭して彼ら自身の力がその土地に蓄積されないような仕組になっていた。私たちは隊長につれられて市庁前広場にゆき、つぎの係官に身柄をわたされた。広場には地方のあちらこちらからおなじように狩りだされてきた人びとの群れがいくつも集っていた。隊長とその兵士たちは私たちを市役所の役人にわたしてしまうとつぎの町を襲いにさっさと消えていった。その市を出発したとき私たちの集団は大きくなり、護送の兵士の人数もずっとふえた。私たちは係官から訓示をうけ、はじめて北方の国境に長城をつくる計画が皇帝から発表されたことを聞いた。

皇帝は全閣僚を集め、大秦帝国を長城によって防備せよと命令したのである。目的は匈奴の侵攻の阻止である。いままで北方諸国はたえず遊牧民族の侵入とみずからの政治の貧困による内乱の続出という二重戦をたたかってきた。そのため歴代の王たちはつねに防壁建造の土木事業費にくるしめられ、重税と夫役義務を人民に負わせて内乱の原因の大きなひとつをつくっていた。彼らはたいてい国境を壁で蔽いきるまえに内乱か隣国の王によって亡ぼされていったので、壁は国境線のあちらこちらでばらばらに切れたままになってい る。それを改築し、補修して、何万キロと果知れぬ壁をつくろうというのである。広大な黄土地帯がおわって中央アジアの高原がはじまろうとする地域である。草原と山岳と砂漠をつらぬいて壁は地平線を蔽うのである。皇帝は蒙恬《もうてん》将軍に三〇万の辺境守備隊の出動を命じた。建設大臣は何ヵ月にもわたる計算の末に厖大な労働軍の必要を具申した。その数字にしたがって国務大臣は総動員令の発布を請求し、人民を徴集するための、あらゆる法律と手段を考えるため、おびただしい会議をひらいた。大蔵大臣、国税庁長官は労働部隊と辺境守備隊を運送し、維持するための巨額の経費を捻出する徴税対策に没頭した。首都の全官庁は書類と数字を相手に想像を絶する管理戦を開始したのだ。

首都に到着して宮殿前広場の閲兵式に参加するまでに私たちは無数の町を通過した。皇帝の新しい不浸透性への衝動がおよぼした影響を私たちはあらゆる町に見ることができた。これは新しい戦争の開始であった。どの町も焼けず、崩れず、裂けた畑や街道の遺棄死体を見ることはなかったが、穀物倉はからっぽで、商店の窓に砂埃りがたまり、広場に人影のないのはかつての軍閥時代そのままだった。私たちは長途の徒歩旅行に疲れきっていたので、畑のかなたに黄土の壁があらわれると軍歌や労働歌を大声で合唱しながら進んでいったが、町の人間は誰ひとりとして出迎えにあらわれなかった。どの町も私たちが到着するよりまえに男たちが徴集されて出発したあとだったので、城門をくぐっても、家や路地からでてくるのは寡婦と子供と老人ばかりであった。憲兵と収税吏は町が最低の生活を維持してゆくのに必要な男たちをのこしておく習慣だったが、誰を徴集し、誰をのこすかという選択の権限はいっさい彼らに任せられているので、女たちは私たちの労働部隊の先導者に男たちの姿が見つかることを恐れ、私たちが街道のかなたにあらわれるのを見るや否や町の裏門から男たちを退避させた。女たちは法令によって労働部隊の士気を鼓舞することを命じられているので、私たちが町に入ると、手と手に水壺や粟粥の碗をもってでてきた。ときには休息が夜までのびて宿泊するようなこともあったが、こんなときは女たちは広場にかがり火をたいて合唱や輪舞を見せてくれた。夜空にこだまするその喚声や音楽は、しかし、私たちの疲労を回復するのになんの効果ももたなかった。女たちの体は閉じて、ひからび、むなしい経血の匂いをたて、かがやかしい火のまわりの暗がりにうかんだり、消えたりする顔はゆがんで眼を伏せていた。朝になって私たちが町をでて、街道をしばらくいってからふりかえると、男たちが畑をよこぎって町にもどってゆく姿が見られた。彼らは丘や溝や森から這いだしてきたのだが、そのとぼとぼとした足どりは哀愁に犯された泥酔者のように朝のものとも夜のものともけじめがつかなかった。

首都にちかづくにつれて街道はいよいよ災厄に蔽われはじめた。町、村、市場、畑、壁のなかから狩りだされた男たちが高粱畑のなかをぞろぞろ歩いていた。彼らは茂みのかげの細流からあらゆる水の脈管をつたって大河へおりてゆく魚群のように畦道から村道へ、村道から街道へ、郡、県、市を通過していっせいに首都をめざして行進していた。綱につながれている一群もあれば、鞭に追われて歩いている一団もあり、道ばたにごろ寝する小隊もあれば、夜昼なしに歩きつづける中隊もあった。平野を網の目のように蔽う無数の道の交叉点で部隊と部隊が出会うとそれはくっついてひとつになり、市庁、県庁の広場でさらにその地方の東西南北から集った諸部隊に合流して大旅団となってつぎの旅行に出発した。私たちはやがて綱をとかれたが、厳重な点検をうけて、およそ武器と目されるものなら革帯からピン一本にいたるまで没収された。部隊が大きくなるにつれて私服の憲兵にかわって完全武装した兵士が私たちを監視するようになった。彼らは馬や兵車にのって部隊の前後を守り、逃亡したり、抵抗したりするものがあればその場で切り殺した。病人や老人たちが過労にたえかねて倒れると、これまた容赦なく斬殺し、死体をそのまますてて行進をつづけた。彼らは犠牲者が他界に再生することのないよう、かならず首を切りおとした。沿道の町村の人びとはそのような死体を公墓地に葬る習慣をもたなかったので、死体は陽に蒸され、雨にぬれて、とけたり、くずれたりするままになった。私たちはぼろぎれのようになったシャツと服のうえに縄一本をしめ、これらのもうもうとした狂気の腐臭を発散する影たちといっしょに街道を歩いていった。

　兵士たちは私たちのうえにいっさいの権力をふるった。法は彼らが恣意によってその運搬する筋肉の群れを左右することをゆるしていた。もちろん、彼らが限度以上に私たちを虐待することは長城建設の労働量を減退させることになるから、その点いくらかの注意が払われた。が、私たちが鞭や剣や棍棒のまえではただの一箇の生温かい息を吐く肉の袋にすぎない根本的な事実はみじんもゆるぐものではなかった。まったくそれは石より堅固な事実であった。

しかし、いっぽう兵士自身も恐怖にさらされていたのである。法務大臣は彼らを絶望的な時間との競走に参加させることを考えついた。徴発地から首都までと、首都から北方辺境までの距離はこまかく分割されて、兵士たちはそれぞれの受持区のなかを独立的に往復しなければならないことになったのだ。彼らは必要人員をきめられた日時に目的地へはこばねばならない。もしそれが果たされず、遅れたり欠員ができたりすれば、兵士たちは到着地の現在時をもって死刑、または流刑に処せられる。いまのいままで私たちに棍棒をふるっていた人間がたちまち夫役囚に転落してしまうのだ。彼らは病人でも老人でもかまうことなく歩かせ、倒れればその場で切り殺し、欠損を埋めるために畑へかけだして百姓をひっぱってきた。この員数主義が知れわたると私たちの姿は沿道の町村にはげしい不安を地下水のように浸透させた。百姓も商人も通行人も街道のむこうにぼろぎれのかたまりを発見すると、たちまち鋤や牛をすてて走った。私たちは広大な無人地帯を歩くこととなった。すると兵士たちは、今度は、できるだけ欠員を来たさないよう配慮しなければならなくなった。彼らはいままでのように衝動にかられて囚人を殺すことができないのだ。彼らの死活をにぎるものは私たちの足なのだ。私たちの憎悪と兵士たちの憎悪は等質かつ等量になった。しかも法のまえにおいては指揮の将校から一兵卒にいたるまで、ことごとく同資格である。いっさいの階級差なく彼らは無力なのだ。もちろん私たち夫役人にとってもこれはかわらない。私たちの歩行能力は全将兵の運命を決する。それは事実である。しかしこれは特権ではないのだ。皇帝の新体制においてはいかなる意味でも特権をもつ人間は存在しないのだ。もし私たちが長途の旅行の苦役にたえかねてサボタージュをおこない、日程が遅れたら、たちまち殺されてしまうのである。夫役人も兵士も、すべての人間が時間の囚人となった。私たちの憎悪は肉のうちにとどまってよどみ、腐りはじめた。

いっぽう官吏たちのおかれた立場も奇怪なものであった。長城の建設計画が実施に移されると、中央と地方と、あるいは幹部と末端とを問わず、おびただしい事務が発生した。三〇万の辺境守備軍と数億人の労働部隊を維持し、活動させるための計算と管理の事務である。それは想像するだけで私たちを硬直させてしまう。のみならず、咸陽に到着してからわかったことだが、皇帝は壮大な宮殿の建築を人民に要求したのだ。彼は全国の建築学者を首都に呼びあつめて、阿房宮は世界の核たるべきことをいいわたした。その規模はかつて私が行商人から帳場台に略図を描かれて茫然自失した想像をはるかにこえるもので、各国首都の王宮そのままの様式をもつ二七〇の宮殿から成り、ひとつひとつの宮殿は独立して、両側に壁のある舗道で連絡されるはずだという。そのために動員される人夫の数は七〇万人、完成の日はいつか、誰にもわからない。さらにこの宮殿のほかに、首都から主要な地方都市に放射する、皇帝の温涼車のための軍用道路七二〇〇粁が決議され、工事に着手されたのである。国務大臣はこれらいっさいの事務の洪水を解決するため、計算に計算をかさねたあげく、破天荒な法令を発布した。彼はありとあらゆる角度から事態の厖大な複雑さを検討した結果、かつてどんな為政者も思いおよばなかった結論をくだしたのである。すなわち、全官庁職員は一日の執務量をきめられて、一日に官公文書一二〇斤を処理しなければならないことになったのだ。

この数字はあくまでも数字である。それは徹底的に量であって、いっさいの問題の解決者は秤である。私たちは役所へいって、各課長の机のうえにおかれた、小さな、みすぼらしい器具を見た。背骨の穴のなかまで埃りがつもったかと思われるような課員たちはめいめいの机にむかって必死になって小刀をふるっていた。彼らは手垢のために皮革のような光沢をおびたカバーを腕にはめ、前垂れを腰につけ、机のうえにおかれた竹簡へ文字をきざむことに没頭していた。机の隅には竹簡の山が築かれ、課員たちは一枚きざみおわるたびに眼もあげずに左へ移し、右から一枚とった。そこになにが書かれているのか私たちにはわからない。夫役の流刑囚たちはおどおどしたまなざしで部屋へ入ってゆき、自分の出身地と名前を告げた。役人はどんなわかりにくい方言でどんなむつかしい名前をいわれてもたじろがなかった。はたして自分の名前がそこにきざまれたものかどうか、まったく疑わしいかぎりである。部屋のなかには夫役人たちの声と、小刀と、竹のきしみがみちているだけだった。人びとは入ってきてつぶやき、でていって廊下にならび、部屋から部屋へ、廊下から廊下へと歩きまわった。役人たちはときどき体をおこしてきざみおわった竹簡の山に魚の眼のようなまなざしを投げ、一二〇斤にたりないと見てとるとふたたび小刀をとりあげてかがみこんだ。ときどきあちらこちらの机で小さな叫声がおこって、役人がよろよろたちあがり、竹簡の山をかかえて課長のところへいった。課長はおもむろに湯呑茶碗をおくと、秤をとりあげて、もちこまれた竹簡を計った。彼が日盛を見てうなずくと、竹屑に全身まみれた課員は弓のようにまがった背骨をミチミチと音をたててのばし、順番を待っている夫役人たちに軽く手をふって見せて部屋をでていった。夫役人たちはまだ一二〇斤にみたないであえいでいる役人の机へわれさきにと殺到し、口ぐちに名前を叫んだ。

　こうして犯罪者名簿に登録されると、つぎに私たちは衛生局へまわって額にいれずみをうけた。ここでは大きな部屋のなかに十数脚の布張りの野戦用寝台がおかれ、医者がひとりずつついていて、つぎからつぎへとやってくる夫役人たちの額を裂いていた。朝から晩までひっきりなしに作業をつづけるため医者たちはいずれも全身に血を浴び、屠殺夫のようになってはたらいていた。三人の医者に一人の割合でとぎ屋がついていて、床にあぐらをかき、わきめもふらずに砥石でメスをといでいたが、私は刃こぼれがしてヤスリのようになったメスを額につき刺され、ひとえぐりえぐってからインキをしみこませた綿でぬぐわれた。夫役人たちはいくつもの長い列をつくって部屋につめかけ、あふれた連中は廊下から建物のそとの広場にまではみだしてぼんやりと順番を待っていたが、医者は一日の割当分の一〇〇人の額を裂くと、さっさとメスをすてて帰ってしまった。残された囚人たちはそのまま廊下や階段や広場でねむり、翌朝、医者がやってくると、血だらけの床からむっくり体をおこし、ひとりずつ穴をあけられて部屋をでていった。

咸陽の町には魅力と狂気がたちこめていた。額を裂かれた徒刑囚たちは土埃りのように市とその周辺に群がり、軍用道路をつくったり、宮殿を築いたりしていた。道路はどんな兵車の重量にもたえられると同時に皇帝の温涼車にどんな振動もあたえることのないよう、あらかじめ鉄筋を敷いたうえに石がびっしりと隙なくつめこまれた。囚人たちは遠い山岳地帯から送られてきた巨石をノミできざみ、手斧で割り、道のうえにしゃがみこんで作業した。彼らがほとんど自分の手の一部となってしまったような斧でコツコツと石をきざみながら進んでゆくところを遠くから見ると、人間というよりは一本の長いぼろ布が道のうえをジリジリうごいていくとしか見えなかった。雨や風にさらされ、夜は夜でかがり火をたいて、彼らはくる日もくる日も地平線にむかって蟹のように這っていった。そして、彼らの頭と手のうえを長城にむかう労働部隊と地方からの新たな予備軍が靴をひきずりつつ出発してゆき、入京してくるのだ。でてゆくものも、入ってくるものも、古シャツのうえに縄一本を巻きつけた恰好で、汗と土にまみれ、私たちは敗血症にかかったどす黒い血液の循環を見るような気持で彼らを送り、迎えた。

徒刑囚たちが斧をもって這っていったあとには鏡のような道路がのこったが、いっぽう市の中心部では壮麗をきわめた宮殿が生まれつつあった。阿房宮は建設に着手してから数年たっているのに、やっとその設計図の一隅が実現されたにすぎなかった。しかし、私たちが帝国の精力と美を理解するにはそれだけですでに十分だった。はるかに遠く高く、絹と音楽と壁の奥からつたわってくる醜聞は皇帝が軟骨症にかかって鳩胸であり、かつ気管支障害のために声がしゃがれ、幼少より病弱で猜疑心が深いという不具者の風貌を描いているが、私たちは眼前にそそりたつ柱と窓と壁と彫刻の巨大な交響楽を見ると、たちまち皇帝その人の肉体を忘れて群集のなかにたちつくした。無数の夫役人たちが眼もくらむような足場を上下し、壁にしがみつき、屋根や回廊のうえでうごめいていた。宮殿の規模の広大さは彼らを死ぬまでそこにとどまらせるかと思われるほどであった。宮廷楽団の奏でる旋律は市の上空に森や峡谷を出現させ、化粧煉瓦をしきつめた舗道を走る馬車の窓には廷臣や宦官の暗い顔がひらめき、女たちは笑っていた。

しかし、これらのもののそとにはおびただしい死体があった。指定の日時に労働部隊を首都に送りこむことのできなかった憲兵や警官たちが殺された。指定の量の官公文書を捏造するにじゅうぶんな体力と想像力をもたない官吏たちが殺された。女の悲鳴や老人の哀訴に敗れて牛や穀物を奪いそこねた収税吏が殺された。逃亡を計った徒刑囚、いれずみを拒んだ夫役人、暗殺容疑者、未遂強盗、酔って皇帝を誹謗したもの、凶兆を告げる占星術師、すべて疑わしき人物が殺された。なかんずく現代批判の基準を過去のよき日に求める歴史学者や皇帝制の不変に疑義をさしだす進化論者たちはその思想を口にだすだけで三族誅滅を宣告された。私たちは辻や広場で考えられるかぎりの変形をうけた人体を見た。人びとは舌を切られ、鼻を削られ、手足を切断され、四頭の牛によって東西南北へひき裂かれた。さらし首、穴埋め、腰斬、車裂、磔刑。それらすべての刑はあの徴兵事務局の課員や衛生局の医者たちとおなじような、憎悪の方向を失った人びと、管理者、時間や物の囚人によってきわめて冷静に執行されたのである。職業人たちは透明な漏斗状の凹みの底できわめて冷静に関節の弱点を狙うことを考え、身長と穴の深さの関係を計算し、苦痛の量と時間を自由に調節できる技術を身につけることを練習したのである。ときどき私たちは実験的にいま埋めたばかりの人間の首がずらりと両側にならんだ道を何回となく隊伍を組んで歩かせられることがあった。受刑者たちは、はじめのうち私たちのたてる土埃りをかぶるまいとして眼を閉じたり、眉をふるわせたり、唾を吐いたりしているが、そのうち土が固くなって圧力が全身にかかってくると、のどをぜいぜい鳴らし、異様なしゃがれ声をたてて叫んだ。道のかなたにたった執行課員は埋められた男の苦痛の変化を観察しながらさまざまな命令を下した。いわれるままに私たちは全速力で左へ走り、右へ駈け、わめき叫ぶ顔のまえでとんだり、跳ねたりした。私たちの体重はやわらかい土のなかにしのびこみ、あらゆる方向から受刑者たちの体にじりじりとのしかかっていった。彼らは顎まで土に埋まって道とたたかった。血管を怒張させて彼らがうめいたり、叫んだりするたびに私たちは彼らの肋骨が肉のなかでたわんでにぶいきしみをたてるのを足や腰に感じたが、たじろぐすきもなく執行課員が叫ぶので、ひたすら走るよりほかなかった。町の人びとは朝から夕方ちかくまで私たちがほとんど食事も休息もせずに右へ左へよろよろ走りまわる光景をただ遠くから両手をたらして眺めるばかりだった。執行課員は執行課員で、吐瀉物にまみれて窒息死した受刑者のよこにしゃがみこんで彼が何時間かかってどのように死んでいったかを記録し、かつその体験を今後大量の受刑者群にたいしてどう適用するか、という結論を引出すことに没頭しきっていた。

咸陽の町ではまったく肉のうちにこもるよりほかにしかたがなかった。出版業者は医学書と星座表と農芸書をのぞくほかはいっさいの書物の刊行を禁じられ、その三種以外の本は徹底的に摘発されて焼かれたので、古本屋や図書館は埃りのつまったからっぽの穴になってしまった。広場や辻では本が山のようにつみあげられ、油をかけて、焼かれた。憲兵や刑事がその火の山のまわりにたってするどい眼を光らせているので人びとは遠まわりして歩いていったが、ときどき私たちは現場から一町も二町もはなれた暗がりにたたずむ人影をみとめた。彼らは戸や塀や路地の出口などで壁にぴったり体をくっつけて火のほうを眺めていた。私たちの足音を聞くと彼らはおびえたまなざしでふりかえり、細い、くぼんだうなじを見せて夜のなかへ消えていった。何ヵ月にもわたって焚書が毎夜のようにつづけられたので町に学者や学生の姿はほとんど見かけることができないようになった。私服の刑事があらゆる教室や塾にもぐりこんで授業を盗聴し、皇帝や現代について批判を下す人間があれば片言隻句をとらえてかたっぱしから投獄、死刑、流刑に追いやったのだ。長城と宮殿と道路は厖大な人員を必要としたし、刑事たちは員数をわりあてられていたから、ありとあらゆる口実を設けて人間を徴発したのだ。捕えられた学生たちは額にいれずみをうけ、ほかの百姓や商人や官吏たちとまじって広場で閲兵式をうけてから北方の砂漠へ行進していった。

私たちは首都について登録といれずみをすませると、いくつかの大旅団を結成するのにじゅうぶんな地方部隊が到着するまで荷役や道路工事などをやらされた。石材、木材、塗料、道具などを満載した牛車が東西南北の街道をつたって咸陽の町へやってくるのでそれらをおろしたり、つみなおしたり、各現場へ配給したりするだけでもたいへんな労働量に達した。私たちは毎朝点呼をうけると隊伍を組んで町へ行き、仕事がおわると夕方また点呼をうけて宿舎に帰った。宿舎は市外の畑地をつぶして天幕や掘立小屋などがたてられ、まわりには柵が設けられて逃亡や脱走ができないよう監視人が二四時間勤務をやっていた。しかし、私たちは脱走者が捕えられるとどんな苛烈な処分をうけるかということを辻や広場で見せつけられていたので、柵のなかから逃げようなどとはついぞ衝動に身をゆだねる気になれなかった。仕事から帰ってくると、私たちは配給の雑炊を食うのもそこそこに天幕へもぐりこんだ。若すぎる人間や老いすぎた人間たちは食後の時間を散歩や猥談にすごし、ときには残飯でつくった密造酒に乱酔して殺しあいをやったり、サイコロ賭博にふけって故郷の妻や家や牛を賭けたり、ひとこともしゃべらずに何日も石に自分の名前を彫りつづけたりした。が、たいていの者は土に頭をおとしたとたんに全身をしびれさせる泥睡のほうを選んだ。小屋のなかには寝具などひとつもなく、土のうえへじかによこたわるのだった。男たちはまっ暗な小屋のなかで着のみ着のまままたがいにかぶさりあってねむった。小屋のなかには寝具などひとつもなく、土のうえへじかによこたわるのだが、つぎからつぎへと来ては去り、去ってはやってくる男たちの皮膚にこすられて土はすっかり固くなめらかになり、汗や垢や精液の匂いをむんむん発散させていた。その悪臭は、かりにこの天幕や小屋をとりはらって焼いたり灰をまぶしたりしてもとうてい消すことができないように思われた。私たちは居酒屋のテーブルのように汚れ果て、腐り果てた大地に寝ているのだ。尿と精液の匂いはほどいてもほどいてもくりだしてくる巨大な毛糸の玉のようにその厚く深い粘土や岩盤の芯からたちのぼってくるのである。男たちは暗がりのなかで、たがいに手淫しあったり、横腹をかいたり、おくびでのどを鳴らしたり、夢のかけらと唾をもぐもぐかみしめあったり、とつぜん叫んではねおきては絶望にふたたび沈みこんだりしながら皇帝のもっとも小さな贈物である眠りをむさぼることにふけった。

しかも、なお、注意していただきたいのだ。私たちは大陸のあらゆる襞から狩りたてられ、吐きだされ、吸いよせられて一点に集結してはふたたび帝国のはるかな寒冷の皮膚へと流れ、しみこんでゆく、廃血の循環にすぎないのだが、しかも、なお、その心臓を出発するときは奇怪な民族感情の起動力をあたえられていたのである。閲兵式の夜を私は忘れることができない。

いよいよ全地方からの労働部隊が集結して、旅団が編成されると、私たちは何日にもわたって宮殿前広場で閲兵式をうけた。天幕村、掘立小屋、軍用道路、宮殿、学校などに寝泊りしていた、おびただしい数の夫役人がいっさいの道具を放棄して夕靄の青い川のなかを広場に集ってきた。式は夕刻から開始されて深夜に及んだ。広場のあちらこちらには塔がたって巨大な鍋を捧げ、油の池に浸された薪に火がつけられた。この夜空にこだまするかがり火のなかで宮廷楽団の演奏、親衛隊の行進がおこなわれた。内閣諸大臣、建築家、転向学者、宗教家、詩人などがつぎからつぎへと演壇に登場して残忍で愚劣な、けばけばしいロマンティシズムの香油を私たちの額にふりまいた。阿呆どもは長城を空間と時間への挑戦であるといい、万世一系といい、蛮族打倒といった。宗教家は祈って祝福し、娘たちは踊り、全市民が広場のまわりで拍手合唱した。田園や冥界の神々の名が讃えられ、香が焚かれた。これらのひとつひとつの儀式は形容詞の充満した誇大妄想狂の文章のように群集と夜のかなたにとりとめもなく出没し、爆竹、銅鑼、吹奏楽が句や行の空白にきらびやかな光と響きを挿入したのである。

閲兵式は六日間にわたっておこなわれた。そのあいだ皇帝は一度も姿をあらわさなかった。大臣たちは演壇にのぼって蛮族への憎悪や国民への誠実や孤独の克服などを説いたが、誰ひとりとして皇帝の不在についてふれるものはなかった。すでに彼は絹と壁のなかに姿をかくし、少数の宦官をのぞくほかは誰のまえにも顔を見せないようになっていたのである。もし皇帝の姿をかいま見たものがあって、そのことを口にだすと、たちまち殺されてしまった。旅行するときは暖冷房装置のついた馬車の窓を固く閉ざし、沿道のすべての人間を追い払うか最敬礼させるかしたし、おびただしい数にのぼる阿房宮の離宮、別殿はすべて人目をさけるため両側に壁のある舗道か地下道で連絡されていた。あるとき皇帝と重臣のひとりが野にでると、たまたま重臣の護衛兵たちの儀仗のほうが皇帝のそれより数が多かった。それを見て皇帝は自尊心を傷つけられ、不機嫌になった。さっそく宦官のあるものがそのことを重臣に告げると、重臣はたちまち儀仗の数を減らした。すると皇帝はそれを見てその日の夕方に侍従全員を死刑にしてしまった、というのである。これは彼の強烈な傲慢さを語るもので、咸陽の町の居酒屋のひそひそ話には似たような真偽さまざまの挿話がいくつとなく明滅出没していた。宮殿内では死について語ることが死刑をもって厳禁されているという事実をつたえ聞いたこともある。これらのことから推して人びとは海岸や未開地方へひっきりなしに派遣されている強精剤発見の医学部隊の事実とならべあわせ、皇帝の神経叢にしのびこんだ恐怖について語ることをつねとしていた。広大きわまりない宮殿のどこかで、死を世界に氾濫させた鳩胸の小男は肉の弱さと不浸透へのあくなき欲望の両極をさまよって子供のように息の音に耳をかたむけているというのだ。

私たちは広場の夜にあって皇帝や儀式や詩人からはるかに遠い存在であるべきはずだった。もともと私たちは長城や宮殿や北方遊牧民族とはなんの関係もない日常の衰弱者、商人や百姓にすぎないのだ。徴発されて以来の迫害は私たちをその薄暗く低くせまい肉のなかへ追いこんでしまった。どんな演説も私たちをそこからひきずりだす力をもたなかった。流刑囚たちは閲兵式のはじめの二日か三日は、自分たちにそそがれた上層者たちの感情の壮大さにとまどい、はじらい、困惑のまなざしを眼にたたえたのだ。しかし、六日六夜にわたるたえまない音楽と激情、身ぶり、演説、波のような祈り、これらの連続は、あの、夜に抵抗するかがり火にたいして抱かせられる快感とあいまってすっかり私たちを解除してしまった。私たちは主催者の技術的攻撃に抵抗するにはあまりに多数で、あまりに分散しすぎていたのだ。六日めのさいごの晩、私たちのあるものはついに酔って叫びはじめた。将軍や評論家や作家たちの呼びかけに応じて広場の群集はおずおずとたがいに眼をかわしあい、溶解の予感にはにかんだり、ためらったり、いらいらしたりしていたが、やがて叫声ははるかかなたの最前列部隊から発せられて暗がりのなかを体から体へ川のようにひろがりだしたのである。私のたっているところからは演壇はあまりに遠くて、人物の表情や動作はほとんど見えないといってよかった。しかし、壇上の男がゆるゆると両手を高くさしあげたとき、流刑囚たちはいっさいの拘束から解放されてしまった。暴風のような叫声が阿房宮をおそったのだ。私は背骨をゆるがす衝撃にたえられなかった。私は肉からはなれて、叫んだ。その瞬間、皇帝も宮殿も煽動者も、また、数知れぬ寡婦や老人や塵芥溜《ごみた》めに群がる脹満腹《ちょうまんばら》の子供たち、いっさいが消えてしまった。私は自分の腹部や肩や額から揮発した自我が厖大な夜の群集のうえを蔽い、拡散してゆく快感にたえられなかった。腋臭《わきが》と汗にまみれて額に穴をあけられた男たちは手を組んでひしめき、口ぐちに軍歌、労働歌、皇帝頌歌を合唱しだした。ふるえ、けいれんし、涙をうかべ、歯をむきだして合唱しながら私たちは壮大な錯覚のなかで祖国防衛と長城建設を誓いあって、踊り狂った。

四

幼時からの痼疾にもかかわらず皇帝は多情であった。彼は精液を右へ左へ気まぐれにふりまいて十六人の子供をつくった。そのおびただしい子供のなかで、彼は胡亥《こがい》をもっとも愛した。彼は死を恐れ、憎んでいたので、胡亥を嗣子にして二世皇帝にたてることを口にだしたことは一度もなかったが、側近者たちは胡亥を彼の後継者と考えた。しかし、胡亥は大秦帝国の支配者となるにはあまりに無個性、無気力で、快楽にたいする内在的な趣味におぼれきっていた。女と宦官にとりまかれて彼は衰弱しきっていた。それを見て、ある予言者は、皇帝に、秦を亡ぼすものは胡である、という主題を提出した。彼はその言葉で胡亥を暗示したつもりだったが、皇帝はこれを「胡族」と理解した。その結果、三〇万の遠征軍が派遣され、総動員令が下されたのである、という風評を私たちは幾度となく聞いた。それは皇帝の秘密主義やあらゆる弾圧政策にもかかわらず口から口へつたえられて人びとのなかにしみこんでいった。

しかし、なぜ長城が築かれたのかという疑問にたいしては、これは、あくまでもひとつの動機の意味しかもたない。たとえ予言者がいわなくても皇帝は長城建設を思いたち、そのためのあらゆる機会をとらえ、口実をでっちあげたことだろうと思われる。すでに見たようにこの防壁は北方に国境をもつあらゆる国の主題であった。過渡的な戦乱時代の燕、趙、斉、および統一以前の秦。これら四国はそれぞれ大陸の北方線を分割していたので、長城建築にはひとかたならぬ精力を費した。王たちは諸侯や地方的英雄の叛乱をたえず弾圧しながら隣国と抗争し、かつそのいっぽうで匈奴にたちむかわねばならなかった。しかもその対匈奴戦はそれだけで優に一国の力を吸収するにたる長城建造という防衛戦と、さらに匈奴を駆逐してははるか中央アジア高原へ追放するという攻撃戦の両面作戦であったのだ。よく知られているように匈奴はその遊牧民族である性格から広大な砂漠と山岳地帯と北方平野をたえまなく移動し、およそ居住の定点というものをもたないため、つねに徹底的潰滅をまぬがれていた。よほど彼らの性癖と地理にくわしい、老獪で忍耐づよい戦略家ででもないかぎり、彼らの一集団全員を殺しつくすことは不可能であった。彼らはけっして死滅することのない力である。たえず荒野を流れて彼らは東西南北へ家畜とともに移動し、集団と集団はくっついたかと思うとはなれ、はなれたかと思うとくっつき、黙っているると風のように擦過してすべてを焼きつくし、殺戮強奪は酸鼻をきわめた。たいていの場合、来襲の情報に応援部隊がかけつければ蛮族の部隊はすでに去ってあとかたもなく、平野や峡谷には平和な牧人が家畜とともにねそべっているにすぎなかった。が、警戒がちょっとゆるんで、小隊が背をむけた瞬間、たちまちその牧人たちは笛を投げて匕首《あいくち》をぬき、家畜を暴走させて追撃者たちの背にとびかかり、腕や足の骨を膝でへし折った。彼らが戦士であるか牧人であるかはとうてい判断できることではなかった。彼らは黄土地帯の農耕定住民族とちがって力を分散させることなく、道徳、座標、屋根、壁に類するものをいっさい排斥した。ひとりの少年は牧童であって戦士、息子であって夫、指導者であって部下、兄妹であって恋人なのだ。父親が死ねば息子がただちに母親と結婚し、自分のでてきた膣に自分の男根をつらぬき、自分の生まれた子宮に精液を泡たて、放射して歓喜を叫びあうのだ。この、暗く苛烈な精力に充満した牡の群れとたたかって勝ったものはひとりもなかった。王たちは没落し、つねに長い廃墟がのこった。

咸陽を出発した夜から長城到着の朝までの回顧ははぶくことにしよう。故郷の町から咸陽までの徒歩旅行とおなじように私たちはふたたび時間の囚人となった。予定の日、予定の人員。遅刻、欠員は死刑、流刑。加害者も被害者も等質の憎悪でむすばれ、しかもその憎悪の行方は見失われ、たえがたくよどみながらなんの手をつけることもできない腐敗への下降だった。護衛兵たちは必死になって鞭をふりながらそれを私たちの体にあてることができず、私たちは彼らの運命をにぎりながらその力を行使することができず、将校から一兵卒にいたるまで全員がわけもわからず叫んだり、ののしったり、沈黙におちこんだりしながら夜となく昼となく街道を走りつづけたのである。皇帝と法は私たちの体のまわりに透明稀薄な高山の空気となって存在し、人びとはたえまない窒息にさらされていた。ただ、上京のときの旅行とちがう点は、私たちが六日間の解除作業をうけたために、苦痛がふたたび私たちを肉の暗所へ追いこみはしたものの、蛮族への憎悪にむけてすべての胸苦しい衝動を集約することができるようになった、ということだけである。私たちは遊牧民族についてなにも知らない。しかし、あの夜のヒステリーは私たちに熱く大きく固いものをあたえてくれたのである。私たちは憲兵や疲労や飢や恐怖、屈辱など、すべてのものに浸透される。が、たったひとつ蛮族についてだけは私たちは皇帝と同質の衝動に体をゆだねることができるようになったのだ。

長城の全規模を私たちは知らない。それは過去の諸王の遺産を補修改築し、切れた部分の誰ひとりとしてその起点と終点を目撃して全道程を理解したものはいないのだ。労働部隊を匈奴の奇襲から守るために蒙恬将軍は莫大な数にのぼる辺境防衛軍を動員し、長城の建設予定線にそって兵士を配分、駐屯させたが、それでもなお匈奴追撃の野戦に大部隊の勢力をさかなければならないため、守備はつねに小人数で、つよい防禦線を蛮族の駿馬にたいしてひくことができなかった。匈奴の額せまく兇暴剽悍な戦士たちはしばしば駐屯所と労働部隊の天幕村に夜襲をかけて闇夜に利く猫のような眼を駆使して虐殺をほしいままにした。長城の規模がいかに長大なものであったかを説明するためには、そのようなゲリラによって潰滅した駐屯部隊の情報が事件発生後二年たってからようやく派出所、それも中央企画部よりはるかに遠い、まったく渺たる点にひとしい派出所に到達したという一事をあげるだけでたくさんだろう。蒙恬将軍は全防衛軍と労働部隊を管理する。彼はこの事業の最高責任者である。おそらく長城の像を描くことにおいて彼をしのぐものはひとりもいないだろう。私たちの質問に応じて彼は数字と地名のおびただしい列挙のうえに長城を築いてみせるだろう。その事業が人類のかつて企ておよばなかった地平線の創造であることを私たちは理解する。長城はまさに隆起せる地平線なのだ。しかし、同時に私たちは確信して疑わないのだ。その蒙恬将軍すらも、長城の意味の理解においてはなお夫役人の私たちとまったくかわることがないはずである。

　長城の建築技術を説明すれば首をかしげられるにちがいない。なぜなら、これほどの有史以来の企図が、あの私の故郷の町の城壁とまったくおなじシステムによって運営されていたからである。そのシステムは私たちより数代あるいは十数代まえに発明されたもので、それをそのまま岩砂漠のなかに適用しようというのである。時代は武器の効率の増大に知力をかたむけはしたが、建築技術についてはほとんど停滞状態がつづいていたといってもよいのだ。ただしこれは城壁建造についてのみいえることである。別種の技術はその結晶をあなたは阿房宮に見いだされるだろう。が、いまは長城について語ることにとどめておきたい。長城に関するかぎり、それはまったく私たちの幼稚さの愚劣きわまる拡大にすぎなかったのである。私たちは町の城壁を築くときとまったくおなじように黄土をねり、日乾し煉瓦をつくり、それを営々として砂漠のただなかに一箇ずつつみあげていったのだ。あるいはこのシステムによって皇帝は全従業員に帝国がその版図の広大無際限さにもかかわらずなおひとつの町にすぎず、それ以外のなにものでもないのだという連帯感覚が発生することを期待したのだという説が生まれるかもしれない。宮殿前広場のけばけばしい演説者たちは孤独の克服を私たちに説くにあたってそういった。六日めのさいごの夜の私たちのヒステリーと首都から辺境までの長距離行進の苦痛をささえた、私たちの、外を志向するただひとつの憎悪、こうしたものはピタリとそれをさし、それに呼応している。しかし、長城の予定線のあちらこちらに労働部隊が配分されて、いざ仕事にとりかかってみれば、何ヵ月もたたないうちにたちまちこの説の迷妄がさらけだされた。

私たちはある王の遺跡の終ったところから出発することになった。このあたりはちょうど黄土地帯が終って、砂漠と山岳地帯のはじまろうとする地点であった。地平線のかなたまで見わたすかぎり砂礫の荒野がぼうぼうと広がっていた。灰色の密雲に閉ざされた空がぬかるみのように地平線にのしかかり、半砂漠の荒野がそのかなたから空が流れだしたようにおしよせてきた。酸性土壌の乾ききった土のしたを無数の岩脈がいらだたしげに這いまわり、いたるところで巨大な、陰惨な脊椎が浮いたり、沈んだりしていた。風は密雲の奥を流れて長いこだまをひびかせ、空のあちらこちらでは雲が切れて、雲層の断面がまるで無数の襞をもつ金属の崖のように日光を浴びて輝いていた。北方鹿や野生馬の大群が、ときどき、この薄暗い空のしたを走ってゆくのが見えた。彼らは丘のかげに見えつかくれつ、あたかも砂漠そのものの移動のような蹄音をたてて何日にもわたって疾走していった。

王の遺跡の城壁が土に沈んだ地点から私たちの仕事ははじめられた。着工式にあたって、私たちは捕虜の匈奴を二人つれてくると、深い穴を定礎点に掘り、彼らの首を切りおとしてから穴の底に跪かせ、首のかわりに青銅製の鼎《かなえ》を両手で捧げもたせて土をかぶせた。遊牧民はこうしてついに理由を知ることなく長壁の全重量を永久に支えることとなったのである。私たちの受持区域は黄土地帯からへだたっているので、土や日乾し煉瓦をはこぶために牛車の隊が現場とはるか遠方の辺境の町を往復した。私たちは苦心惨憺して粘土を掘り、岩をつらぬいて井戸をつくると、牛車のもってくる黄土をおろして水でねり、木枠にはめて陽に乾かし、できた煉瓦を一箇ずつつみあげた。長城がのろのろと荒野を這って丘につきあたると、煉瓦は馬や牛の背で丘のうえにはこびあげられ、崖があればそのまま崖を壁に利用した。私たちの目的はとぎれとぎれになっている遺跡をつなぎあわせることであって、遺跡の城壁そのものの改修は後続部隊がやってくれることになっていた。しかし、荒野は東西南北見晴らすかぎりただ岩と砂ばかりで、進路の目標になるものはなにもなかった。そこで現場監督は作業を指揮するかたわらしじゅう太陽と星に進路の指示を仰いだ。私たちはこの単純きわまる作業を無数の小部分に分解した。黄土をおろすものは黄土をおろし、水を汲むものは水を汲み、煉瓦をはこぶものはひたすら煉瓦をはこんで、いっさいそれからさき自分の力がどう連結して流れ高まってゆくかということについて他人の仕事に関心をもったり、干渉したりすることを禁じられた。もちろん労働意識の新陳代謝を計るために仕事の交替はしじゅうおこなわれ、運搬係が製造係に、製造係が建築係になり、各人がひととおり作業の全部分を経験するような仕組にはなっていた。しかし、ひとつの部分が他の部分と独立的に排除しあうという方式はぜったいにかわることがなかった。ただこの方式によってのみ長城は築き得られるはずであった。そしてこのこと自体が私たちに長城へのいっさいの信頼を失わせる結果となったのだ。

私たちは岩砂漠のなかに天幕村をつくって寝泊りし、長城がのびるにしたがってつぎつぎそれにそって天幕を移動させた。一日は点呼にはじまって点呼に終り、食事は炊事班が現場へはこんできてくれた。朝、天幕からぼろぼろの作業衣にくるまってでるとき、軽快な日光を全身に浴びて私たちはかつて故郷の田舎町の夜のなかで感じたのとおなじように家具さながらの確信を体におぼえた。私は重い肩と背骨のきしみを愛する。毎日がまったくただのくりかえしにすぎないことを知りぬいていながら、朝はじめて道具や煉瓦をかつぐとき、ズシリと肉から骨へしみとおるその重量には新鮮な予感と意味が感じられる。私たちはたがいに楽しげな悲鳴をかわしあいながら隊伍をつくって荒野へ入っていった。しかし、午後三時をすぎるころになると、私たちは飛散して木片となってしまうのだ。苦痛はきまって午後三時すぎにやってきた。私たちはその到来をはるかまえから予感し、準備姿勢をこころのなかにととのえているが、いつも肉はとつぜんの襲撃に、何度くりかえされても慣れることのできない新鮮さをもって傷をひらいた。私たちは砂漠のなかを汗みどろになって煉瓦を背負い、乾燥場から建築現場へ、現場から乾燥場へとたゆみない往復をつづけた。が、まわりの空気の圧力がとつぜん異常に高まるか、稀薄になって、苦痛が背骨の穴のなかでひらく瞬間、時間はとつぜん体からゆるみほどけて水のように拡散するのを感ずるのだ。私は顎をおとす。全身から力がぬけ、足がふるえる。監督の叫び。足音。鞭のうなり。皮膚のうえに泡だつ日光。踵に迫ってくるうしろの男のあえぎ。これらのものはいっさい響きであり熱さであり、しめっぽい匂いにすぎず、なんの効率も関係ももたないのだ。あたりにはかさばった、陰惨で、露骨な、物の群れがあるばかりだ。皇帝、将軍、蛮族、けたたましい煽動屋たち、すべては影なのだ。この岩砂漠の午後のなかで彼らは一本の枯草の意味ももたない。汗に浸って酸敗した筋肉のふるえるなかで私はいたるところに長城を見いだす。官吏は竹屑に埋もれていた。憲兵は綱をもって走っていた。夫役人は手斧をもって這っていた。額に穴をあける医者。メスをとぐ男。執行課員。兵士と将校。これらすべてのうえから皇帝は去っていた。煽動家たちは彼の名をかりて私たちに憎悪の目標をあたえ、蛮族を見ないで蛮族を憎む、ただそのことの熱さ、固さにたよることによってのみ私たちを咸陽から砂漠まで歩かせた。が、それはついにそれだけの射程で終ってしまったのだ。私は煉瓦の重量のしたでおしひしがれ、日光にギラギラ反射する岩と砂のひろがりのなかに埋没した……

長城が匈奴の脳皮にどんな線や溝をひいたか、私には疑問に思えてならない。荒野に到着してしばらくのあいだ、私たちは作業場のはるかかなたを羊の大群とともに移動していく裸馬にまたがった遊牧民の集団を見かけたが、守備兵たちがそのたびに襲撃して老幼男女を選ぶことなく羊の群れとともに惨殺したので、やがて情報が知れわたると、彼らは姿を見せなくなった。しかし、これはあくまでも白昼の視界に登場しないというだけであって、夜になると荒野の主権は彼らに移った。彼らは暗闇のなかを小集団をつくって駈けまわり、兵士や夫役人たちをほしいままに殺し、天幕を焼き、穀物を盗み、馬を奪った。彼らの野戦術は高度に発達し、局地戦や城郭戦になじんで塀や壁などの障碍物の利用で力を節約して効果をあげることに腐心してきた私たちの農民出身の兵士を完全に翻弄した。私たちは彼らの接近の気配をまったくさとることができないのだ。彼らは拳ほどの石かげに全身をかくして匍匐することができ、音もなくしなやかに跳躍して哨兵をたおし、天幕に火矢をうちこんだ。たとえ狼火《のろし》が望楼にあがっても、彼らは援軍が到着するよりはるかに速く殺して疾過した。兵士たちはどうしてよいかわからずに、やがて、彼らがくるのを防ごうとするよりは去ったあとを追うことのほうに腐心するようになった。私たちは毎日くたくたに疲れきって仕事から帰ってくると天幕村や駐屯所のまわりの荒地を箒で掃かされた。兵士たちはかがり火をたいて終夜歩哨をやった。私たちは一歩ずつ後退して自分の足跡を消しつつ天幕村にもどり、兵士たちはほとんどうごかないか、たとえうごいても彼らの靴跡はわかっているので、朝になると馬にのって砂に匈奴の足跡や蹄跡がのこっていないかどうか調べにでかけた。私たちが襲われなくても匈奴たちはいつのまにか天幕にちかづき、かがり火のすぐそばまでしのびよっていることはしばしばあって、兵士たちは昨夜自分の背のすぐうしろに匕首が迫っていたことを朝になって発見して蒼ざめた。彼らは砂の足跡を追って捜索にでかけたが、いつも私たちの視界の範囲内だけを調べてもどってきた。たとえ姿は見えなくても匈奴の戦士は荒地のどんな岩かげにひそんでいるかわからないのだ。深追いした兵士は単騎であろうと、小隊であろうと、きっと重傷を負うか全滅するかした。私たちは城壁を築くとき、かならず間隔をおいて望楼をつくり、その望楼に守備兵の一隊をのこしてからつぎの工事にさしかかるのだが、匈奴はしばしばこの後衛隊をみなごろしにして城壁をのりこえた。匈奴の居住地帯もまた広漠として限界を知らないのだ。私たちは城壁を中心にする視界から彼らの家畜群を追いだすことに一応は成功したかも知れないが、戦士はあいかわらず昼となく夜となく私たちを監視している。ときに彼らは示威のために城壁の内側の、私たちの領土の荒野を白昼ゆうゆうと、しかも黄土地帯へむかって馬を走らせてゆく姿を見せつけたりするし、またときには後部地区からの牛馬の輸送隊を私たちの視野のなかで襲撃することもある。

　これらのことから推しても私たちの結論はたったひとつしかでてこないのだ。万里の長城は完全な徒労である。それはあきらかに私の故郷の町の城壁とおなじように防禦物としての機能を完全に欠いている。風にむかって塀をたてて風が消えたと信じたがっているのだ。しかも、田舎町の城壁にたったひとつの意味をあたえていた、あの、すべての価値に先行して私たちを夜のなかに発散拡張させる共同作業の感覚が、この北方の長城にはまったく失われているのだ。ここでは人びとは厖大な拡大力のなかでの点であり、あくまでも点にとどまり、ついに結合して円をつくることのない、ただの肉片にすぎないのだ。私たちは砂漠と黄土と乖離感覚を相手に息もたえだえな苦闘をつづけたあげくにやっとのことで築きあげた城壁の内側をいつのまに侵入したのか匈奴の戦士が日光を浴びてゆうゆうと馬を走らせてゆく光景を目撃して深い疑いの衝動におそわれた。彼らにむかってなぜ国境を主張する必要があるのだろう。彼らこそは私たちの硬直して手のつけられぬ衰弱におちこんだ文明への新鮮な衝撃力なのではあるまいか……

荒野では飢えと危機が慢性化した。このことについて私たちはとくに自分の立場の苦しさを誇示しようとは思わない。動員令が発布されて以来、事情は大陸のあらゆる町や村でもおなじことだし、さらにそれに加えて重労働ということについてなら、首都の道路や宮殿のうえを這いまわっていた、おびただしい労働者の魚のような眼を思えば、なにもいえなくなる。私たちはふたたび孤独や絶望について誰ひとりとして特権のもてなくなった時代にいるのだ。時代はかつて過去のどんな日にもなかったような力にみちている。始皇帝は彼以前のどんな王や将軍も思いつかなかった制度を発明して力を全土から吸収することに成功した。宮殿、軍用道路、夜の大歓送会などに私たちはそれをみとめる。これほど私たちが力にみちていようとは誰も夢想できないことであった。が、それにもかかわらず、人びとはそれほど力にみちているにもかかわらず、自分がどこをめざし、なにをしようとしているのかわからないでいるのだ。荒野の作業は私たちに梃子《てこ》一本の意味すらも見失わせてしまう。壁が高くなったり、のびたりするのは午前中だけだ。午前中、私たちは体内にいくらかの圧力を感じて砂漠と空にたちむかう。黄土をねり、煉瓦を吊りあげる。梃子や綱に友情をおぼえる。しかし、あの、午後三時すぎの発作は私たちを肉の空樽にかえてしまうのだ。長城がその長大な規模とすさまじい重量をもって私たちに意味を理解させてくれるのはその一瞬である。透明な打撃をうけて内圧が零におちるとき、私は煉瓦のしたでよろめきながら前後左右のすべての労働者がひとしくうめき声をもらすのを聞く。うめきは体から体へ、道具から道具へひろがり、しみわたり、一瞬、空のしたに巨大な、うつろな宮殿をつくりあげてから砂のひろがりのなかへ飛散してゆくのだ。眼も口もあけていられなくなって私は煉瓦をおとした。

飢えはさきに見たように匈奴の戦士が牛車隊をおそうために起った。ときたまの獣群をのぞいて荒野のなかで食えるものはなにもなかったので、私たちは食糧をはるか後方の黄土地帯の辺境町から牛車で送られてくるものにたよるよりしかたなかった。私たちの地点はまったく砂と岩の半砂漠で、匈奴の家畜群と部落民が守備兵におそわれて逃走した理由は、ひょっとすると私たちをおそれるというよりはむしろ土地の不毛性にあるのかもしれなかった。ここには牧草もろくに生えていないのだ。ここが匈奴の領域に属することはあきらかだが、私たちの守備兵が殺戮したのはほとんどが家畜群をつれた移動中にたまたまそこに野宿、仮泊していた匈奴であって、彼らにとってこの土地はなんの意味ももたないのだ。蛮族すら見捨ててしまったような廃地、おそらく岩層の芯の芯までひからびてこわばった、まるで土のかさぶたとでもいうよりしかたのないような土地に私たちはしがみついているわけだ。牛車隊はこの岩砂漠のなかを食糧や器具や黄土をつんで毎日やってきた。彼らは騎兵隊に護衛されながら長蛇の列をつくってのろのろときしみをたててつやってきたが、匈奴の遊撃隊は岩かげにかくれてはるか遠くを牛車に平行して移動し、隙さえあれば夜昼を問わずおそいかかった。彼らの馬は耕地で育った騎兵隊の馬よりはるかに耐久力と脚力にめぐまれているうえ、騎兵とちがって毛皮のほかにはほとんど武具らしいものをなにもつけていないという身軽さであり、しかも刀や槍や弓などの性能は騎兵のそれとまったくおなじである。どんな槍騎兵も匈奴のまえでは鈍重きわまる鎧人形でしかなかった。匈奴は堰の水をきるように騎兵隊を荒野のあちらこちらへ誘導、分散させてから、牛車におそいかかって掠奪、殺戮をほしいままにした。彼らは騎兵の足に綱をしばりつけて二頭の馬に鞭うってひき裂かせ、眼を指でえぐりだし、腕をなんの刃物も使わないで皮膚ごとひきちぎった。しかし、私たちは彼らの嗜虐趣味を憎悪の口実につかうにはあまりにも咸陽の町の辻で変形をうけた人体を見すぎているのだ。のみならず、私たちの兵士も彼らをつかまえればまったくおなじことを薄暗い空のしたでやったのだ。

牛車が来なくなると私たちはたちまち飢えた。人びとは天幕のなかによこたわり、咸陽の町で長城への出発の日を待ちながらふけったのとおなじさまざまな愚行に、さまざまな反応をしめした。賭博。手淫。同性愛。猥談。殺人。私たちは垢と精液にまみれてひとかけらの餅や野菜屑のために全身の力をふるって殴りあい、殺しあった。守備兵たちは叛乱をおそれて私たちからおよそ武器になるようなものならなんでもかんでも没収し、縄帯とぼろをのぞけばほとんど全裸にひとしい恰好にしてしまっていたので、私たちのあいだで起る事故死はたいてい打撲傷や窒息が原因であった。ときには工事現場の崖からとんだり、荒野のなかへ逃走したりするものもあった。崖から墜死したものはそのままだが、逃走者は守備兵が馬で追いかけ、捕えるとその場で惨殺した。たまに守備兵からのがれることができたものは匈奴をおそれて深追いされなかったからであるが、やがてはのたれ死するにちがいなかった。食糧ももたずに徒歩で通過するには砂漠はあまりにも広すぎ、町はあまりにも遠すぎるのだ。のみならず、たとえ匈奴の気まぐれによって町にたどりつくことができたとしても、彼は額のいれずみによってたちまちそこで死刑にされるだろう。

あらゆる点から見て私たちは退路を断たれているのだ。私たちはこの時代とそのいっさいの属性からまぬがれることができない。私たちは岩砂漠のなかにいる。ある人びとは書類の山積した部屋のなかにいる。女は壁のなかで戸のノックを待っている。寡婦のような町があり、塵芥溜めのような村がある。すでに皇帝はいないのだ。彼はいっさいの場所と現象から去ったのだ。皇帝を憎む人は守備兵を憎むのとおなじ過ちをおかすのではないだろうか。皇帝はいっさいの人びとを上下縦横にたがいに隷属させる方法をつくりあげた瞬間に消えてしまったのだ。私はいずれ叛乱が起ることを信じてやまない。皇帝の死までにかならずそれは起るだろう。どれくらいの出血と骨折がそのために起るのか、まったく見当がつかない。しかし、かならず叛乱は起るのだ。ある人びとは反抗のために反抗し、もっとも距離のみじかい目標をつくって力をそそぎ、生きた、というかもしれない。ある人びとは棒をまえにつきだして闇のなかをひたすらがむしゃらに走りつづけてぶつかったものがあればその衝撃だけを信じて、生きた、といって死ぬかもしれない。あるいは、もっと力のある、またはもっと力のない、しかしもっと力を有効に使いたいと思う人は距離は遠いが確信のある目標をたて、それにむかってときには速く、ときには遅い足どりで歩いてゆくだろう。その目標がなにか、私にはわからない。私はこの時代がどちらをむいているのかわからない。が、皇帝打倒はおそらくその目標の最たるもののひとつだ。岩砂漠、官庁、刑場、書店、露地裏、いたるところで人びとは目くばせや、ささやきから出発してやがてあらゆる細流を集めた大河となるだろう。私たちは現在の停滞にはとうてい耐えられないのだ。皇帝の自然死までの期間、この川はぜったい地表に出現しない。いまの警察網は完璧である。性急な野心家の地方的叛乱はあちらこちら腫物のようにあらわれるかもしれないし、脱走者や青年たちは彼に利用されるかもしれない。しかし、皇帝が死ぬまでは警察と軍隊を味方にすることはぜったい不可能なのだ。洪水の出現はおそらく皇帝の死後である。暗殺であれ、自然死であれ、彼の死が、とにかく、最大の契機だ。

しかし、私は、長城が始皇帝の死によって消えるとは、とうてい思えないのである。私たちは彼によって教えられてしまったのだ。つぎにどんな男がカーテンの花蕊の部屋のなかに入ろうとも、逃げることはできない。ふたたび彼が万世一系を宣言しようと、あるいは主権在民を宣言しようと、彼は始皇帝からまぬがれることはできないのだ。彼のやることは長城の延長工事である。粘土製の長い、重い建造物のことだけではない。馬車の乗客、登記所の役人、衛生局の医者。長城はいたるところにあるのだ。この方式によらないで人びとを支配することはできないのである。彼はつぎからつぎへと大量の夫役人をつくりだし、系を無数に割って配分するよりほかに方法がないのだ。始皇帝打倒は人びとにさまざまなひびきを起させ、この圧制下にあって衝動を制したり、高めたりするだろうが、そのあとにくるもののことを考えあわせれば、なお、あの暗闇の走者と大差ない程度の、距離のみじかすぎる目標である。その目標は私にもハッキリ見えているのだ。これにちかづくことはきわめて肉体的であり、容易なのだ。しかし、そこにちかづこうとする努力は本質においてついに一揆にすぎないのではないだろうか。しかもつぎにどんな男を部屋に入れてやり、支持してやっても、ついに長城の消えることがないものとすれば、私たちのやることはつねに一揆のくりかえしにすぎないのだろうか。あるいは、それとも、すでに意味はその一揆のくりかえしそのものにしかないのだろうか。考えられるかぎりの道は、いまの私には、ひとつしかない。誰ひとりとしてなんのためかわからず、どこをめざしているのかもわからない、この厖大な徒労からまぬがれるには、ただひとつ、匈奴となるよりほかに私は知らないのだ。彼らが額に殺戮者のいれずみをもつ私を入れてくれるかどうかはやってみるよりほかにわかりようのないことだ。おそらく彼らが黄土地帯へ侵入すれば、人びとは壁とドアをひらくよりほかに方法を知らないだろう。彼らの異様に暗く苛烈な、方向は知らないがしかし奔放な速度にみちた力は黄土地帯の奥深くまでつきささって肉をふるわせるにちがいない。彼らこそは長城を必要としない唯一の種族である。私は彼らが脂肪ゆたかな娼婦のような地帯に住みついていつまで政府をもたずその力をふるいつづけられるか知らない。が、私たちの時代はもう久しく新鮮な上昇力に接していないのだ。私たちは彼らによってこそ蘇生しなければならないのだ。煉瓦をおろし、砂漠へ行こう。

中隊長

筒井康隆

自分はいつも馬に乗る時さかさにまたがってしまう。鐙《あぶみ》にどちらの足を踏みかければよいか直前のためらいがあり、そのためらいのために尚さらわからなくなり結局は逆の足を踏みかけてしまう。ためらいといってもそれはいつも馬の傍に立っている中隊長づきの伍長にはっきりそれとわかるほどのものではなく官舎から出て馬に近づくまでの歩きながらのためらいである。官舎を出るまでにこちらの足なのだとはっきり自覚しておけばいいようなものだがいつも馬の姿が眼に入ってからああ自分は馬に乗らねばならないのだ、鐙に足を踏みかけねばならず自分はその足がどちらの足だったかいつもためらうのだと思い、いそいでどちらの足であったかを思い出そうとするのだが馬の胴体に近い側の足を踏みかけてまともに乗れない筈はないという確信めいたものがあり、それに反撥しようとしているうちに混乱に到る。一度左足なのだとはっきり記憶に刻みこんだ時期があり、それがかえって悪かった。ある日逆の方向から乗らねばならない時があったのだ。あとは以前にも増して混乱がひどくああ自分は馬に乗らねばならないのだ、鐙に足を踏みかけねばならず原則としては左足を鐙に踏みかければよかった筈だがそれは本能にさからうわけで、いや、さからわなかったのかな、いや違う、本能にさからったために逆の方向から乗った時にはみごとにさかさにまたがってしまったのではなかったか、自分がだいたいそのあたりまで考えたところではや馬の胴体が鼻先にきてしまい自分に注目している伍長の手前ためらいなく鐙に足を踏みかけねばならなくなってしまう。なぜためらいなく乗るかというとためらわずさかさにまたがってしまった方がさんざためらった末さかさにまたがってしまうよりも伍長から軽蔑される度合いは少くてすむだろうという計算が自分の頭の中のどちらの足かを考えている裏側で一瞬はたらくからだ。鞍に手をかけ鐙に片足を踏みかけてその足で鐙の上に立ちあがるとそれが逆の足であった場合以前はそのままさかさにまたがってしまっていた。鐙の上に立ちあがった時すでにこれはもしかしたら違うのではないかと思いつつも完全にさかさにまたがってしまうまで馬にまたがるという行為を中断することはなかった。どうも逆のようだと思いながらも最後までまたがる行為を中止しやり直そうとしなかったのはもしかするとこれで正しいのかもしれないという思いがいく分かは最後まで残っていたからだ。しかし最近では鐙の上に片足で立ちあがっただけで自分がこれからさかさに乗るかどうかがだいたいわかるようになった。さかさに乗りそうになる方が多いのだが自分はそういう時鐙の上に立ちあがったまま伍長の顔を見る。伍長が自分への軽蔑を表情にあらわしているかどうかを確かめようとする気持もいく分かはあるがむしろそれよりも本当にさかさなのかどうかを念のため伍長の表情によって確かめようとする気持の方が強いようだ。伍長はたいてい非常に困った場合の顔とたいへん悲しい時の顔が入り混った表情で自分の方をじっと見つめている。こういう時は本当にさかさなので自分はいったん地上に片足をおろす。そんなことは滅多にないがもし伍長が平然とした表情で自分に注目していればその場合はさかさではなくそのまま乗ってもまともに乗れるのだ。

いつも自分が馬へさかさにまたがろうとすることによって伍長から軽蔑されているかどうかは自分にはわからない。だがもし軽蔑されているとすればその理由は自分が馬へさかさにまたがろうとすることによってであり、それ以外のものでないことは確かだ。自分と伍長とが何かを話しあうことは滅多にない。また近くでまともに顔をあわせるのは自分が馬に乗る時とおりる時だけで行軍中伍長は自分の乗った馬の左前方をこちらに背を向けたまま歩き続ける。馬に乗る時やおりる時でも自分が伍長と顔をあわせないでおこうと思えばいくらでもあわせないでおくことができる。したがって自分と伍長との間に直接何らかの心の交流らしいものがあるとすればそれは自分が鐙の上に片足で立ちあがったまま伍長の表情をうかがう時だけなのだ。それゆえ伍長はもしかすると自分がわざと馬へさかさにまたがろうとして伍長をおどろかせ面白がっているのだと考えているかもしれない。またまた自分が伍長との交流の機会を作るためいつもわざと馬へさかさにまたがろうとするいわば同じ間違いをしつこくくり返して見せることによって生じるユーモアで伍長の好感を得ようとしていると考えているかもしれない。その場合伍長はおそらく自分を軽蔑したりせず自分のことを部下にふざけたことをして見せるのが好きな面白い上官だと思っているに違いない。伍長の常識の中には十中八九いつまでたっても馬にまともに乗れない中隊長など存在しないだろうからだ。どちらかといえば伍長は自分を軽蔑するよりむしろ自分に好感を抱いているのではないかと思うのだがそれは自分にはどちらだかわからない。伍長のあの複雑な表情が本物なのかそれともたいへん高度な演技なのか自分には判断できないからだ。しかしたとえば他の中隊長づきの兵隊ではあるが時おり士官室へ報告にあらわれる眼の大きな若い上等兵の自分に対する態度などから類推して自分が兵隊たちからさほど軽蔑されてはいずむしろ好感を持たれているのだと判断することはできる。士官室へ入ってきたその上等兵が自分に敬礼する表情にはあきらかに親愛の情を籠めた微笑がうかがえるし、その笑いが決して軽蔑の笑いでなく多少尊敬の念の籠った笑いであることは彼の眼がもともと大きいからこそそれがよくわかるのだが彼の眼の輝きかたで知ることができる。事実その上等兵に自分は何ひとつ軽蔑されるような言動を見せてはいないのだし想像ではあるが彼が自分に親愛の情や尊敬の念を抱く理由もわかるように感じられるのだ。自分は彼の上官である中隊長やその他の自分の同僚のようにはのべつ部下を叱ったり罵ったりしないし彼ら同士のように部下の兵隊のいる前で連隊長の悪口を言ったり露骨な猥談をしたりはしないからだ。またひとつには自分が他の中隊長ほどには武骨な言動もとらず粗野でもなく顔立ちも端正なので比較的教養があり話のわかる人間だと思われている傾向があるのではないだろうか。自分の顔が整っていてたいへん色が白いため今まで他人からなんとなく自分という人間を過大に評価されてきた経験からそう思うのだが実は自分は彼らのようには部下の失策に気づくことがなく彼らほど連隊長の噂や女のことに関して詳しくないというだけなのだ。また自分には彼らのようには士官学校や軍隊経験で憶えた軍隊用語を適当に会話の中に応用して喋るという器用さもない。士官学校での成績も悪かったしそもそも同僚に比べれば社会経験にもずいぶん乏しい。だからもし自分の想像通りであれば自分は風貌のためにたいへん得をしているともいえるし自らの風貌が他人にあたえる印象をほんの少し利用したりそれに甘んじたりしているともいえる。一方ではその風貌を自覚しているために言動が拘束され好んで軽蔑される原因を生み出したりすることもない。したがって伍長だけは別としてこの連隊にいる大多数の兵隊から自分が軽蔑されているようなことはほとんどないと思うし、その伍長にしてもたとえ自分をいく分かは軽蔑しているにしろそれはさほど悪意の籠った軽蔑ではない筈だ。それはいつも伍長がすでに整列し終った中隊の最後尾に馬を立たせているところからそう考えることができるわけで、それはそうすれば馬へさかさにまたがろうとする自分の上官の不ざまな姿が中隊全員の眼にさらされることもないだろうという彼の思いやりではないかと思えるのだ。どう考えても伍長が自分に悪意を持っている筈はなく軽蔑しているにしてもそれはむしろ好意にはなはだ近いものであることは確かだ。

第一小隊長が号令をかけると二列縦隊に整列していた中隊全員が行進を始めて兵営を出る。自分は馬で最後尾を行くから自分の部下全員が歩いて行くさまを彼らの背後から見ることになる。兵隊たちは着ぶくれているので全員がなんとなく背を丸めて行軍しているように感じられる。彼らの軍服に浸みこんでいる汗や埃の臭いがうしろの方へ漂ってくるのを自分は嗅がされることになるがそれはさほど強い臭気ではなく町のあちこちでそのあたり固有の匂いが強く漂っている個所を通り過ぎる時などほとんど消えてしまう。兵営を出るとすぐ屋敷町で主として比較的大きな家の塀の間を行軍することになる。自分たちのこの毎日の市中の行軍は見まわりという目的もあるが幾分かは示威行進の効果も期待されていてその割合いがどの程度であったかは士官学校で教わったにかかわらず自分は忘れた。しかし見まわりが主目的であることは確かであり自分はこの行軍が終って官舎へ戻ったのち毎日必ず報告書を作成しなければならない。他の中隊長は報告書を簡単に書いて提出しているようだが自分の報告書はどうしても長くなってしまう。文章が下手だから報告内容を違った意味に受けとられはしまいかという心配があってわかりきったようなことでもつい念を入れてくどくどと書いてしまうからだ。さらに文法が正確かどうかを気にするためもある。文章というものは文法的に正しい文章を作ろうとすればするほど長くなるものだということを知ったのは報告書を書きはじめてからだ。自分はその冗長な自分の文章が大嫌いなのだが意外なことには過去何度かその報告書の書きぶりを皆の前で大隊長から褒められている。正確でしかもこまかく書いているというのだがこれは自分が考えるにはひとつには書いた人間自身がそれをいかに冗長な文章だと感じても読む方では書いた者が読み返す時ほど念入りには読まずどちらかといえばななめ読みに近い読みかたをするために冗長とは感じないのではあるまいか。さらにもうひとつの理由として自分がいかにわかりきったことだと思いながら書いた文章でも大隊長としては前にも話した理由から自分という人間を実際よりも過大に評価しているためどんな部分にも必ず何か意味がある筈だという眼で読んだのではないだろうか。だから最近では文章の長さに比べて内容はさほど濃くない上、精密に書かれている事柄にも特に深い意味はないらしいとわかってきた様子で滅多に褒めなくなった。これは自分の空想だが大隊長はいずれ自分の報告書の中から自分が軍事的に重要なことにはさほど関心を抱かずつまらないことにのみ強い興味を持つ癖まで読みとってしまうかもしれない。

五条の市電通りへ近づくにつれ道の両側には古い造りの屋敷がだんだん少くなり開放された明るい色調の近代的な住宅が次第に多くなりはじめる。完全に近代的な住宅街になってしまうともう塀はなく多くは丈の低い生籬《いけがき》となり馬上の自分からは前庭の芝生越しに家家のヴェランダやテラスが見える。時には開け放されたガラス戸の奥の部屋やその部屋にいる人物も見ることができる。たいていは掃除やガラス拭きをしている若わかしい装いの主婦たちであり彼女たちの振舞いが自分の眼にはたいそう煽情的に映る。彼女たちが実際に若いのかどうかその容貌までは見えないからはっきりしたことはわからないがあきらかに新婚家庭と思える室内のたたずまいが認められる家も数軒あるため自分はこの近辺の主婦すべてが比較的若いのであろうと思うことにしている。覚醒時や起床時の生理的緊張はまだおさまっていず遮るもののない朝の陽光が背を照らしていてなまあたたかいため自分は彼女たちを見て欲情する。自分が特に好ましいと感じている主婦はポーチに熱帯樹の鉢植を置いた赤い瓦屋根の家の主婦で彼女はやや痩せぎすながら身にぴったりと密着したセーターやスカートを着ているので自分にはずいぶん肉感的に感じられる。自分は明るい暖色のセーターを着てヴェランダから身をのり出し片手でサッシュにつかまってガラスを拭いている時の彼女が特に好きであり欲情する。その欲情は、商店がふえ人通りが次第に多くなってきてやがて五条の市電通りへ出て通りを横断し今度は兵営周辺の屋敷町よりももっとひっそりした大きな屋敷ばかりが並んでいる区域へ入ってもまだおさまっていない。この区域の屋敷は市中でも最も古くからあるものばかりで一区画がそのまま一軒の屋敷になってしまっているものも多い。したがって自分たちはある通りでは四つ辻から四つ辻までの間両側に塀しかないところを通らなければならなくなる。両側の塀は木骨の土塀で瓦屋根があり壁面に定規筋が五本も引かれた築地塀である。この塀は丈が高いので馬に乗っている自分でさえ屋敷の中は覗けない。この通りを行軍する数分の間に自分は馬上で自慰をする。そのようなことをしているのがもし部下たちに知れたら自分は彼らから確実に軽蔑されるだろうが部下たち全員は自分の前方をこちらに背を向けて歩き続けているのだから見られる心配はほとんどない。中隊長づきの伍長や小隊長たちも行軍中自分の方を振り返ったりすることは滅多にない。もし縦隊の後方で異常な物音がした場合なら振り返るだろうが自分の姿を見てもまさか自慰をしているなどとは思わないに違いない。前方からは馬の首などに遮蔽《しゃへい》されて自慰の行為は見えない筈だし伍長のいる場所からなら見えるかもしれないが彼とてズボンの中に手を差し込んでいる自分を見ても自慰をしているとは考えないだろう。彼がもし自分のことを馬にもまともに乗れぬ士官と思っているならば尚さら自分が馬上で自慰を営むなど想像することもできない筈だ。その他誰にしろ自分の様子を見てそのような秘密の性行為を連想する者はいないだろう。それは他人にしてみれば清潔感のある色の白い貴公子然とした風貌の自分には似つかわしくない行為に違いないのであり自分には他人から見られている筈のそうした風貌の自分に似つかわしくない行為をすることがそもそも快感を誘発する行為と重なりあうのだ。したがって幻想として時おり浮かぶ中隊全員がいっせいに振り返り自分の行為を指さして嘲笑する場面がもし実際に演じられたとしたらその瞬間自我を崩して射精に到る自分を自分は容易に想像できる。ただし前方から一般の通行人がやってきたりした場合自分はむろん自慰を中断する。そもそもこの場所の通過中に自慰を行うのは両側の塀が高くて家の中にいる一般市民から見られる心配がないからであり通行人に見られたのではこの通りでこっそり自慰を行う意味がなくなるからだが時おりその通行人とすれ違ったあとそのまま続けて自慰を行うことができないこともある。すぐに大通りへ出てしまった時であるがこういう時はいつまでも欲情が残り兵隊たちのやや猫背に感じられるうしろ姿さえ肉感的に思えてもくもくと歩き続けている彼らのからだに色情を覚え彼らの汗の臭いにさえ情を催す。

オカリナ街道は幅が六間もある広い通りで歩道には通行中の市民が多い。自分たちは一般市民や車道を走る一般市民の車の邪魔にならぬよう気を配りながら歩道ぎわの車道に横隊となって整列する。オカリナ街道の西側は隣りの市にある連隊の管轄であり街道の西側の車道には自分たちとほぼ同じ時刻にその周辺の区域を見まわっている中隊が到着する。自分たちが先に到着することもあればあちらが先に到着して整列を終えていることもある。自分たちは向きあって敬礼をかわす。あちらの中隊長と自分とは馬上で敬礼をかわす。あちらの中隊長は眉が濃く色の浅黒い男でそのせいか非常にいかめしい雰囲気を身につけている。士官の軍服を着れば誰でも少しはいかめしくなるが士官を見馴れている自分にさえ大いにいかめしさが感じられるのだ。ああいう雰囲気を持った中隊長であれば部下からも尊敬されるであろうと思うがあるいは見かけだけがそうなのかもしれず見かけだけであればあっちの中隊長も自分のことを秀才だと思っているかもしれない。しかしたとえ見かけだけにせよ自分のようなタイプよりは彼のようなタイプの方がより中隊長に適しているのではないだろうか。自分の連隊にいる同僚の中隊長たちもどちらかといえば彼のようなタイプが多いし兵隊たちにしてみてもいざ戦争ということになった時自分のようなタイプよりも彼のようなタイプが上官としては好ましく頼りになる筈だ。しかしそれはあくまで自分がそう思うことであって個個の兵隊たちにしてみればどちらのタイプがより頼りになり好ましいと思っているかはわからない。自分のような見かけのタイプの方がより沈着冷静であろうから頼りになると思っている兵隊だっているかもしれない。だが実際には戦争の最中自分が沈着冷静でいられるかどうかは自分で考えてもきわめてあやふやだ。度を失ってうろたえ騒ぐというようなことは自分は今までしたことがないのでいくら戦争の恐しい局面に遭遇してもおそらくそういった醜態を見せることはないだろう。しかしじっと黙りこんでいるというのと沈着冷静とはまた違うので自分がいつも他人から考え深げに見られる時はたいてい考えに沈んでいるのではなく茫然としているだけなのだ。しかしたとえ直立不動で腰を抜かしている状態であろうと部下の前であわてふためくよりは隊の戦意にさしさわらぬだけでもいいと思わなければならない。それどころか危機に直面した時にはむしろ内心茫然としている士官の方が兵に混乱を起さずすむかもしれない。たとえば兵隊たちの失敗が隊の命運にかかわりはじめた時など自分は怒鳴り散らさないが他の中隊長ならおそらくわめきはじめ責任の所在を問いはじめるだろう。少くとも自分の同僚の中隊長のほとんどはそうする筈だ。オカリナ街道で毎日対面する隣りの連隊のあの中隊長がそれよりずっと賢明な態度をとるかどうかはわからない。彼のいかめしい雰囲気も彼の士官としての適性によるものかそれともただの硬直した表情や態度によるものなのか遠くからではわからない。彼が一度でも笑って見せればわかると思うが彼はまだ一度も自分に笑いかけてきたことはない。むろん彼が街道をへだてて笑いかけてきても自分は笑い返したりはしないだろう。相手が先に自分に笑いかけてきたことで威圧されてしまうだろうし無理に笑い返しても歪んだ笑いにしかならぬことを自分で知っているからだ。そして自分が彼に笑い返さぬことで彼は自分のことを尚さら感情に乏しい秀才タイプの冷たい人間だと思うかもしれないがこれはどう思うことかはっきりしたことはわからない。

儀礼的な敬礼が終ると自分の中隊はオカリナ街道を北へ行進し隣りの市の中隊は南へ向かう。北へ行くにつれ大きな商店がふえ歩行者や車の数も増す。やがてオカリナ街道は鉄道の踏切りに行きあたって終る。実際には街道は踏切りの両側の遮断機を越えて同じ道幅でまっすぐ彼方へ続いているのだが、そこから先は街道がどういう名称で呼ばれているのか自分にはわからないのだ。踏切りといってもそこは実は国境であり一見踏切り番のように見え踏切り番の小屋のように見えるものも実は国境警備隊員であり出入国管理庁の出張所なので隣国にあるオカリナ街道の延長の道路が隣国の言葉でどう呼称されているか自分は知らないのだ。この踏切りの遮断機の手前でふたたび自分の中隊は鉄道の線路に向かい二列横隊に整列する。遮断機の手前を警備している国境警備隊員から報告を受けるためである。報告するのはたいてい軍曹の階級章をつけた兵隊でこの兵隊は自分が中隊長に着任して以来今までに四度変わっている。報告のしかたも兵隊によってまちまちであり最初の軍曹などは実に詳細に報告したものだが現在の軍曹の報告はきわめて簡単だ。三度目だけは曹長だったがこの中年の曹長は馬上の自分にうっすらと笑顔を向けだらだらとどうでもいいことまで喋り続けたものだった。報告としては簡単であるより詳細であった方がよいのだろうが国境警備とはあきらかに無関係なことまで喋るのは趣味的であり軍規には副《そ》わない。しかし自分も報告書にはずいぶん主観的なことまで書き加える場合が多く曹長が長い報告をしたかった気持もよくわかるので咎めたりはしなかった。現在の軍曹は兎唇の若い男で吐き捨てるような話しかたをするためまるで報告の中に出てくる国境近くの隣国の状況がすべて気にくわぬと感じているようにも思えるし色白で端正な顔をした自分に反感を燃やしているようにも思えるが勿論本当のところは自分にはわからないしただ彼の喋りかたがそうだというだけなのかもしれない。

　この踏切りはこちらの遮断機からあちらの遮断機までの間が長く線路は八軌も通っている。こちら側の四軌が西行きの線路であちら側の四軌が東行きの線路である。鉄道そのものは両国が共有していて列車には双方の国民が乗れるのだが駅では必ず自国の側から乗り自国側に降りなければならないことは無論である。たとえ東から乗ってきてあちら側のプラットフォームへ降り立ったとしても必ず地下道なり踏切りなりを通ってこちら側の改札口から出なければならない。そのため終着駅などでは改札や乗降が相当ややこしいことになっているそうであり自分はそのあたりのことも士官学校で教えられたのだが今ではもう記憶にない。この踏切りの彼方はこちら側と同じような市街地で街道の両側に商店だの数階建てのビルだのが並んでいる。隣国の経済事情はわが国にあまりよくわかっていないらしいが自分が踏切りの彼方を見た限りではそのたたずまいや人や車の往来でこちらよりも繁栄しているかに思える。だがそれは隣国だという気持で見るため良く見えるのかもしれないし隣国が繁栄を誇示しようとして国境の周辺のみ繁華街に仕立てあげる政策を施したのかもしれない。愛国心があれば実際はどうであろうと贔屓目で自国の方が繁栄しているように見える筈だがそうは見えないので自分には愛国心がないのかと疑うこともあるが多くの人間にとってやはり隣りの芝生は青く見えるのではないだろうかと思ってみたりもする。あちら側の遮断機の彼方にも隣国の国境警備隊員が常時いて、そこに士官らしい軍人がおそらくは官舎が近くにあるのだろうと思うがひとり徒歩でやってきて警備隊員と立ち話をしている姿を三度に一度は必ず見かける。遠いので階級章までは見えないが服装から判断すれば尉官のようだ。彼はときどき踏切り越しに自分の姿を認めると腰に手をあて白い歯を見せて笑いかけてくる。その笑い方は場所柄どう考えても親近感のあらわれと受けとれず脅迫的恫喝的な笑いとしか自分には感じられないのだがこれはあるいは彼が自分の同僚の士官たちよりもさらに精悍で粗暴な人物に見えるからだろう。眼が光り色は黒く野性的な顔立ちをしていてまるで百戦錬磨の荒武者のように自分には見えるのだが実際には彼の年齢は自分とさほど違わない筈だし違っていたとしても何十歳も違っている筈はないので彼が戦争を体験している筈はない。しかし事実自分は彼の笑いを脅迫的恫喝的と感じて圧倒され笑い返すことさえできないでいるのだからそんなことが起り得るかどうかは知らないがもし隣国と戦争になり、現代でも白兵戦というのは充分あり得るわけで自分と彼がそのような場所で出会った時おそらく自分は気合い負けをしてたちまち彼に斬り殺されてしまうか射殺されるかするだろうという気がする。彼が油断していた場合は別であってその場合自分はためらいなく彼を射殺できるだろうと思う。自分は今までにも平気で何の罪もない犬や猫を殺したことがあるからたとえ人間であってもその人間から威圧されていない限りは冷静に射殺できる自信はある。ただしあくまで彼がこちらに気づくのが自分より遅かった場合のことであって訓練などの体験から考えると自分は敏捷さには乏しいが死の恐怖に対して鈍感なところがありこれは一種の勇気ともいえるがほんの数秒の差の有利な条件が自分の側にありさえすれば顫《ふる》えたり立ちすくんだりするようなことなく彼を殺せる筈だ。彼と自分が突然出会って同時に相手に気づいた時はこれはもう駄目だと思いおそらく自分は死を覚悟してしまうことだろう。それによってますます自分の死は確実になるだろう。

兵営へ戻るためまた縦隊となって行進する中隊の最後尾につき自分は馬上で戦争になった時のことや自分の死にかたをいろいろと空想する。その死はたいてい苦痛がまるでなく恍惚感と爽快感だけがある死で自分には戦場での死というものに苦痛を連想できないし必ず恍惚感や爽快感を得ることができる筈だという確信がある。戦争相手がどこの国かは自分にとってどうでもいいのだが今のところ自分にはやはり隣国しか想像できない。士官学校での教科におけるさまざまな仮想敵国の中には隣国と思える国もあるにはあったが現在特にわが国と不仲な国はないということだから隣国との外交もまあうまくいっているのであろうしあくまでも当分の間ではあるが戦争はまだないようだ。

蠟燭

川崎長太郎

今年から私も隣組にはいり、一円也の国民貯蓄を毎月かけることになった。夜警の金棒もひいてひと晩町内を見廻るはこびになった。食料品の方は外食しているから、こっちでことわり、それ以外のものは、石鹼や釘まで配給され、例の点数切符も頂戴した。あの数字の綺麗に印刷された紙を眺めて、さしずめ自分はどのくらいの点数が一年に入用なのかと考えてみると、多くいりそうにない。二十点か三十点くらいのところではないかと胸算用されるのであった。着物らしい着物はここ十年買ったことはないのである。小田原へ来てから、夏は半ズボンにシャツ、春秋はワイシャツなしの服に下駄といういでたち、この頃の寒さにはジャケツを着こんでる始末で、正月二、三日羽織を着た以来は今日までずっと詰襟《つめえり》の国民服で通して、雪の日などはその上にトンビをひっかけ、夜は綿のところどころはみ出したどてらを着るのである。そんな次第で、点数切符を昨日はじめて使った。足袋を買うためである。底の方がずたずたになってしまったところで、新しいのと穿きかえたのであった。

人間の棲家とはいえまいが、とにかく赤畳が二畳敷いてある小舎である。私名儀のものなので家賃の心配はない、南に向いて観音びらきの窓があるので日当りには申し分がなく、目の下から防波堤まで六七間近くの空地に、よくおしめや腰巻や着物など干される。そのあい間から一望のもと海が見えるのである。日ざしは屋根のトタンのすき間や小穴などからさしこんで、その移動につれ、今何時頃と大体時間の見当もついて私は床を離れるのである。しかし日や月ばかりでなく、ふきぶりの日には雨も見舞って寝ている顔にかかり、目を覚ますこともある。もともと魚の箱や樽を入れるためにできた小舎なのだから便所はない。朝の用は容器ですまし、夜になってそれを浜に捨てに行くのである。もちろん水口のあろうはずはなく、食事は三度三度外ですませることになるのであった。朝めしを食う食堂や郵便局の洗面所で、始めて手を洗い顔を洗う。日あたりはいいが、曇り日の寒さは強い。屋根も周りともトタン一式で、壁とか板とかは用いてないから冬の小舎の空気は外より凍みるようである。吐いてみると息が白くみえる。それに火鉢というものを置いてない。東京でもひと冬下宿屋で火鉢なしで過した経験があるが、小田原の冬もそうで、火鉢や炭はどうにか手にはいる勘定だが、第一は無精者とて毎日火をおこすのがめんどうなのである。ついでに、留守の時火鉢の火の不始末から火事を出してはと恐れるのである。そこで私は蠟燭《ろうそく》のあかりで暖をとることにしている。電灯はなく一本十二銭の太目の蠟燭をつけているのだが、そいつで本も読めば手もあぶるのである。

この原稿を書いている机は、ビール箱に木綿の大風呂敷をかぶせたお粗末なもの、蠟のこぼれやインキのしみで大分よごれてきた。室内装飾というのも妙だが、二つの額が吊してあり、二枚の地図がはりつけてある。知友から贈られた小説本その他が重なり並び、一輪ざしに紅梅の一枝をみる。まあそんなところであろうか。おしめがくれにしろ海の眺望、これが何よりのものである。また寝つきにも目ざめにも耳にきこえてくる波の音であった。

昨年の暮近く、二十二歳の食堂女中にかりそめながら求婚状を書いたが、私の希望は通らなかった。ここ一年余もずっと禁欲をつづけて、さのみ骨身にこたえない。馬齢も四十二になり、白毛がちらほらしてくると春の潮もようやくひいてゆくかに思える。外で食事する間に見知り馴《なじ》んだ女中との、そくばくの色どりでその方のつなぎはつけている模様の、それとてもこのところ、彼女たちの公休相手を買って出たことはなし、色気としては淡々たる触れ合いで、まずのこる半生は独身と自分では腹をきめているようである。観念しているせいか、夜毎の寝つきもさしたることはない、破れ目はとりどりの布をあてがい、自分でおぼつかない針を運んだ夜具に身を埋め、座蒲団を枕がわりにして、大体すやすやと寝入るようであった。何分やもめ暮しが十年である。すれば自ずとひらける路もあるらしく、至って国策には反した次第ながら、早老の歎きもあまりきこえないのであった。

食事に一円二十銭から五六十銭ついえる。これは贅沢で、そのためみいりの大半はなくなる。きりつめようとこの頃しめてみるのだが、切り身に大根の煮たやつがついて一食四十銭では、一日一円以下ではとてもあがらない。ほかに煙草代、蠟燭代がどうしてもいるうえに、母の菓子に十銭かかる。日に二度、弟の家に中気の身を七年ごし横たえている母を見舞うのだが、幼児のように彼女は菓子をほしがるのである。もちろん弟の嫁もその子供たちの分を少しわけているが、私も運んで行かずにはいられないのである。しもの世話もあらまし私の受持ちながら、その方は根気だけですむが、菓子は切符制になってもただではくれないのみか、切符の菓子だけでは間に合わず、毎日自家製の菓子を探して歩くのが日課のようになっている。菓子屋の前に人だかりをみつけると、その中にわりこんで立つ。たいがいは五十銭くらい買って行くが、私のところは十銭のことが多く、ために袋に入れて貰えずポケットに突っこんで来る日もあり、いくら町中を探し廻っても、どこにも人だかりをみつけることができない時は、ちょっと泣きだしたくなるのである。ついもみ手をして、菓子屋のかみさんに切符の菓子をそれなしに少し分けて貰う場合もあるのであった。こっちは菓子はいらないが、弟の子供二人七つと五つとである。前は一銭だったが、近頃二銭よ、二銭よ、と小さな指を出して私に示す。気よくあてがっていればこれにも日に四銭というわけであった。女断ちもそんなところからだし、飲代も出ず、交際費なども思いもよらない。東京にも昨年一度しか顔を出していない。義理もかけば友情も冷えるとは思いながら、それをたって残念に思わないしらじらしさが一面はだかるようでもあった。

雨晴雲晴気復晴
心清遍界物皆清
捐身棄世為閑者
初月與花送余生

良寛にこんな詩がある。世捨人の心境の快適さを唱って剰さないと思われるが、私などはまだそこまでいっていないし、またぜひ行きたいとも思わない。まだまだ娑婆にも人にも愛着があるのだが、では何を望みにお前は生きているのだと問われたら、そんなに派手な返答はむずかしそうであった。

月々僅かながら定った収入を通信社の仕事で貰っている。これは隠れた仕事ながら、文学にかかわること故はりあいもあれば楽しみもある。そのうえひとに使われる勤めと違って、年に一度打合わせに上京し、あとは月々ちゃんとそれだけの原稿を届ければ間を欠かさずすんでゆくから、世馴れない、偏窟な、いつまでたっても感情を顔に出したがる、子供っぽい私の気前には願ったりかなったりであった。それはそれとし、お前は今後書く方はどうするか、という段になると多少様子もかわらざるを得ない。功名手柄を争うつまらなさ、また所詮これからも人中に目立つ筈はないが、どこかでコツコツものを書いてゆきたいというほどの内輪な熱情は秘めている。小説の註文のない昨今は、毎日日記を書き、細かく書き綴って、そんなノートが四五冊できた。

ここらで日記の一部を紹介してみよう。

二月二十五日

昨日も、今日も曇天、ときどき氷雨の降る寒さである。朝「鈴木屋」でめし、午前中仕事をする。「大東亜文化論」を読む。論者は衣食足って礼節を知るの式で、東亜諸民族の文化は、まず環境の物質的条件の改善向上から、精神文化の普遍性に及ぶべし、と言っている。終えて床屋に母の散髪をたのみに行き、その足で弟の家へ廻る。例の如くおしめをとりかえ、持ってきた菓子を袋から二つ三つ出して胸のところに押しこむ。（甥や姪がみつけると母のを横どりにするからである）母「いい色をしている梅だねえ」と昨日さしかえた梅の方へ頸をひねりながら言う。寒さに「だるま」に行く。静子の番と思ったのに、琴が火鉢に手をかざしてお辞儀をしている。あたりにナフキンが散らかされている。途中から折るのがいやになったのであろう。上気した顔をおこし「わたしがここで働き、食わしたりお小使いをやったりするから、亭主になってくれないか」などと戯談を云う。二十四だし、結婚にも男にも飢えているのだ。無理もない。琴がかねがね、近在の百姓の娘に似合わず、或はそれだから在郷者と一緒になるのをきらい、町場者と世帯をもちたいと言っているので、自分はまた家へ帰って百姓の嫁になるのが一番いいとすすめる。町場者は様子ばかりチャカチャカしていても中味が薄っぺらだし、百姓はボロを着ていても人間に間違いが少いからと強引に口説く。琴も「こういう時勢になると食いものを自分でこさえる百姓が強いねえ」とやや同意の色。でも「わたしは子供の時やったからよく知っているが田の草とりやなんかの辛さったら話にならない。あんなに百姓の女房になって働かされるくらいなら、どんな下っ葉の月給とりでも町場者の方が」とくりかえす。料理屋の女中五年で、この女大分性根がずれたものとみえる。仕方がない。日にチップが三円から五円くらいあり、着たいものだけは着られたところなどから毒がまわり出したのであろう。自分がそれでも百姓の妻にと言うと、口先きでは「いいけど、女と生まれたからにゃ好きな男と一緒になれなくちゃ」と言う。これには自分も賛成。客が一人来たところで、色は白いのだが、手足の詰った丸い体をおこし、茶をとりに行く。どこで見つけたのか間もなく貞子が出て来る。「あたらしてよ」と寄ってくる。（ここの食堂は百人くらいはいれるのだが、火鉢は女中の手あぶり用として去年より一つしか出してない）「寒い時には火がいいな」と言った途端、蠟燭が頭の中に出る。小柄な貞子が立ったなり火鉢を自分の方にひっぱったあと、私のあぶっていた手がそのままの姿勢をしているので貞子笑う。水色の襷をかけ、化粧を終ったばかりの貞子の顔は買いたてのように瑞々しい。円味を帯びた白い顔の眉がいつもながら爽かだ。カムフラジュのような緑色の派手な着物を今日も着ているが、そんな大柄なぱっとした色気の着物が馴れてくると似合ってみえる。料理屋の子守奉公を振出しに十年近い水商売は争えないものだと思う。自分は今の青年の青年らしからぬていたらくをしゃべる。頭髪を光らし、服を気にし、青年の癖に覇気なく、よくみてやれば、はかない自慰であろうが、彼等の女のようなおしゃれ振りを罵倒する。これは細野に裏切られた貞子に対する遠廻しの慰めの言葉でもある。彼女は夫婦約束をした会社員があった。近くにその会社のある関係で、男は日に一度だるまに食事がてら現れるのである。そこで二人は毎日のように恋人として会っていたわけである。しかし体の関係はなかったと言う。男もそれを求めず、今から思えばそれは男の潔癖というより一種の用心深さ、逃げとも考えられると貞子は述べるのであるが、また貞子はじめだるまの女中は十人が十人全部住みこみだし、月に一度の公休の日も外泊はきつい法度なのであった。そんな結婚前のつき合いが三年経った今年の始め、男は上役のすすめもだしがたく、近在の行く先きは聞き洩したが、相当な家に婿入りしてしまった。いよいよその結婚式の前日、男は「君の長い間の好意は忘れない」と男泣きに泣いたそうである。そしてその後も会社勤めをしている男はときどき友人とつれだってだるまに来、酔うと貞子を求める由であった。そこらのサラリーマンにありふれた話である。貞子は一昨日「わたしは弄ばれたのだ」と言って自分に訴えるのであった。向うも好いていたことは承知しており、片恋だったとは思えないが、だといって男を呪わないわけにはいかない。いくら体はなんでもないとしても、精神はすっかりけがされてしまった、とこうであった。「まあそう言っても」「よっぽど死んでしまおうかと思ったの。でも戦時だからと思ってじっと我慢して」それにしても三日に一度くらい男がやってくるので、これがやりきれない。いくら求めてもそばに行かないことにしている。男が苦しんでいるのも解る。しかしそれもみすみす好きな女を捨て、上役の言いなり、養子に納まったいくじなしの当然うけるべき罰だ、ともかさにかかるのであった。「いや新婚早々の妻君こそいい面の皮だね」と言ってやると、「そうよ、全くよ。それでわたしがあの人の求める通り、そばに行っておれば、あの人は女房と妾を一度にもったわけみたいだね。馬鹿馬鹿しいったらありゃしない」と持前の太い声で鉄火そうなところをみせるのであった。もとはといえば婚約して三年も料理屋の女中でいたところにもののほころびる糸口があったのであろう。これが親の膝下におり、親に見守られる箱入娘ならともかく、いわば男の中にさらし出されている女中という身分である。いくら好いた同志といっても、女にどんな虫が場所柄つかないとも限らないし、それは仮にしっかり者らしい貞子ゆえ信用がおけるとしても、水商売の女らしい蓮っぱさは、鼻筋の低いためよけいそうみえる、どこか仇っぽいその顔にも書いてあるとおり、これがきまった男のある女の振舞いとは受けとれにくいような色気の安売りを常連になどは惜しまない女であり、ヒッヒッという品のよくない笑い声も立てるし、もともと小才のきいた血の気の多そうな貞子でもあった。私にも媚態を示したこと再三だし、小説本をわざわざ買ってこさせたり、せいぼに鉛筆を一ダースよこしたりした。そしていつのまにか私も貞子の魅力にひきずられる男となり、当の青年と鉢合わせするときは往来でも双方ただならぬ目色になるといったあんばいだった。しかし私のところは駅前の食堂の女中の方に、心が多く傾いており、出足のつかないもじもじぶりの繰返しが、だんだん醒める方へと向いていた。そんなところからみてみると、体の関係のできてない相手に貞子が示した態度も想像されるわけである。むしろその間、手を焼いたのは男の方であったかも知れない。そしてこれはと気がついたところで、貞子本来の性質、銭をとる女の我の強さ、冷さまでものみこめてき、それに上役の思わく、世間の信用、貞子の親もと（彼女の父親は砂利ひき人足であった）などいろいろはじいてみて、牛を馬にのりかえたという寸法であったかも解らない。貞子の方からは、好きな女を世渡りのため捨てた卑屈ないくじなしでも、男にすればまたそれ相当の言い分けもありそうである。もっと意地悪く女をみれば、例の逃げた魚の大きさで、相手の縁組と聞いて飛び立つように騒ぎ出し、生娘のような無垢な気持に始めて見舞われたものとも言えようか。結果実を結ばなかった恋愛のあらましを語り終り「あんな人の名なんか聞くのもいやになった。いくら求めても決してそばへなんか行くものか」と切り口上であった。「お前までずるずるになると一そうみじめだね。きりっとしたところをみせるよりほかかないな」と私が言い、だめを押すように、それとも好きだった男なのだから、女中なり何なりになって、その男の家へ置いて貰うか、または外に囲われるかする気はないか、と水を向けると、私の顔をちょっと覗きこみ、「考えないではなかったけれど、自分のだらしなさを自分で暴露してしまった男なんか、今じゃ見返してやると思うだけ」とそんなに言うのである。といって一人立ちもおぼつかなそうなその足もとでもあった。

その細野、私にはちょっと恋敵とも映った青年は大柄な十人並以上の容貌の持主で、面長の日やけした顔に目鼻立ちとも端正であり、珍しく身なりにかまわない方らしく、粗末なオーバを着、黒の背広に国防色のズボン、ほお歯の下駄をはいてカラコロとだるまにはいってくるというふうな男であった。貞子も眼が高いと私もかねがね思っていたほどで、その彼がまた腕時計をしない理由に「時計はかかっている時計をみれば足りる」とか「頭髪に油なんか」とか立派そうな口をきき、読書家であるのも頼もしかったが、結婚するや手の裏を返したように、新妻のすすめでもあろうが、頭髪も光らせればネクタイもよくとりかえるようになり、いよいよ地金をあらわしてきた。とまで貞子の口から出ているので、私のおとなげないやつし青年罵倒が改めてくりだされたわけであった。国民服に下駄ばきの己れを顧みて「俺はボロを着ても真実に生きたい。時期も時期だ」と壮語すると、貞子も深くうなずく様子であった。この女の気をひくために使った、言葉として立ち腐れになったら、おしまいである。琴の持って来たすしを食いかける。「お前はもうたべたのか」と自然とでる。こんなことを言うのは始めてだ。「今朝うちへ行ってたべ、ここへ帰ってたべ、今日は四度たべるの」としは争えないものであった。「そうか。この頃うちへはよく行くようだね」すしに久しぶりのぶりがある。このところ小田原も魚ききんで半月余も魚屋の店先は干上っていた。食いながら「来月の公休は活動か」「おますのところへ行く用があるの」「この前にも行ったというじゃないか」（おますは今年の正月急にだるまから姿をけし温泉町のやくざと一緒になっていた。よくだるまに来ていた中年者で、女房に一人の子供があり、腹にも子ができているのに、その女を追い出し、おどかし半分ます子をひっぱりこんだのであった。ます子にも養女の身として義理ある女親があり、これに月々の仕送りし、私もよく、止めたら養子を迎えてなどと尋常なことをすすめていたのが飛んだ発展ぶりであった。彼女は明石海人の「歌集」を愛読するかと思えば、きくにたえないようなあざといことを平気で口に出す女であり、彼女用の簞笥を女親の家に置いて、自分がその鍵はちゃんともっているという風な肌合いでもあった。やくざとそんな女の新世帯はだるまの女中達の肩身を一層狭くするとて誰一人よく言うものがなかった。また、だからあれ等はのんだり食ったりしている間の慰みもの、玩具として扱うのが適当なのだと常連始め世間の思わくがそう落ちつく裏書にも改めてなったようである。一度私がます子にある作家の小説集を貸してやり、余程その作品が気に入ったらしいので、くれると言うと「うれしいわ」と、嘘言の多い二十五の、男知った風なしぐさとも思われない、飛び上るような喜び方をしてみせたこともあったりした）そこへ琴がき、霜焼けにふくれたような手を火にかざし、「おますのところへ一人で行くの」と貞子に言った。「さそっても行きてはないから」「一枚だってね」「そう」百円やくざに無心され、その催促の用らしかった。「わたしずいぶんこれまでにたおされたよ。佐藤さんばかりでなく。でも向うで重宝しているのだからさわっちゃいないよ」まんざら口先だけのセリフでもなさそうである。

ずんぐりな体にどこかどっしりした重みもあるし、はりのある顔にも二十三の女としては奥行きが感じられるのだが、姐御肌を見直したように思った。「わたしは一銭つ一銭つためたこともある」とかつて述懐した彼女でもあった。今で五尺に余程足りない小さな体は食べたい盛りに、三杯ほしいところを二杯でという風に辛抱してきたそのしるしでもあろうか。自分がやくざのことを悪く言いかけると、しおしお貞子は火鉢のそばから離れて行った。彼女は二階の番である。いなくなるとすくえるような空虚が私の前にしのび寄って来た。やがて初めて食堂に下りる新しい青森生まれの女中が、どこか訛りののこる言葉で、「今後よろしく」などとじょさいなく挨拶する。十二時近くなり、たてこんで、客は二十人くらいになっている。油不足で天丼、卵不足で親子丼ができないらしい。食堂のまん中でたった一つの火鉢を独占しているのは気がひけたが、なおもずうずうしくかまえている。昼間から蠟燭の火でもあるまいと、弁解してみる。と、右手の入り口にさき子の妹がねんねこに赤ン坊をおぶい、買物籠を下げて立っている。顔見知りだし、こっちへお出でと手招きすると、油っ気のまるでない頭髪に片手をやりながら近寄って来た。

従前はここの台所女中をしていたこともある女である。琴に姉をよんで貰うらしかった。「おぶっている子が一番の弟?」「いいえ。また生まれたの」「弟姉はみんなでいくたり」「一番上が高等小学の一年で」「その子は男の子?」「弟だといいんだけれど、妹なの。みんなで六人」「八人きょうだいだね」彼女の父親は小さな染物屋であった。「また働きたくなっちゃったわ。子供の世話や、毎日買いものでくさくさして来た」「おっ母さんの手伝いができて結構じゃないか。お嫁に行ってからの仕度をしていると思えばいいじゃないか」「それもそうね」眼を細くして笑う頬の染った顔に、しっとりした人のよさが出る。そこへさき子であった。骨太そうだが、すらりとした体に、草色の袷が似合い、小鼻のひらたい狗《いぬ》のような顔に頬紅までもそえている。自分と目があったとき、さき子の目がチクリと尖って意味あり気だ。今日は二階、昨日は食堂番だったのに、昨日なぜ来なかったか、と自惚れて読めばそんな目つきである。いささかてれ気味の「来たよ。来たよ」と妹の方を向いて笑う。そのうち籠の中からふたをかぶせた、めし茶碗をとり出した。「こぶの煮たのをもって来たの。自分で煮たの」「ホホそう」と言って姉はにこやかに受けとり、自分は一円分のすしの包みを妹にもたせるのであった。「わたしたちは知らない人にもお酌してお金を貰うのだ」と歎いたこともある。そんなチップが、親や弟妹の口にはいるすしと変ればまた自ら光さすものとみえてくる。「さき子。茶碗の中のをここで食えよ。俺にもくれよ」と言うと、彼女は改めてにっとなった。「今日は忙しいから早くお帰り」妹に言いながら、自分の方に向けてよこしたさき子の視線がうけとめかね、私はテーブルの桜草に目をそらせる。間もなくさき子は台所の方に消え、妹も立ち上った。背中ではものの言わない子供がぼんやり目をあいている。「琴ちゃんによろしく言って」とそれを繰返し、足音をのむように帰って行った。しばらくは姉妹の移り香にひたるような思いであった。

そんなところへ静子である。今日は静子の食堂番なのだが、新しく青森の女がはさまり、彼女は一日のびたわけである。としにしては地味過ぎる海老茶《えびちゃ》と黒の棒縞の着物に、ぴかぴか安物の帯を胸高にしめ、これも塗り上げてちんまり道具の整った細面である。心持ち肩をふりふり「また来たわ」とから子供っぽかった。「俺も心待ちしていたんだよ」と自分の口も滑りそうであった。駅前の女中に求婚してどじを踏んでもさのみこたえなかったのは、あながちとしのせい、白毛のりやくとばかりいえまい、この静子にせよ、さき子にせよ、また貞子にせよ、かねがね私は好いているのであった。日当の女をひとりじめしようという熱が遠のいたところから、かくは多情とも言える、さして楽しまず苦しまない使いのこりの色気にひそみ、やもめ男の是非ない息つぎとしている。それにしても静子は二十歳、恋人をもつ身であった。相手というのは、前小田原の米屋の奉公人でよく友達とだるまに来ているうち「別に調べたわけでもなく、どこということなし」静子は好きになり、すらすらと二人の仲は運んで、若者が話したいことがあるからつきあってくれというまま一日伊東に遊び、入営の際は旗も送り好物の天丼も食べさせ、その後も三月に一度位の割合に、食べものの糀漬や甘いもの等よせ集めた慰問袋をたやさず、日に一度は男の写真を出して眺め、寝る前には必ず人のいないところで、手を合わせ、彼の武運長久を祈るのであった。他の女中もそうしているように親に三四十円は毎月すけ、自分の小使の中から割《さ》いて仕入れた慰問品の数々もずいぶん届いている筈の、三年たって近頃、男の音信がぴったり絶えた。と言って一通話の電話に五十円かかる北満では中々すべもなく、つい焦りも出て彼女は一種の詰問状を出してしまった。わたしと結婚してくれるか、もし約束してくれるとあれば、わたしは三年が五年でも働きながらお帰りを待っているというような文面で、かつて私に見せたこともあった。ひと月余もたって着いたその返事に「自分は生還を期しがたい身の上、ついては自分のことは忘れ、国策にそって早くお嫁にゆく気になるように」との挨拶であった。彼女は手ひどくまいった。それでいて去年の暮も独楽《こま》や羽子板羽根等の慰問袋を送るのであった。すると今度は戦友が礼状をよこし、皆思いがけないのを貰って喜んでいるとあり、が当人は筆不精なのでというくらいの頗《すこぶ》るたよりないものであった。「わたしはかわるかも知れない」と溜息をついて吸ったことのない煙草を吸い始めたり、「やはりあきらめきれない。今年の秋には除隊になるのだから、それまで待っているわ」「若し岩田さんが英霊になって帰って来たらどうする」「軍人の妻ですもの泣くもんですか」「手紙くらいくれてもよさそうなものね。いっそ満洲まで行って会って来ようかしら」「それも面白い。だが若しも岩田さんにいい返事をされないと生きて帰っては来られないよ」「死んじゃったっていいわ」といった調子で、先日もまた新しく撮った写真を送り、私の顔をみれば「岩田さんは」であり、「満洲は寒いでしょうね」であり、「桃の咲く時分には満洲も暖くなるでしょうね。桜の咲く時分にはもっと暖くなるでしょうね」であり、「今でも武運長久を祈っているか」ときけば、「ええ、御無事にお帰りになるのをお祈りしています」とそう口で唱え、目をつぶり、手を合わせ顔色までかえるのであった。「どっちの方を向いて」「こっち」「ハハハハ。そりゃあ西南で、今戦争中のマレーの方だよ。満洲は西北だね、ここからだと、郵便局の方角だ」「そうだったの、まあ」と上背のある体をひねってみせるのであった。だるまに十人女中のいる中で、男に金銭品物など貢ぐ者は一人もなく、貢がれている者もまた大体ない中で、さしずめ静子だけ、その恋に忠実らしい始終は私の好感を強める一方であった。もっとも割に勘定高く、食いいじがあり、立ち食など平気なはしたなさはそれとして、彼女はかなり素直な気立の女らしく、年上の女中のいうこともよくきけば、客に対する応対も、そんなに見えすいた媚びがなく、はじめのうちは、丈夫そうな体につけた着物が何となくぶくぶくしており、色も黒い方で子守上り然としていたのが、襟おしろいをつけ出して四年近くたった今日では、着物も体にぴったりするようになり、頸筋の黒さは依然たるものながら、一寸見は粋ともいえそうな女振りにもなってきた。この静子には菓子の沢山ある時分、母の分を買うついでに買った一袋をよくもって行き、近頃ではそれが反対になり、彼女の方でくだものをむいてよこしたり、パンなど食わせたりする。そんなどこか大人っぽい男を可愛がる気前のようにも思われる二十歳の女の、いえば片恋に終りそうな初恋を慰め、励まし、いたわる私を彼女もとくとして「Kさんだけは岩田さんのことをよくきいてくれる。本当に有難いと思っていますわ」と言いもするので、三度に一度はまたかと思う時もないではなく、たまにはやけもし、もたれもするが、そこはとしの功で、まず神妙な相談相手の役が今後とも勤まりそうであった。

「明神様の前のツバメ屋に、小田原の雪の写真が大きいの小さいのといろいろ出ているよ」「そう、それがいいわね。何を送ろうかと思って困っていたところだから丁度いい。今日でも買って送るわ。そんな写真は何に入れて送るのがいいの」「ツバメ屋にきっと恰好な封筒があるよ。慰問写真として売り出しているくらいだもの」「でも、なんだね。受けとった手紙を戦友にかかせるくらいだから、かえって岩田さんの、送るのもいいが、苦になりはしないか」「それもそうね。でも、わたし送らずにはいられないわ」「今までで静子の気持は十分届いている筈だがな」「そうかしら、どうせだるまの女中のすることだからと、いい加減にとっているのじゃないかしら」「そんなことはあるまい」「でもねえ、岩田さんに慰問袋を送るのが一番たのしみだし、はり合いなの。働いてばかりいたって、本当の喜びや愉しみがなければつまらないもの」「それもそうだね」「わたし岩田さんが帰って来て知らん顔されても、それでもいいと考えついたの。その覚悟はしたつもりなの。その覚悟の前でいろんなものを送ったっていいでしょう」「そうだよ。その覚悟が本当にできればどっちへ転んでも間違いないな」と手を打ってやりたいところへ、彼女の名を呼ぶ客がある。急に羽根が生えたように静子はその方に小走りだった。みれば貞子の細野と同じ会社に出ている女房子持ちの人柄の悪くなさそうな男であった。この男の勤先きへ時々菓子などもって行くという噂が静子にあった。また私も彼女が仲間と話すうち、間々その男の名が浮わついた口調で出るのをきいたこともあった。みていると、彼女は背広の肩口に顔を持って行くような中腰の姿勢で話し、やがて頼まれたすしの折を紙に包みかかった。間もなく色もみせず会社員は帰って行き、静子はまた火鉢のそばに寄って来た。のびはいいが、皮の硬いような赤い手であった。間を置いて「わたしだんだんこんなところで働いているのがいやになってきた」「またどうしてだね。ここをやめると、思うように岩田さんへも品物が送れなくなるぞ」「何といっても水商売の女でしょう。この頃ここよしたひとにろくなことはない。ますちゃんもあんなになっちまうし、やよいに行った文さんね、この頃病気で休んでいるときいたのに大うそで、赤ん坊が生まれたんだって。ここにいる時にも一人親のない子を生んでいて、自分の家に置いていたそうよ」「ほう、そりゃあ初耳だな」「ここを止めたのも、おなかの子供が目立って来ると思ったからに違いない。それに大松にいる文さんの妹も親の知れない子供を生んでいるんだって。だから文さんのうちには子供がゴロゴロしているって」おしろいの顔が黒ずむような静子の思い入れである。としも二十六になっていたが、文子がほとんど玄人風になりきり仲間と様子が少し違っているのは私も感づいていた。白い胸元に赤い長襦袢の襟などのぞかせて公休の日には外を流していた女であるが、生んだ子の父親に当る男の見当は私にもつきかねるのである。そういえば胤違いであるという静子の長姉も町の商人の子を生み、かなりの手ぎれ金をとったという評判がある。その女は待合の女中をしていた。その女の妹であり静子のすぐの姉になる女もここの女中をしている。彼女達は先年男親をなくし、その後は三人の姉妹で女親をみているのである。凍傷で演習中鼻や指の落ちるのもあるという、北満の護りに任ずる若者を想う静子には、むろん彼女の長姉の噂はずっと知らんふりで通してきた。

「ここで働いていてもこの先どうなるかと心細くなるわ」

「しっかりしていなくてはいけない。何しろいろいろな男がのみ食いに出入りする場所だからな。気は許せないな。おっ母さんも心配しているだろう」「ええ」「だが静子には姉さんも一緒にいることだし、何かと注意しているようじゃないか」「ええ」「やはり煙草や浮気はいけないな。満洲の岩田さんを考えるとどんな男も心からは好きになれないと言ったことがあるね。これからも今まで通り、寝る前は郵便局の方を向いて武運長久を祈るんだな。そうしていれば、手紙はこなくなっても、岩田さんがきっと遠くから守っていてくれるよ」知らず静子の二の腕のあたりが私の肩にかかってくるのであった。

外は雪になっていた。弟の家に廻ると、今朝頼みに行った遠縁の床屋が来てくれて、母の頭はみつきぶり、くりくりの青坊主になっている。風邪をひかなければいいがと思う。しもの世話をすませて小舎に帰る。うすねずみ色した波がひっそり寄せている。細かい雪が一つ一つすけてみえ美しい。鈴木屋でしょうじん揚に汁の夕めし。蠟燭の火で手先をあぶるだけでは我慢できず、早寝であった。

ふるさと以外のことは知らない

青木淳悟

この家の習慣として、母親以外だれも鍵を持ち歩かない。「家のことは全部まかせてある」という考え方の父親と、幼いころから「鍵っ子にはしたくない」などといわれて育った現在大学生になる息子がいる。

かたや主婦、かたや会社員、そして学生という、毎日家を出る時間もちがえばその日一日の日程も、一週間の曜日が意味するところもまるでちがい、そろってどこかへ出かける機会などめったにないような家族三人のうち、母親だけが外出に際して鍵を持ち、父と子は鍵を持たずに外へ通い、みんな出払って家が留守になる際には玄関先の郵便受けに置き鍵がなされている、ということなのである。

「鍵はいつものところに置いてあります
　　　　　　　　　　　――母」

そうした鍵の管理に象徴されているかのように、家庭内での生活はおおかた、母親を中心に営まれているといってよかった。あるいは母親の日常が家庭生活中心であり、その現実感が隅々にまで浸透していてそこでは支配的なのだとも。

「わたしが家庭を守っている」

あえてそう口にはしないまでも、母親はそんな態度で生活しているように見える。

ではなぜちゃぶ台でもなく給料袋でもなく鍵に家庭生活を代表させるのかというと、単純にいって、玄関ドアの内と外で生活領域が大きく家庭と社会とにわかたれていると考えるからだ。主婦の家事領域、活動範囲が住居内だけに限定されるわけではけっしてないが、それはちょうど家庭用に電柱の変圧器から引きこんだ配電線の、電力会社と住人側との「責任分界点」なるものが軒下あたりにあるように、玄関ドアを一種の境界とすればその内側が家庭の場、社会にたいする再生産の場だと見なしうる、ということなのである。

さらにいえば鍵の管理とはどこか家庭の掌握とでもいうべきものに通じていはしないか。もちろんそれを住居の鍵だと限定したうえで——というのも、一般に見られる鍵の保管方法としては複数の鍵がまとめておかれる傾向にあるが、とくに性格の似て非なる車のキーをそこから省いておきたいのである。車のキーでドアにロックはかかるとしても、そもそも車で家を離れられてしまってはこまる。たとえばまだまったくの親がかりである子どもが親の車を乗りまわして深夜まで遊び興じている状態などを想像すると、家庭とはっまり場所なのだ、という認識が深まる。ましてその車にしてからが、近所に車両保管場所がなければ車庫証明は下りず取得は許可されないというのだから、車を持つにしろ持たないにしろ家庭生活を送るには決まった住所が、つまりは家が必要になる。その出入り口には必ずや施錠可能な扉があり、住居の鍵はそこに住む人間の生命や財産、プライバシーを守るものだ。

玄関ドアを一枚隔てた内側にこの家の家庭生活がある。どういった経緯によるものか、そこでは鍵の管理はひとり母親にまかせきりにされていた。その他の構成員は鍵を持たないことを問題としない。わざわざ鍵を持たなくていいと、父と子はいたって気楽に外出しているように見える。

家族にはこの三人のほかに長男がいるが独立して家を出たためここにはいない。家の長男として、弟の兄として、目に見える姿では登場してこない。「便りがないのは無事な証拠」といったのはいったいだれなのか、顔も見られず電話の声すら聞けないようでは判断のしようがないではないか。産みの親であろうと血をわけた兄弟であろうとそれはかわらない。したがって長男の現況は家族も把握できないでいる。

それにもかかわらず、いやそうであればこそ、「その後の太郎」はいまごろどうしているだろうかと、次郎ならきっと思っているはずだ。兄の太郎でさえそうにちがいない。たとえ小学校の作文の時間に「将来なりたいもの」を書かされていたとしても、家を出たその後の自分の境遇まではわからないのである。なぜなら太郎という子どもはまだこの家のなかに留まっているのだから。太郎は十三歳になる年の四月はじめ、地元の公立中学の正門前で、そこを入るブレザー姿の自分の背中を見送って家に帰ってきたのだという。玄関が閉まっていたので二階の窓から部屋に入ったらしい。

五つちがいの次郎はそのころようやく七、八歳になったところだった。彼は小学校入学当初からすでに洋室六畳の子ども部屋を与えられていたのだが、まだ個室でひとり遊びができるような成長段階には入っておらず、プライバシーに関する要求だとか縄張り意識だとかはむろんないし幽霊の存在を恐れてもいたから、昼も夜も自室のドアを開け放っていた。また小中高と使いつづけた学習机といすが当時の彼の身長からすると高すぎたため腰が落ち着かず勉強にも身が入らない。いすに高さ調節機能がついていてもそれを机の高さにあわせると床に足が届かなくなる。こうした設定のもと、とある日を迎える。

二階の室内ドアのうち一つが開いていて、一つが閉じている。開いているほうの部屋から「遊ぶ気満々の」次郎が飛び出してくる。そしていつものようにとなりあう中学生の兄の部屋に遊びに入ろうとしたところ、鍵のかからないはずのその部屋のドアが開かなくなっていて、自分にはもう自由な入室が許されていないのだということをするどく察知して彼は思わず泣いてしまった。やがて室内から兄が高校三年まで聴きつづけることになるロックミュージックが流れ出し、それは弟の泣き声をかき消さんばかりにまでボリュームが高められていった。しかしそうしていつまで自分が泣きつづけようとしているのか、それもわからないまま泣く次郎は突然ぐいと横から手を引かれてよろめきながら自室に入りこんだ。手を引いたのはなみだ目で見てもすぐに兄の太郎だとわかった。次郎はなみだをぬぐったその腕で今度は自室のドアを閉め、隣室の音楽と、依然としてやまない泣き声とをともに遮断したのだという。ドアの外で弟はまだまだ泣きつづけていた。それから以後はドアではなく間仕切り壁を通り抜けて太郎と次郎の兄弟は互いの部屋を行き来しているということだった。

　そんなふたりの子ども時代はとある時期のとある時点で永遠に時計の針を止めたまま家のなかにありつづける——現在ではとっくに成人して二十七歳と二十二歳になる兄弟にとって彼らは遠い過去の存在である。普段から互いに兄弟だと思っていないというほど険悪にして疎遠なふたりの、仲がよかった最後の日々の思い出なのだ。

　こうして鍵穴から家庭内の様子をうかがったところ四人家族であることがわかった。そして現在は三人で暮らしている——家族の出入りの状況としてここにさらにつけくわえるなら、長男は盆にも暮れにも正月にも、先だってのゴールデンウィーク中にも帰省していない。都内のアパートという、実家から電車を乗り継いで一時間半ほどの距離に長男は住んでいるらしいが、それがわかるのも母親の出入りがあればこそだ。その経路は長男の帰省ルートというより母親の通い路《じ》としてある。母親は料理を届けがてら掃除や洗濯をしに定期的に長男のもとへと通っている。つまり、手製の煮物などを持参した帰りの空のタッパーウエアのようにその手によって持ち帰られるみやげ話が、そうしたことをこの家にまで伝えてくれるのである。それによると母親は長男と直接会ってはおらず留守中の部屋に上がって家事を代行しているという。長男はそこにいない。空のタッパーは空の弁当箱ほどにはものを語らない。そこからわかるのはあちらの冷蔵庫へタッパーごと保存のきくおかずを入れておくと次回までにはタッパーが洗われて保管されているということだった。

もしも弁当箱であればその内容が母親の昼食と同じである可能性は高いのだが、それは高校時代までの過去のこととして、いまでは同居の次男でさえ自宅の冷蔵庫にあるつくり置きのおかずなどを自分の好きな時間に取り出して食べ、同じようなものを詰めたタッパーが母親の手によって長男宅の冷蔵庫まで届けられている。このように、同じコンロでつくられた料理のごく一部が、それぞれ時と場所を置いてかろうじて四人家族に食されているといえる。この家のキッチンの吊り戸棚に山と積まれたタッパーはそのためのものである。

だがタッパーが消息を語るというのも妙な話だ。おそらくはもう四人で暮らすことはないのだろう。さらにいまの三人も将来的にはふたりになる可能性が高い。ここでためしに家族は何人いるかと、単純に数をたずねたら当然四人との回答が得られるのだとしても、現在の状況からすれば三人家族のように見える。少なくとも国勢調査が同居する人員を調査の対象としているかぎり統計上では三人世帯として扱われているはずなのである。また家族分の住民票の写しを取ってももはやそこには三人の名前しかなく、長男は親の健康保険から抜けているので保険証に載るのも三人だけだ。すると家族四人の連名は、運転免許証などに記載されたあの本籍地住所の、現住所からはだいぶ離れた土地の役所が保管しているであろう戸籍原本にのみ残されている、ということが予想される。

家にある保管書類を参照しても実態的な家族の生活ぶりまではうかがい知れない。生命保険の証書にようやく長男の名前を発見したところだ。本人加入の生命保険と親の生命保険の受取人としての記名である。また意外なところでは家の車の任意保険が規定する保険の適用範囲のうちに長男の存在が認められる。約款と照らしあわせつつ契約内容を見てみると、父親を被保険者とするその保険には「子ども特約」だの「ファミリーバイク特約」だのが付帯されていて、そこには同居の次男ばかりか長男も「別居の未婚の子」として入っている。たとえ子どもが別居していようが三十間近であろうが既婚でなければ親世帯の一員のように扱われるということだ。ただしそれはあくまでも保険上のことであって、ファミリーカーとしての自家用車が家族をまとめ上げている、というわけではないだろう。ファミリーバイクといったところでこの家にバイクはない。つまりそれは長男のバイクのための保険だった。

玄関で待っていても長男は帰ってくるものではないし、母親のように都内のアパートを襲っても会えるかどうかはわからない。意図があってかなくてか住人は不在がちだというし、母親の話は部屋の様子や居住環境についてなど、いわば風景描写が中心だった。状況はことたいして変わらないのだ。ここにはいまだ長男の部屋として納戸や書斎や夫婦の別寝室とされることなく保存された二階の六畳の洋室、子ども部屋が残されてはいる。しかし当人の帰省頻度からすると客用寝室と変わるところがない。

母親はその出窓台に植物を置き、毎日窓を開けては部屋の空気を入れ替え、カーペットに掃除機をかけたりなどして居室らしさを保とうとしている。一方隣室の次男はここをたんに「空き部屋」と呼ぶが、たとえば三日に一度は掃除されるこの部屋の清潔さに彼は気づいているかどうか。窓辺の花の心づかいもさることながら、だれが寝ているわけでもないのに定期的に天日干しされるベッド用寝具の状態など、ほかの部屋と同様に管理が行き届いている。

母親は主婦として家内全域に渡って職業的な意識を張りめぐらせ、いまでは不仲の兄弟もそこに子どものころの思い出を色濃く残している。それでは父親はどうなのかと、世帯主であり家族の扶養者であり、権利書によれば土地家屋の所有者でもあるという人間に目が向けられなければならない。少なくとも名義上はそこを自分の家と主張できる法的立場にあるわけだ。と、家じゅうをくまなく探ってみる。ところが父親の思いは家のなかには宿らずに、一度外に出て、自分名義の地面から基礎、基礎から土台、土台から柱へと伝わり、柱は梁《はり》を、梁は根太《ねだ》を、根太は二階床を支えているのだが、そうした木造軸組構造の鉛直荷重の流れに逆らって二階天井裏の小屋組へとのぼってゆき、そしてついに棟木《むなぎ》をてっぺんに頂く切妻屋根の上に到る。

ごく一般的なスレート葺《ぶ》きの屋根にのぼる——棟高にしておよそ八メートル、電線の高さのその風景。

そんな「屋根のある家を建てた」のだと、戸建て住宅へのこだわりが父親にはある。屋根の上の上空には星以外になにもない。足元の屋根材がスレートだと知ってはいてもそれが実際にどういったものか父親には見当もつかない。夢のなかで屋根にのぼるときはいつも月の沈んだ深夜なのでくわしく調べるには明かりにとぼしい。ちなみにこのとき月が沈んでいるから深夜の二時三時ごろだと父親は判断しているが、これは夢の論理ではなくあやまった認識によるものである。だからごく自然に、月の沈んだ深夜の屋根の上、またここに来てしまったと父親は思う。高いところは好きではないのになぜかこうして立たざるをえない。理想化されたのか自宅はとなり近所よりだいぶ高く、あたりに広がる無数の屋根には黒い影の父親たちがたくさん見えている。そのように自宅を高く建てたことにくわえて屋根を足場にしていることが不安をさそう。やがて庭に落ちるところで父親はたいてい目を覚ますが、落ちる庭がない、ということに起きてから気づかされる。

ところが実際には庭がないわけではなく、ささやかながら裏庭ともいうべきものが存在していた。しかもその位置は夫婦寝室から張り出したバルコニーのちょうど真下という近さなのである。にもかかわらず父親は自宅には庭がないと考えているらしい。それはあたかも手狭な土地に住居を構えるにあたり、土のある庭を裏に取るよりこの家の前庭たるコンクリート舗装の自転車ポートを広く取るのにあまりにも熱心になりすぎていた、ということを語っているかのようだ。そしてできれば自転車ポートではなくカーポートを自宅前に設けたいとも考えていたのではないか。車庫つきの家など、それこそ父親が夢に見ていそうなことだった。

休日の昼下がり、父親は身に蓄積した疲労と持ち前の怠惰さゆえ、寝床から手を伸ばせば届くテラス窓を開けてみようともしなかった。窓の外のバルコニーには出ないばかりか目にすることさえほとんどないという状態にあった。なにしろそちら側には興味がない。だからこそ日ごろからバルコニーや裏庭での仕事を抱える母親の目に映る家とはその外周面とくに裏手において様子がちがって見えているのである。またその母親にしても屋根は日常から切り離されており、掃除することはない天井面もふくめて天井板から上にあるものは意識からほど遠い。上よりは下、頭上よりはあくまで足元、そして床面の下の「縁の下」のことは気にかけないというぐあいだった。

ところでここに家庭の内側を垣間見せるのぞき穴のような鍵穴と、夢によって理想化されて描かれる屋根とがあるが、それもまた同じ家の一部だといえる。たとえ同じひとつの部屋でも母親は「兄さんの部屋」と呼び慣わし、次男は「空き部屋」だと判断し、父親は「設計上は一階リビングの吹き抜け部分」などと説明する部屋があるくらいだ。父親が説明するところによれば築二十年になるこの家は新築当時からすでに違法建築だったのだという。途中までは適正に建てるそぶりを見せつつ役所の建築確認が済んでから容積率をオーバーすることになる部屋を二階に一室増やした。すべての段取りはハウスメーカー側と事前に打ち合わせている。家に保管された設計図面は当然確認申請以前にさかのぼるものであり、だからいまでもその部分にはなにもない吹き抜け空間として大きくバツ印が入れられている。だが父親がそう説明するとき、母親はまた例の話かとうんざりさせられる。それはいつも定年後に家を処分して別荘地に住もうという計画案につながってゆく。中古で売るか貸し家に出すか、上物《うわもの》を残すか更地にするか。夫は家を資産価値に換算する。妻は生活の拠点と見る。子どもから手が離れたとしても近くにはいてやりたいし、知りあいも多いから老後もここで暮らしたいと。夫婦は何度でも話しあった。そしてときには移住計画の下見のように夫婦そろって車で旅行することもあったが、それを家族旅行とかんちがいして無人の後部座席に乗りこんでしまう太郎と次郎をのぞいては、家族のなかでもっとも家に執着があるのはこの母親にちがいなかった。

夜寝て夢を見るのが二階なら、一階ではより現実的な日常生活が展開されるところとなる。そこで朝、一番早く起き出してくるのは母親だ。平日であれば七時台の通勤快速に乗る父親がこの家の「学校へ行く子どもたち」よりも先に出勤していたが、朝一番に家の外に姿を見せるのは一貫して、朝刊や宅配牛乳を取りに出る母親だった。

「……カチャッ」

毎朝六時台に聞かれるはずの玄関ドアの解錠音だ。日中は内側から鍵をかけない習慣なので、母親がどこかへ出かけて家が留守にならないかぎりはそのまま日が暮れるまで解錠されている。それをまた夜閉めるのもたいていは母親の役目である。暗くなって施錠し、家族が帰ったところで解錠しまた施錠し、就寝前に必ず一度玄関の戸締まりを確認する。最終的な戸締まりの確認が終電車の到着時刻にまで及ぶこともあるが、会社員の夫が終電後に高速でも使ってタクシーで帰宅することはない。そんな夜はサウナに泊まってくるのだという。ちなみにだれかが始発電車で朝帰りをしたとしても都心からの下り電車が最寄り駅に到着するのは六時半過ぎになる。

「だから鍵の心配は無用……」

そしてこれは母親ひとりの思いではなく家族全体の了解事項とされていたことだった。ともあれ母親は鍵を手元に置きたがった。肌身離さず、とはいかないまでも、つねにありかを把握しておかないと気が済まないようだった。そこで家のなかでは決まった場所に、居間の茶だんすの引き出しにしまってある。郵便受けへの置き鍵ももともと母親のアイデアで、その取り扱いに関しては独自の考えが働いていた。

「鍵を各自で持った場合……」

と、その場合を想像すると不安にさえなるほどなのだ。

家の外ではどう過ごそうともそれぞれの自由だし、勤め先や学校では大いにやってもらいたいという思いでいるのだが、家にいるときはあまり勝手をされたくない。家族にはそれぞれに持ち場と役割があり、それにしたがってやるべきことをやってほしい。そうしたことが母親の数々の言動から容易に推察されるのである。キッチンに立とうとする息子を勉強机に向かわせるところなどはそのいい例だ。包丁には触るな、ガスコンロの火は使うなと。それが鍵のことであれば、家から持ち出されたくない、さらには動かしたくないとも考えているようだった。持ち出し禁止、置き場の指定——それはいわば備品の扱いだ。そうして実際にはほぼ自分専用のものにしていながらも「代表して預かっている」というほどの気持ちで母親は鍵を所持していた。

ところでこれを金庫の鍵の扱い方と比較してみた場合、両者のあいだにはどこか似通った傾向があることに気づかされる。それは取り立ててだれのものともいえなかったし、普段はほとんど問題にされないがあるべき場所にいつもあって、なおかつ「家」とその家族にとっては重要だったのである。

「家の大事なものが入っているから、いじられたくない」

家具調度品の使用頻度の高い主婦がここでも管理者としてふるまうことになる。その小さな簡易金庫は家の奥の奥、二階の夫婦寝室である和室の押し入れに置かれた。鍵も同室内に、三面鏡台の引き出しにしまいこまれてはいるものの、家族間ではとくに秘密にはされていない。金庫に入っている家の大事なものとしては、各種保険証書や土地家屋の権利書、印鑑登録カードなどがあげられる。たとえばその権利書と実印のセットが、家の所有権を保証するものだという認識のもと大事に保管されているわけだった。

しかしそもそも婚礼セット中の一品にして、自分以外は使う者とてない鏡台を鍵の保管場所にすること自体に「いじられたくない」との思いがあらわれている。それからこの部屋のしつらえに見られるなんともいえない保守性だ。ここはバルコニーに通じるテラス窓からもろに西日の入る和室であり、障子を閉め切るといかにも湿っぽい感じになるうえ古畳のにおいが部屋にこもり、これも古めかしい婚礼家具であるところの洋だんす和だんす整理だんすが子ども部屋との境界壁にすきまなく置かれ独特の雰囲気をかもし出していて、夕日を浴びた障子、黄ばんだ畳、黒光りした家具とから受ける印象はさしずめ「人生のたそがれ時」とでもいったものとなり、少なくとも子どもが好んで入りこもうとするような場所ではなかった。二階に三室あり、洋室の子ども部屋ふたつと同じつくりのドアが和室にも取りつけられているのだが、その内開きのドアを入って閉めたとき、ドアの室内側だけに貼った唐紙《からかみ》じみたものがはじめて目に入る。模様は押し入れのふすまと同じ柄だ。そこをぴたりと閉め、アルミサッシのテラス窓と腰窓に入れたカーテン代わりの障子を閉めたなら、寝具は布団だし家具もおもにたんすばかりでいちおうは和風らしい寝室ができあがる。ところでここにはテレビもない。オーディオ機器は防災用のラジオライト程度のものさえ見当たらない。書棚らしきものがあるが、おそらくは処分しきれないでいる古い百科事典セットや写真アルバム等の置き場と化している。ちょっとした書きものをしようにも座卓はなく、折り畳み足つきの簡単な小テーブルすらない。まして文机などあろうものか。ここでなにかして時間を過ごすとか、昼間にだれかの居室になるといったことはなく、夕方ごろ畳に正座して洗濯物をたたむ主婦の姿が見られるくらいだ。朝押し入れにしまわれた布団が夜また同じように敷かれる。それが毎日くり返されている。就寝前のくつろぎのひとときは夫婦に訪れるのだろうか、布団を二枚敷いてしまえば足の踏み場もなくなる広さでは枕元に置く電気スタンドの存在がかろうじて夜の読書を誘っているにすぎない。そのスタンドもランプ風ではなく机上用じみたものなのでムードづくりに役立ちはしない。すぐとなりの子ども部屋には夜更かしをするための道具がいろいろそろっているというのに。あっちはまったくおもしろみに欠けていると、壁を一枚隔てた先で太郎も次郎も思っていた。いい歳をした大人がセックスなんかしないだろうし。正しくも浅はかな性知識をようやく身につけたばかりの太郎はそう考えていた。大人にはなぜマンガのよさ、ゲームのよさがわからないのだろうと、次郎にはそれが大いに疑問だった。そしてとくに鏡台の周囲にただよう化粧品類のにおい、あの甘たるいおしろい臭さというものが、兄弟の嗅覚によれば授業参観日の教室のにおいを思い起こさせるものでもあり、娯楽を求める彼らの興味をいちじるしく減退させていたのである。

今朝は布団を上げた後、朝のうちに洗濯物を干しにきて、しばらくして鏡台の前で念入りに化粧を施す姿が見られた。母親は午前中から外出するつもりらしい。

自分が出かける時間、たいてい家にはだれもいない。家族がいるときはそれなりのことをしてからでないと出かけづらいものなのだ。休日のほうがいそがしいとか休みはあってないようなものなどと感じる理由もそこにある。平日の日中など、家族が出払った後であれば戸締まりをして出るだけでいいように思われる。実際、「いまだれもいないから鍵をかけるだけで出られる」と、電話による急な誘いにも応じられた。

家にだれかいれば、つまり留守番がつくならば戸締まりをする必要もなくなるとはいえ、閉めるところを閉めて無人の家を後にするほうがどれだけ気楽なことか知れない。

「ひとりならパッと出られる」

それは電話の相手である同年配の主婦とも深く共感しあっているところだった。

ちなみにここで電話が使われ、こうして電話で家庭内の事情が一部あけすけに語られるのは、親しいつきあいの人間が、居住地域は同じでもとなり近所ではなく少し離れたところにいるからだ。自転車でおよそ十分の範囲に住む、子どもの同級生の母親や生協の組合員や趣味サークルの仲間なのである。

「いまこれから大丈夫?」

「ええ、いないから平気」

手すきかどうか電話をかける時間帯を気づかったうえでのことだろうが、そういった簡単なやりとりで行き来できるというのはまるで独り者どうしのようである。

「じゃあ十分で行くわ」

そして茶だんすの引き出しから鍵が持ち出される。

金庫の鍵はともかく家の鍵は母親が持ち歩いているだけだった。したがって家を空けるには置き鍵をする必要がある。

しかもこのとき、すなわち家を留守にするにあたって鍵をかけるこのときに、鍵は鍵でも家の鍵を扱っているとの意識がぐっと高まる。やはりなにか「代表して預かっている」という感覚があって置き鍵をするのだ。

母親は手持ちの二本のうち一本を、出がけに郵便受けのなかへ入れてゆく。自分が出かけているあいだにだれが帰ってきてもいいように、というのはもちろん、まんいち持ち歩いているほうをなくした場合にはそれが保険にもなるとして。郵便受けは塀に埋めこんだつくりつけのものであり、鍵の出し入れは塀に囲われた内側で行われる。仮にもしこれが塀のないオープン外構の家で、郵便受けも玄関先にポールを立てたアメリカンポストのようなものであったとしたら、状況はまたちがっていたのかもしれない。待望の戸建て持ち家が、欧米の郊外住宅の規格からすればウサギ小屋同然だとしても、外構や玄関まわりに見られるこの取ってつけたような重厚さは特筆されるべきだろう。

二十五坪程度の土地が塀とアルミフェンスによって囲われている。家屋は正面に向けて、前面の道路に向けて建てられている。こうした住宅地にあっては両隣が建てこんでおり道路側がつねに家のおもてである。ここを離れるとき、門扉を閉めたりなどしてふり向くとそれを実感することになるが、玄関ドアがかもし出す家の表情ともいうべきものが目に入る。門扉のわきには郵便受けとともに表札が備わっており、漢字二文字をよこ書きにした一家の苗字が確認できる――あの当主の氏名をたて書きで彫りつけたような墓石じみたものではなく。そしてこれらは家族のイメージと結びつきやすい。家の新築時にはこの構図で家族の写真さえ撮られている。

ここにその写真がある。記念すべき一枚だった。

母親が抱いているのはまだ就学前の次男で、かたわらに立つのが小学校低学年の長男、撮影者の父親の影が手前の地面にうっすら見える。カメラのアングルが妙に低く、門扉からポーチにかけてのタイル舗装やこざっぱりした玄関ドア、ポーチの屋根を支える柱などが比較的立派に写っている。玄関まわりをフレームに収めんがため道路上にしゃがんでカメラを構えた父親の、その意図をもふくめた一枚としたい。

そんな趣向の写真は過去に何枚もさかのぼることができ、アルバムをめくればそこに一家の移住の変遷が浮かび上がる。新婚当時から考えると、子どもが生まれるたび、身辺状況が変わるたびに移り住んできたといえる。新生活への期待はつねに漠然としたものだが、未知のすまいにたいする思いはしばしば平面的な間取り図のかたちを取る。どこに住むかといったとき、それはまず家賃、間取り、専有面積、日当たり、築年数などの物件情報をもとに借りる部屋を選ぶことだったのであり、どことい う場所にしても肝心なのは所在地住所ではなく駅名だったりする。また一方ではどこに住んでも同じだなどともいっていて、同じとするからには土地にたいするこだわりは薄い。居住環境に風光も求めない。どちらかというと自然災害のほうが恐いので海のある方面にも山のある方面にも向かわず、川を越え、環状道路を越えてひたすら平野部を内陸方面へ進み、都心からの距離は二十キロ、三十キロ、四十キロと引っ越すたびに遠のいてゆく。そこにはもちろん鉄道が敷かれており、その地理的な距離は急行などを利用した場合の通勤時間で計られる。土地を求めるに当たってもやはり電車と切り離しては考えられなかったようで、その上で購入を決めたのが、地図で見ると都心から郊外へと逃れるように延びている私鉄沿線の、いわゆる「住所に字《あざ》のつくような」場所であったにしても、もはやそこに建つのは団地でもアパートでもない。行政による開発許可のいらない一〇〇〇平方メートル未満の小規模な開発で農地に細長く切りこむように造成された宅地は、現地見学の段階では境界と土止めを兼ねたブロックが分譲区画を囲っているだけの殺風景なものだったが、そのなかの四角い地面は次代にも残すことのできるまぎれもない資産となる。ここに基礎を設け土台から家を建てていくのである。銀行から多額の融資を受けているとはいえ、建てたからにはその建物は自らの所有物であり、賃貸ではない証拠に表札は石造りだ。賃貸時代にはおおむね表札が紙でドアが鉄製、取っ手部分は中央に鍵穴のある丸ノブタイプ、鍵も退居時には返却するという預かりものでしかなかった。だからドアのデザインからして自分たちで選んだ玄関への思い入れは深い。新居の引き渡しとともに受け取る真新しい鍵を使ってはじめてそのドアを開けることになる。実家の広い玄関を後にして、いくつかの借りものの玄関を経て、ようやく自分たちだけの玄関にたどり着いた思いがする。そこにはなんといったらいいか、世帯としてのほどよいまとまりがある。一世帯に玄関がひとつあり、表札も郵便受けも、したがって苗字も宛先もひとつずつ備わっていて、そこを自由に出入りするのに必要な鍵もまた、あの賃貸の鍵のように過去にだれが手にしたかわからないというものではなく一家族だけのために用意されている。

問題はそのように整理されるのだが、普段からこれらがすべて意識にのぼるはずもなかった。来し方の生活を振り返る契機となるような分厚い写真アルバムやおよそ三十年分の家計簿の記録、記入欄の埋まった古い通帳の束、そのほか家にある保管書類などが見返されている形跡はほとんどない。母親が日々の雑感を書きつけている手帳は新年を迎えると保管されずに捨てられる。しかも予定を管理するのは手帳ではなくカレンダーなのである。居間の電話機近くにある壁かけカレンダーを見れば母親のおもな月間の予定はだいたいにおいてわかる。しかしこれも、月をまたぐと同時に破り取られてしまう。手帳が一年の命だとするとカレンダーはひと月の命。ましてそのカレンダーにも書き出されない「用事」のほうが圧倒的に多い。預金通帳を持って銀行へ行くにしろ貯金通帳を持って郵便局へ行くにしろ、とくに平日の日中は家族にわずらわされることなく活動ができるわけで、メモ帳に伝言などを書き留めずとも気軽に家を出られるのだった。

ここでいう用事とはすなわち外出をともなうものであり、日ごろの買いものから彼岸の墓参りのようなことまでがふくまれる。それとともに母親には家の仕事も山積みされていて、出る用事との兼ねあいで炊事洗濯掃除といったものの比重や優先順位も決まってくる。平日、洗濯は午前中にこなすとして、そのあと掃除をどこまでするかは迷うところだ。掃除機は最低でも一日おきにはかけるべきだと考えていたため、昨日したから今日しない、明日できないから今日しておく、今日しないなら明日やろうというふうに前後三日間で調整された。家族が一日中家にいるような休日、リビングダイニングの掃除ひとつにかぎってみても、そろわない食事時間とめりはりのないテレビ時間のあいまを縫って取りかからねばならず効率が悪い。そこで週末前の金曜日とか週明けの月曜日にはおのずと掃除機をかけたくなる。土日できないから、土日サボったから今日やらねばと。しかもその土日休みはある時期を境に、週休二日制の導入と学校週五日制の実施で夫にも子どもたちにも増えたのである。

また近年の社会的動向として、夏休みのはじまる七月後半に祝日として海の日が加えられたり、ハッピーマンデー制度の施行で土日月の連休が増えたりしたが、これは母親にいわせるとただ迷惑なばかりであった。家族旅行などもいつの間にかしなくなっていた。今度の休みを利用して、といった特別なことはなく、会社や学校が連休に入ると「明日も休みだから」と今日を漠然と過ごされてしまう。家のなかはごたごたするし、食事は三度の世話となるし、主婦にとってなにもいいことはない。そして声に出していう。

「いつまでたってもかたづきはしない！」

これが休日の家事全般にたいする主婦の感想ということになる。

それにしてもかたづくとか、かたづかないとか、家のなかではよく口にされる言葉だが、それが具体的にどのような状態を指すのかは必ずしも明確ではない。母親の日々の言動からすれば、完全にかたづいた状態になったことはかつて一度もなかったとさえいえるのだから。

ここにはなにか主婦としての意識の高さだとか、いわゆる母親らしさ、女性らしさとされているものの影響もあるのだろうか。煩雑で際限のない家事に日々取り組みながらもその生活シーン全体のイメージが大切にされていた。

そんな思いが日常にあるなかで、生活の質を高めようとするあまりかえって心のゆとりをうしない、ともに暮らす家族のふるまいについ気を向けすぎてしまうということにもなったのである。鍵のことばかりではなく、その傾向は随所に見られた。たとえば平日の朝、母親はいつでも本式に玄関まで出ていって家族を見送っているのだが、それは身支度や持ちものについての心配からだった。

身だしなみは整っているか、忘れものをしてはいないか——玄関土間に降りて靴を履く家族の後ろ姿に、スリッパ履きの母親の視線が一方的に注がれることになる。

ところでここはまだ家族だけのプライベートな空間といえる。足元を見れば下足と上履きであり、床面の高さにも明確な段差があり、ここに内と外の領域が目に見えるかたちで示されているとはいえ、玄関スペースはあくまで住居内、廊下の一部と見なしてよい。通常、外部との接触はインターホン越しもしくはドアの際《きわ》でなされるものであり、玄関スペースにまで人を入れるのはそこから先の話になる。洋風玄関であればなおのこと、上がりかまちの段差をあいだに主人はスリッパで玄関マットを踏んで立ち、客は自分でドアを開けてポーチから玄関へと入りこみ、そこではじめてあいさつが交わされる、というのはあまり自然ではない。和風のガラス引き戸をガラガラと開けて「ごめんください」などと客が訪問していたのはずっと以前の話だ。したがって内側からドアを開けるまでは世間の風も吹きこまず——気密性の高さのせいでドアを開けると本当に「空気が乱れる」のだが、ここにはごく内輪の空気が保たれている。

そうした親密さのなかで出発の準備は進められる。ここでは靴を履いて出るだけではないし靴べラがやり取りされるだけでもない。母親は家族を起こす時点からかなり面倒見よくふるまっているにもかかわらず、時間がきて玄関まで見送りに出たところで急に不備な点が目につき出す、ということをよく経験していた。

その注意深い目は老眼ながらも細かいところまでよく気がつく。戸外では日に透けてしまうようなきわめて微細な繊維くずさえ着衣の上に見つけたりする。一方では色の取りあわせなど、服装全体のバランスにも気を配っている。家族を外へ送り出す「仕上げに」と思って力が入るのだ。

「あら……?」

母親がなにかに気づいたときに発する言葉ともいえない声だった。その第一声はおそらくいった本人も一瞬おくれて自覚するような条件反射的なものだ。それが思わず口をついて出る。語尾を上げずにあら、引き伸ばしてあらとも。すると通路であるはずの玄関スペースに一時、滞留のムードがもたらされる。ここには見送る者と見送られる者がふたりいるわけだが、現在同居中の家族三人はその「相互の関係性」のなかで、それぞれニュアンスのことなるポーズを取る。

母親が父親に声をかけるとき、例の特殊な親族呼称でお父さんと呼んだりもすれば、呼称なしで直接、えりが、だのネクタイが、だのという場合もある。父親はその声にふりかえる。が、夫婦ふたりきりだと体ごと向かいあわせになることはめったにない。背後にいる妻に呼び止められても夫は半身を返すか肩越しに頭をふり向けるかするのみで、顔をまっすぐに見あわせようとはしなかった。極端なときは目ではなく顔にかけたメガネのレンズが斜め後ろに向くだけのこともある。光を反射するレンズのなかには目が入っていないように見える。

　息子もまた父親と同様に向き直ろうとはしなかったし逃げるように家を出るためなかなか捕まらない。それから大学の時間割というものがなぜかはっきりせず出かけるタイミングが予測しがたい。同じ一限目でも授業の内容や形態によって時間がちがってくるらしい。だいたい何時ごろまでに行っていればいい、という調子で動いていて、電車の時間もたしかめずに家を出る。父親は毎朝同時刻の通勤快速に乗り、息子は電車を選ばないから、あの「ポケット時刻表」を必要とするのはたまに用事で電車を使う母親だけだった。

　いずれにしても母親は家族の応援にまわっている。しかし見送られる側にしてみれば、出かけようとしているところを引き止められてしまうわけで、問題の軽重にもよるが、いわれてうるさい、といった感情を抱きやすかった。

「あらあら……」

　母親がそういっている間にも聞く耳を持たない父と子はさっさと家を出ようとする。

「家族のために汗水垂らして働いてくる（メガネがキラリ）」

「学歴を、ひいては社会的地位を得るために、いってきます」

ふたりはそれぞれの使命を果たしに職場へ学校へと向かう。そこには歴《れっき》とした社会が存在していて家とはちがう論理のもとで行動している。だから家庭の主婦には関係のないことだと、さもそういわんばかりの態度なのだ。

こんなときによく母親は、まるで自分勝手な発想だとは承知しながらも、家事手伝いの娘でも家にいたらと思ったりするようだ。世間並みに子どもの数をふたりまでとせず、もう一子もうけていたらどうだったかと。その構成を考えるに、就職して家を出て以来正月にすら帰ってこなくなった長男のことがあるからだろう、母親が頭に浮かべ口にもするのは長子ではなく次子か末子の娘だった。

家事専業の主婦が、さらにその家庭に手伝いの娘を置きたいと考える。だがここで意識されているのは文字通り家事を分担してくれるような娘の存在ではなく、女の子を育ててみたいとか母娘関係にあこがれるとかの、いわば趣味の問題である。そして、

「娘でも家にいたら……」

こんな何気ないつぶやきの裏に、なにか優生思想のような考えが隠されていたり、子どもへの不当な役割期待だとか、「男は外、女は家庭」式の性別観の押しつけがあるとしても、それよりももっと気分的な、たわいのない、仮定や想像の域において、娘がいた場合のいまの生活を思い描いてしまう。率直にいって女の子ならもう少しきちっとすることだ

ろうと母親は思う。出かける際に注意しなくてもハンカチとティッシュくらい持とうとするだろう。下着や靴下は自主的に毎日替えるだろうし、穴が開いたら当然捨てるだろう。パンツを親に買わせたりなどしないはずだ。いつ替えたかわからないパンツと穴開きの靴下をはき、ハンカチもティッシュもいわれるがまま渡されるがままポケットにどんどん溜めこんで、それで平気で出かけられるのは女ではない、というのである。

「男はめんどくさがりだ」と、母親はそう断ずる。

出がけにポケットをふくらませているところからしていかにもめんどくさげに見える。だから声をかけたくもなる。いってきますのかけ声にいってらっしゃいとすんなり返せるわけがない。

とくにあの男性に特有の、ズボンや背広のポケットに貴重品類をしのばせるというやり方が、女の目、主婦の目には無造作かつ危うげなものに映った。いっかつしてバッグに保管すればいいものを、夫も息子もなにくれとなくポケットへ放り込んでしまう質《たち》なのだ。洗濯時にはいつもその後始末のことで母親は腹を立てている。いわゆる「出し忘れ」がひどいのである。ティッシュ一枚出し忘れただけでも洗濯は悲惨なものとなるから中身の確認にはますます気が抜けなかった。

とにかくこれは日常的に洗濯をしていると実感できる。胸ポケだの内ポケだの、紳士衣料にはやたらとポケットの数が多く、両わきのポケットは底が深い。上から触るだけでなく一つひとつ手を入れたり裏返してみたくもなる。それでも二槽式洗濯機の時代はそこまで気にしていなかった。あれはたびたび手の作業が入るから状態を確認しながら洗濯できていた。いま使っている全自動洗濯機は水位や洗濯コースを自動で決定してくれてたしかに便利ではあるが、たとえばティッシュが混入していることまではセンサーも感知せず、ふたを閉めたが最後、そのまま自動的に脱水まで工程を進めてしまう。洗い、すすぎ、脱水と、標準コースで三十分、ティッシュはちぎれた綿のようになっているのだ。しかも水に流せるタイプのティッシュの場合、品質上の特性として紙の繊維がほぐれやすくできているため事態はさらに悪化するし、外装がフィルムではなくケナフ紙を使用したポケットティッシュなどは外ぐるみごと水にふやけてばらばらになる。

「ああ、また『入れっぱなし』！」

しかしここで家族の行いをとがめてみてもはじまらない。ポケットに物を入れたままにしておくなとは、普段から何度となくいい聞かせているところなのである。それが実行されないとなれば事前にその目で確認するしかない。

「紳士衣料品！」

「全自動洗濯機！」

平日昼間に家でひとり、洗面所兼洗濯機置き場でそれらを前にしたとき、こんなふうに自ずと注意が喚起される。家族が出払った後の家では気持ちが物に向かうようだった。

それはそうとこの室名をたんに洗面所とするのは妥当なのか、主婦にとっては洗濯しごと全般を行う一種の作業スペースといった位置づけになっているし、住宅事情からそこがいわゆる脱衣場を兼ねた洗面所ともなっていて、キャビネットつきの洗面化粧台には洗面道具からバス用品、ドライヤー、ブラシ、整髪料、ひげそり、クリーム、コロンなどの日用品の数々が収納され、ならべられ、あるいはかごに入れて置かれだいぶ雑然としてしまっている。ここを朝の支度とか入浴の前後に使用するにはその点がむしろ使い勝手をよくしていて、家族は入れかわり立ちかわり鏡の前で自分の用を完結的に済ましてゆく。ただし主婦には仕事があるためすぐ立ち去るというわけにはいかない。この部屋のぐあいの悪さも知っている。あれは洗剤の容器から発しているのか洗濯槽にこびりついているものなのか、洗濯機周辺にただようケミカル臭さが鼻につく。加えて洗濯物の汗臭さ、カビや雑菌のにおい、下水の腐敗臭、さらには日の当たらない北側の敷地に生えたシダ植物の胞子さえ空気中に浮遊していて、それらをつねに嗅がされながらの作業となる。そして湿気のひどさである。日常の掃除をするにしても、サイクロン式掃除機で水気を吸い取ってしまうとゴミがダストカップの内側にへばりつくし、物が出ているためすきまノズルも小型ブラシも使いづらく、よって雑巾がけをする必要が出てくる。だが綿ぼこりや毛ゴミを拭き取った雑巾とはなんと汚らしいものだろう。それをバケツの水で何度かすすぐ――いまだバケツに雑巾の組みあわせなのだ。そのほか洗面台で昼間に髪を洗うにしても、ふろあがりに肌の手入れをするにしても、そこしか置き場がなかったかのようにして洗濯機ラックの上に載せられたヘルスメーターを毎回下ろして体重と体脂肪率をはかるにしても、そこらじゅうベタベタしていてあまり快適な感じがしない。ここに換気設備を置かなかったのはもはや建築上の失敗といえた。除湿器などの装置もないから一年中じめついていて、梅雨どきの不快さもさることながら夏場の蒸し暑さには耐えがたいものがあった。冬場は逆に底冷えする。室の方位が北東の鬼門に当たり、健康運からも太陽の恵みからも見放されていた。

ここではなるべく午前中の早い時間に洗濯を済ませたい。この狭い室内は日が昇るほどに薄暗さを増していくようなのだ。洗濯物に関しては、白いものは青白く、色柄ものはやや くすんで見える。もっとも採光を自然光に頼るかぎり、室内でのものの見え方にこうした変化が生じるのはいたしかたないところではある。まして開口部が北側に面したアルミ格子つきのくもりガラスだけともなればなおさらだ。では電気をつければいいのかといえば、あながちそうともいえない。白熱電球を使っている天井照明の下では洗濯かごの上にかがみこむたびに濃い手暗がりができてしまう。そしてなおかつ昼間から電気をつけるのは「お天道様にもうしわけない」。農家出身の母親は娘時代にたらいと洗濯板を使った井戸端での洗濯しごとを経験している。それはふろを薪《まき》で焚く手伝いをしたという思い出とともによく家で語られる。聞いたかぎりでは当時の洗濯は週に一度の晴れた日に外でやるものだったという。だからたとえ重労働ではあったとしても、いまのようにほぼ毎日のようにやらねばならないというほど煩雑な作業ではなかったはずだ。昨日洗濯、今日も洗濯、明日も洗濯となれば際限がない。

「晴れた日はすべて洗濯日和なのか！」

朝起きて晴れていたら洗濯をしなければならないのか。これはまた、しなければならない気になるし、現にしているということでもある。朝起きると条件反射的に空模様をたしかめている。しかもその日の天気は前日中には知れてしまっているから、一日ずつずれこんでいるといった感覚がつきまとう。夜のニュースを観れば翌日の「三時間ごとの雲の動き」さえ把握できる。青い海に囲まれた緑の大地の日本列島上空を、煙のような雲が移動してゆくのをテレビで眺める。それから「全国の天気」、「各地の天気」も参考にする。ここでずらりと晴れマークがならぶようなら苦労はないが洗濯するのは晴れの日ばかりとはかぎらない。くもりでも雨が降らなければ洗濯できる。くもり方はいろいろだ。たとえば、冬型の気圧配置にすじ状の雲がかかる程度、であればむしろ洗濯日和といえる。もちろんそのような場合に悪天となる日本海側のことをいっているのではなく、脊梁山脈からこっち、北西の乾燥した冷たい風が山を越えて吹き下りてくる太平洋側のことをいっているのだ。すじ状でなく厚い雲に覆われた一日でも風があると洗濯物の乾きは早い。くもりのち雨、くもりときどき雨、ところによりにわか雨の予報では、降水確率や雨量や降りはじめの時間にもよるが、洗濯をするならいずれ雨脚との勝負となる。何時間あれば乾くだろうと、乾くまでの時間を考慮して洗うかどうかを決めている。また小雨程度ならバルコニーに屋根があるから干しておけるのだとも。

雨の日にも洗濯をしようというのか、もし本気でそう思うなら衣類乾燥機か浴室乾燥機でも備えつけるべきところだが、しかしもはやこれ以上機械を入れる気にはなれない、というのが正直なところではないだろうか。

「全自動洗濯機！」

二槽式よりさらなる進化を遂げ洗濯の手間をいちだんと軽減したはずのその機器を前に、多種類の機能ボタンとランプの列を見、どう動くか予想のつかない洗濯槽が口を開けているのを見て、なにかせわしなく、不断に追い立てられているかのような気にさせられる。目の表情がそれを如実に物語っている。これだけ便利になったからにはもっと心に余裕を持ててもいいだろうにと、そうなっていない現状を不思議に思いつつ、洗濯物を入れてふたをして、かすかな不安とともにスタートボタンを押す。そのとき突き出した人差し指の一瞬のためらいに、そんな不安の感情が読み取れる。

「あら？……あらっ‼」

目を大きく見開いて、

「何よこの洗濯機、ずっとＨＩＴＡＣＨＩだと思ってたけど、よく見直したらＨａｉｅｒ

って書いてあるじゃない」

母親は現在、洗濯の際に老眼鏡を手放せないでいる。それは洗濯機のボタン操作やデジタル表示の確認、またポケットの中身の「出し忘れ」に気をつけるためばかりでなく、たとえば息子の服の洗濯表示を調べるためであり、ひそかに別洗いしている水虫持ちの夫の靴下を選りわけるためでもあった。

「紳士衣料品！」

と、やはりそこがひとつネックになっている。

夫のものはすべて妻である自分が買っているのだが、息子のぶんもふくめて「何足いくら」でまとめ買いした紳士用靴下ではなかなか見わけがつけがたい。同じくまとめ買いはしていても、夫のブリーフ、息子のトランクスというくらいの区別があれば収納場所をまちがえたりはしないものを。そもそも男物の靴下の変わり映えのなさにも問題がある。また母親が関知するところではない息子のカジュアル服はいつの間にか増えているという体《てい》のものなのでそのつど洗い方を検討しておかなければならない。洗濯にもおよそ文脈ともいうべきものが存在している。洗濯物を手にしたらまずタグを見て、そこに出ている絵表示を一度飲みこんだうえで、材質やつくりによって手加減を加える。高級品イメージを持たせようとの魂胆だろう、本来は水で洗ってしかるべきものにまでドライマークがついていたりするからだ。母親はこれをいちいち真に受けてクリーニングに出すようなことはせず品質表示の混紡率などをたしかめている。そのほか手洗いしろとの表示にはだいたいソフト洗いで対処しているし、陰干しマークのついたものは絹やウール製品でもないかぎりしたがう必要はないと考えているようだ。そうしたなかで特別な注意が払われているのはおそらく色落ちにたいしてである。若者向けの服には色処理がじゅうぶんになされていない傾向があり、タグの注意書きにはだいたい、色落ちする場合があるから白物との洗濯はひかえよ、と出ていたりする。

それとはまた逆に洗濯機で簡単に洗えることを謳う丸洗いOKのものもかなり増えてきていた。そこへもってきてこの高性能な洗濯機と用途別の各種洗剤が同じ流れを推し進める。そしてそれがためにアクリルのカーテンのようなものさえ自分で洗わざるをえなくなったのだともいえる。カーテンをふくめそういった平たくて大きなもの、テーブルクロス、キッチンマット、シーツ、毛布、布団カバーなどは、洗うには洗えても干すのに苦労する。こうして洗濯物の種類や量が増えてくれば、干し終えてから、取りこんでからのちの処置もひと通りではない。手入れや保管の手間を思うと化繊や新素材の製品に気持ちが傾くが、しかしその一方で、家庭ではなかなか扱えないとされる天然素材のホンモノであれば堂々とクリーニングに出してしまえる。Yシャツなど以前はよくまとめて近所のクリーニング店に出していたような気がするのだが「形状記憶」が出てきたころから家で洗うことが多くなったのではないか——えりそで用の合成洗剤か、柔軟剤とともに使える洗濯のりか、弱水流で動く洗濯機か、やはりその樹脂加工した生地自体か、なにかしらの製品の品質が向上した結果、それが家庭で処置すべきものになったのだろう。

家族の姿は家になくともこの洗濯機前に出された衣類から、それぞれのにおい、気配のようなものがうっすら伝わってくる。それをいままさにこれから洗うというときには、例の「出し忘れ」がないかどうかなど、洗濯物としてチェックしていくわけだが、前日にはその同じものをちがう視点から見ていたのだ。すなわちそれを着る服として、今度は「入れ忘れ」がないかどうかなど、やはりポケットの中身の問題を中心に配慮を加えてゆく。しかも特別な日、重要な会議とか大事なテストがある日には、なにか忘れものをしたのではと、気をもんでいることがしばしばあった。母親は家にいて落ち着かない。だからこそ朝の準備には万全を期す。玄関マットの上までの、スリッパを履いたままのことだとはいえ、あたかも自分が出かけるかのような気持ちで家族を送り出していた。

「いってきます」

「いってらっしゃい」

なにはともあれこうして玄関での見送りが済んだとする。

「……さてと、それじゃあやるか！」

家族が出かけて一段落ついたところで「さて」だの「じゃあ」だのが思わず口をついて出る。けっしてその存在自体をじゃまにしているわけではないものの、家族にいてもらわないほうが家事は断然はかどるのだった。

夫と息子がそれぞれ革靴やスニーカーを履いて家を出ると玄関にはサンダルくらいしか残らない。土間部分の広さが半坪ほどの手狭な玄関であり、なるべく靴を置かないようにとしてあるためだ。ここで訪問者の応対もし、また掃き掃除からモップがけまでする者としては、とりあえず外出用の靴はすべて下駄箱に入れてしまいたい。ヒールだのパンプスだの、保有された数では家族のなかで一番多い婦人靴は、そのような考えから出かけるときまで収納されている。ところがあの男性陣の革靴やスニーカーは帰宅してから外出するまで出したままにされる。主婦はそれを見てあまりいい気はしない。下駄箱の上を季節感のある小物などで飾ったりはするものの「物が出ているのが嫌いな性格」で、そのためにもここには収納がたっぷり取ってあった。そこからするとつねによそゆきの一足を出しておく男性陣のやり方は、置きっぱなしにしているというふうに見えるはずである。

いつも履く靴を毎回出し入れするのはたしかにめんどうであり、男性陣はごく当然のように玄関に置いたままにしているのだが、もしそこに「外のことしか頭にない」という外向きの態度を読み取るとすれば、反対に内向きの考えをよく映しているのはスリッパの充実ぶりではなかろうか。家族用と来客用に最低でも四組はこぎれいなスリッパがそろえてあり、それらは人に見せてもかまわないものとして玄関のじゃまにならない片隅に置かれている。

「外のことしか頭にない」場合、玄関では靴に足を入れるだけともなりかねない。彼ら男性陣は自分の靴にたいしてさえ、その見てくれや品質、流行性や一般性の観点からしか目を向けていないようなふしがあり、つまり購入時にはあれこれ考えても普段の保守管理の方面にはあまり気がまわらないという意味だが、帰宅時に脱いだものをいつだれがこのようにかかとをそろえてならべているのか気に留めもせず履いている、そんな状態だった。そしてスリッパになど目もくれずに春や夏や秋を過ごし、冬の寒い時期にだけ防寒用にスリッパを履く。したがって冬用と夏用が半年ごとに入れ替わったり買い替えられたりしていることも、インテリアの一部として玄関が明るく見えるような色や材質が選ばれていることも知られていないはずだった。またそれがアクセントとなりうるような明るい色のスリッパとは対照的に玄関マットは落ち着いた配色の唐草模様となっている。しかしその柄の種類をたずねて正確に答えられるのはそれを実際に購入し、掃除機をかけ、日に干している主婦くらいのものだろう。

ここからただ入るだけ出るだけなのではなく、入れる、出す、あるいは表現としては、迎え入れる、送り出す、という行動が主婦によって取られている。なかでも家族の送り迎えに注目した場合、それはなにか従属的な役割を担っているにすぎないようにも見受けられるが、家の主婦には独立の立場から、この玄関マットの上に仁王立ちでもしなければならないときもあるのだった。

ほかの家族はそこになにかが敷かれてあるというより床の模様かなにかと見なしてマットの上を通過しているにすぎない。そうしたものに厚みがあるとも思わないのか、器用にもたった一、二センチほどの段差につま先を引っかけてしまうことがあるくらいだ。玄関をただの通路としか見ていない証拠である。

廊下の幅がここにくると少し広がり、一般的な浴室と同程度の広さを持つ玄関となる。一般的な浴室の広さ〇・七五坪、一坪、一・二五坪のうちの一坪くらいの玄関だ。壁が引っこんだ側につくりつけの下駄箱がならび、端に釣り道具やゴルフバッグでも入れるようなたて長のキャビネット、上部には下駄箱と平行して吊り戸棚が設けられている。収納で壁全体をおおってしまうのでなく、コの字型にして中央にスペースをとり、台上に小物を、背後の壁面に額などを飾る。花はなくとも花の絵をここに飾ろう。当家の主婦の考えでは「切り花はかわいそう」だからだ。「鉢植えは置きづらい」し「造花はつまらない」とも。ガラスや陶器の花瓶をそのまま置いただけでもちょっとしたオブジェにはなる。

「あとは傘立てとゴムの木をどうするかだなあ……」

そういって何年にもなる。人数分をはるかに上まわる数の傘をぎゅうぎゅう詰めにした傘立てと、戸外では冬を越せないゴムの木を置く場所のことだ。濡れた傘はポーチにある円筒形の壺にさしておけても乾かしたものは玄関のなかにしまわねばならない。大型の鉢で育てたゴムの木は高さが一メートルは軽く超えており、窓辺はおろか玄関から先に入れる気にはとてもなれない。これらをすっきりさせるにはいったいどうしたらいいのだろう――しつこいようだが玄関が狭いのだ。

ただし午前中、家族が普段通り出かけていく時分なら、方位が南東を向いているということもあって、玄関は家で一番明るくて気持ちのいい場所になる。

「朝の玄関はすがすがしい……」

外からの光、ドアのスリットガラスや周囲のくもりガラスを通過した光が、スリッパを履きエプロンをつけたその姿を白く照らしている。

家族を見送りに出ただけなのでまだ靴は取り出さない。なんらかの事情で朝から出かけるという特別な日でなければすぐに引き返すことになる。玄関マットの上のスリッパが廊下側に向きを変える。

「パタパタパタパタ……」

鳥の羽音ではなく、スリッパ履きの足音が家内に響く。小股でせわしなく足を運ぶとそんな音になる。移動をともなう家事をしている最中だ。

炊事洗濯掃除と、主婦は朝からいそがしい。朝食のあとかたづけを済ませ、午前中の洗濯をしに洗面所へ向かい、そこと二階のバルコニーの物干しとの何往復かがあり、掃除に取りかかれば掃除機を引きながら各室をめぐることになる。そうした目まぐるしい家事の動きを追っていくと、家のなかの様子を見てまわるのも主婦の役目であるところからして、家はたちまちその間取りの全貌を明らかにする——こんなことは現実にはありえないことだが、そのとき突然この家を竜巻が襲って屋根から外壁から外部との境界をいっさい吹き飛ばしてしまったとでもいうように、設計図面に緻密に描かれる内部構造などよりははるかにインパクトを持ったかたちで、高さ二メートル半ほどのクロス壁で仕切られた空間に人と家具を入れた住宅が、内部の様子をさらけ出して見せるのだった。

この実物大の住宅模型の最大の特徴は、一階と二階の内部をそっくり床ごと切り離してそれぞれ内覧できるという点にあるのだが、またそうして完全にセパレートした状態でありながら階段を使って自由に階を行き来することができるというのもなかなかユニークなところだった。これをもし図面に表すとしたら階段途中の省略線をものともせずに移動の矢印線が突っ切るかたちになるだろう。近いものでは設計図等に出てくる平面表示記号の「階段昇り表示」である。

一階廊下の突き当たりにその階段があり、一段目には「1」とナンバーがふられていて、そこから「13」とある十三段目で二階の床レベルに達するとわかる。実際の足音をカウントしてもその数はきっかり十三になる。と、二階にはごく短い廊下しかない。三方向にドアが三枚、背後にひとつ小窓がある。

これら住宅内の各室を結ぶ廊下と階段は、見方によっては部屋を方々にふりわけて音の緩衝地帯になっているともいえるし、こうしてスリッパの音が鳴り響くように各室に音を伝える管だともいえる。部屋と部屋の中間にある、すべての部屋につながる通路である。スリッパを履く範囲はこれにキッチンとダイニングテーブルのまわりと洗面所を足したものだ。動きやすさを考えてのことだろうか、子ども部屋とか寝室とかリビングのじゅうたんを敷いた部分といったくつろげる場所以外はだいたい板床となっていて、床面に塩ビシートを貼った洗面所とともにそこではよくスリッパが用いられる。それと同時にスリッパの行き来した跡が主要な家事動線だということにも気づかされる。

動線というものはまた、それぞれ個別に移動した線のうちで重なる部分をより太く表示し移動の頻度をあらわすようになっていて、この太い線をなるべく短くすることが家事労働の軽減につながるともいわれる。より細かく、室内での人の動きをそれこそ立ち居ふるまいのレベルでとらえた場合には、設備の仕様から家具の配置から棚のつくりにまで配慮しなければならなくなるが、ここではただ間取り全体のバランスや部屋どうしのつながりを考える、という程度にとどめたい。一階は廊下を介して居間と水まわりにわかれ、階段を上がった二階には夫婦寝室と子ども部屋がある。これを大まかに、一階と二階で食事と就寝の場にわけたと見ることもできる。朝のはやい時間であれば家族が上で寝ているなか、主婦が下で朝食のしたくや弁当づくりなどをする。パンの朝食も冷凍食品の弁当用そうざいも早朝に包丁を使う機会を圧倒的に減らしたのだが、包丁の「トントンいう音」に代表されるような朝の台所しごとの生活音が家族の起床をうながすことはまずないといえる。アパートや団地の2DKではふすま一枚隔てただけだったものが、廊下や階段と二枚の室内ドアで分離できるようになったわけだ。起床時刻になったことや朝ごはんの用意ができたことを知らせる声が階段を駆け上がる。眠りを破られた太郎や次郎は魂の抜けた人のように階段を下り廊下を進み、あのありふれたいつもの朝がやってくる。

こうして一階をパブリックスペースとし、二階に家族のプライベートルームをつくった住宅では、階を移動することは別室へ行く以上の意味をもつ。とくに客があったとき——このとき廊下と階段は客と家族を分離しているのである。

戸建て住宅にしても狭ければ客間は取れないから接客は居間ですることになる。一階に六畳ほどの和室があるような家でもそこを客間にするとしたらたんすも置けなくなってしまう。また和室があるからといって二階に客を上げるわけにはいかない。そこでまず空間的にも広く取られた一階の居間が接客の場としてふさわしいといえる。そしてここに客と家族の動線が交錯している。この家の居間のタイプはいちおうLD＋Kとなってはいるのだが、それらの連結のしかたが、リビングのじゅうたんのすぐわきにダイニングセットを置いたごく一体的なLDに半囲いしたようなKがついたという程度のものであって、主婦が客に茶菓酒食をふるまうのには都合がいいとしても、たとえば来客中にほかの家族が気ままに冷蔵庫へ近づけない、といった内々の問題が出来《しゅったい》する。訪問先の食事の時間を気づかって訪ねてきているであろう客の前でやたらと飲み食いするのは失礼に当たる。家族ぐるみのつきあいだとか親戚づきあいでもないかぎり、客が来れば太郎も次郎も二階に引き上げざるをえない——子どものころは人見知りがはげしく小学校から帰ってきて玄関に見慣れない靴を発見しただけでもの怖じしてしまったと次男は記憶しているが、大学生になったいま、授業がない日に昼過ぎまで寝て起きてみたら一階の居間で母親をふくめた主婦数人が一品持ち寄りの食事会を開いていて、ただ起き抜けに水を飲みたいだけなのに居間に顔を出すのは気が引けてしまい住宅街を外れたところにある幹線道路沿いのコンビニまでミネラルウォーターを買いに行った、などということもあったそうだ。数キロの道のりを自転車で往復しなければ飲み水を確保できないなど、これはもう現代版の水くみといえる。蛇口をひねれば水は出るからふろを沸かすのに子どもが井戸から水を運んでこなければならないというようなことはないし、ガス温水器の給湯ボタンを押せば設定温度の湯が出て浴槽を満たしてくれもする。しかし飲料水に関しては洗面シンクの水道水を歯磨き用コップでも使って飲まないかぎり、家のなかでは冷蔵庫にしかまともな水はなく、居間を占領されてしまうと家族は気軽に喉をうるおすこともできない。

二階に水道設備はなく、一階には私室がない。このどこにでもあるような住宅を例にこれから十年先二十年先のことを考えると、やはりそこでの親世帯の生活が心配されなければならないはずだった。高齢者の居住する住宅においてはなによりもまず寝室のある階にトイレを置くことが肝心だ。また玄関のある一階に老人室なり寝室なりがあれば、なにかあったときに外部の人手を借りやすい。

ただこの家にある、縁起の悪い十三段を踏まなければ階を移動できないという階段の存在は、現在でも日常生活にいくらか不便をもたらしている。階段の下で、上で、その十三段を負担に感じることは多い。しかもなにか一時的な用事があって移動するのであればふたたび引き返すことになる。夜中《やちゅう》に使うトイレが二階になくて用を足しに往復するとか。朝になったことを下から叫び知らせても通じずわざわざ伝えに上がって下りてくるとか。また掃除機を運び上げたり下ろしたりも無視できない。家が狭くても階段があると掃除の手間は増える。このように住居内の掃除は当然移動を必要とするが、同時に掃除の全行程がゆっくりとした移動だともとらえられる。一階と二階、部屋から部屋への移動ばかりか部屋のなかでの移動がある。掃除機をきちんとかけようと決心したなら、その掃除機の吸い込み幅ぶんの道が背後にできていく感覚で、室内の床をくまなく移動しなければならない。それはとくにほこりが目立たない子ども部屋の灰色のカーペットを掃除するとき強く意識されたのである。

掃除機の「ON／OFF」スイッチは掃除の最中に何度か入れたり切ったりをくり返しているはずなのだが、最後に切ったときに聞くファンが回転を徐々に弱めていく音は、なにか掃除の余韻とでもいうように長く響いて感じられる。

二階の子ども部屋で掃除が終わった。時計を見るとそろそろ出かける時間である。

日中家を空ける程度であれば戸締まりは玄関ドアと主要な窓を閉めるだけで済む。浴室のアルミ格子の窓、トイレの小窓、階段の上の窓、子ども部屋の出窓などは、雨の日や真冬でもないかぎり通風のために開けておく。ただし風の強い日は窓を閉めたほうがいい。とくに土ぼこりを舞上げる春先の強風には気をつけなければならない。霜が解けて乾燥した畑の土は風に舞いやすく、またその土の粒子が細かいためか、たとえ気密性の高いサッシの窓を閉め切った状態であっても土ぼこりが枠下のレールに溜まるほどだ。それはまったくわずらわしいかぎりだが、この地方一帯に春を告げる風物詩のようなものでもある。

掃除の折に開けた窓を閉めてまわる。通風確保のための小窓は開けておく。室内ドアはトイレ以外は開け放つ。ガスの元栓を閉め、ガス温水器のスイッチを切る。それからこれは火を使っているわけではないが、こたつやホットカーペットやヒーターの電源を切ることは、火の始末と同じような感覚のもとでなされている。アイロンやドライヤーはスイッチだけでなくコードを引き抜く。つまりコンセントからプラグを抜いて火種を絶つ。ここに唯一熱源として残されるのは電子レンジと電気ポットであり、火の気がなくとも休日の夫や息子などが困らないようになっているのだ。こうして火の元の確認と戸締まりはほぼ済んだ。後は家を出るだけだった。

玄関ドアを閉める音は、ガラス引き戸のガラガラでもなければ、借家や木賃《きちん》アパートにありがちなベニヤ材で設《しつら》えたドアのパタンでも、近代的な集合住宅におけるスチール製防

火扉のガチャンでもなく、

「……ガタン」

と、軽すぎず重すぎず金属的な響きのないものとなる。これが大手サッシメーカーのアルミ製ドアの音である。取っ手はレバーハンドル式なので握る必要はなく軽く手で押し下げる感じだ。施錠方式はシリンダー錠がふたつ組みこまれたタイプ。もっともこれは、鍵などかけたことがないという田舎の生活様式にも一部通じる発想なのだが、当地はそうした地域性あるいは時代性のなごりのように江戸時代以来の開墾地や武蔵野の雑木林が比較的残されている土地柄で、治安もまだいいというこの母親独自の判断が働いて、鍵はひとつしかかけない習慣となっていた。

「……カチャッ」

外から鍵がかけられると、ドアの内側では鍵穴に連動したつまみが、上下ふたつあるうちの下のものがまわる。たてのつまみがよこになり、レバーハンドルが一度動いて鍵のかかりぐあいがたしかめられる。これで家のなかにはだれもいなくなった。

母親はドアに背を向けてポーチの段を下りてゆき、郵便物でもたしかめるようなそぶりで郵便受けを開ける。以前玄関で飼われていた金魚にはその姿が見えていただろうか。ドアスコープなどののぞき穴はない代わりにドアに入っているスリットガラスから外の様子が一部うかがえる。

外から施錠する場合、鍵穴から引き抜かれた鍵は郵便受けに入れられ、もう一本は身のまわりの品とともにハンドバッグにしまわれる。普段用とよそゆき用のものが別にあるとしても母親はいつも必ず「あのかたちの」ハンドバッグを持っている。それは外形の型がどうとかいうことよりも先に、内部に間仕切りやファスナーポケットがあって整理のつきやすいつくりかどうか、機能や構造面から見た場合のかたちのことである。またそうして整理した中身が取り出しやすいようにバッグの開口部は大きくつくられていなければならない。すると全体もどこかがま口の財布に似た形状となる。外出するときはその口を開けたバッグに必要な道具を詰めこむ。所持品の数からしてそうするよりほかないとはいえ、このようにバッグにまとめて入れるのと、あちこちのポケットにばらばらに入れるのとでは、持ち歩きの実感がだいぶちがうようなのだ。手に提げる。肘に引っかける。持ち手のひもを肩にかける。これで自分の手元といえるところに携行品その他を所持することが可能となる。体にぐっと引き寄せて持つ感じがいいのだろう。ハンカチさえポケットには入れない。レディースのズボンには、メンズと同じくサイドやバックにポケットがついているとしても、それは使用されない飾りのようなものだ。なんといっても戸外ではかごや袋状のものが欠かせない。

ハンドバッグの留め具を外すとハンカチやティッシュ、コンパクトといったもののなかに、財布と同じ素材でつくられた赤い革製のキーケースが存在する。これは地元にできたアウトレットモールで見つけたとされるワニ皮製品で、母親は鍵のむき出しの感じがその重厚な皮によって覆われるところが気に入っているのだという。「大きさがあって赤いからなくす心配がない」とも。赤は警戒色でよく目立つし、俗言では魔よけの効果さえあるとされる色だ。ただなぜ鍵がそこまで気になるのに、防犯上に問題のある置き鍵をつづけているのか、そのあたりのことは本人にもわかっていないようだった。

よりにもよって郵便受けに置き鍵をするなんてと、人からそのように思われてもしかたあるまい。そこに鍵があるのを知っている人間が近くを通りかかることもあった。郵便局員である。正面から入らない大型の郵便物を裏から入れようとして置き鍵を見つけた郵便局員は実際いままでに何人かいたのだ。留守中になにかの景品を届けに来て手渡せず置いていこうと郵便受けを裏から開けた化粧品会社のセールスレディーも鍵を目にした。それからまた、郵便受けで集金や商品の受け渡しをすることもあるリースモップ会社の「おばさん」が、鍵のありかをじゅうぶんよく把握している。さいわいこれまで空き巣に入られたことは一度もない。

「泥棒だって入る家を選ぶだろう」

「うちに盗られるようなものはない」

「ここはまだ田舎みたいなものだから」

これはまたしても母親の発言だ。中流の平凡な家庭であることを自嘲気味に語って安心している。地域の安全を、住宅街の無事を信じて疑わない。ハンドバッグを手に「おもて歩き」をするときなどは相応に化粧などもして、人目を気にして歩いているらしいにもかかわらず、家の近所では反対に不用心でありすぎる。自宅の前がほとんど人通りのないどん詰まりの道だとはいえ。

見ているとこの道へ入ってくるのは住民とその関係者、用向きのはっきりした業者の人間くらいのものだとわかってくる。用のない者が通りかかるということはまずありえない。なぜならここは通り抜けができないからだ。人や車の流れがない。そしてそれは居住性にも大いに影響するようだった。俗にミニ開発などといわれる、行き止まりの私道を取り囲むように家を建てた立地条件が、また公道から一本入り込んだ奥まりぐあいが、ここに住む人間の意識になにかしらの作用をもたらしているのは確実だった。

その公道とぶつかるT字路の角の電柱には、

「行き止まり」

との貼り紙が出ているが、これはいわば現代風の魔よけとなっている可能性がある。その簡潔な注意書きは通りがかりの人間に無用な関心を抱かせない。たとえ犬がそこを曲がろうとしても飼い主はリードを引いて曲がらせまいとするだろう。野良犬はすでに十年以上も前から姿を見かけなくなっている。ただ野良犬にしても道路と家の敷地の区別はつくらしく、猫のように家々のあいだを通り抜けようとはしないから、塀でびっしりと囲まれているのを知ればすぐにでもこの道を引き返していくはずだった。ここには用がないとして。

それでもT字路の角が隅切《すみき》りされている、つまり一番手前側の公道に面する角敷地に建つ二軒の塀の角が斜め四十五度になっているのは、車両の進入を想定しているなによりの証拠だ。ある法規によれば「敷地の隅を頂点とする長さ二メートルの底辺を有する二等辺三角形の部分を道路状に整備しなければならない」というその「二等辺三角形」の空きスペースには、内輪差を生みながら曲がってくるトラックの姿が重なって見える。すれちがいのできない幅員四メートル未満の私道にも当然車を入れる必要がある。一般の乗用車はもとより、大型のものでは宅配便やプロパンガスのボンベ交換、灯油販売などの業務車両がここを訪れる。行きずりの車が迷いこむことはないとしても用事があればどこからでも車は来る。どこからでも来るということは、どこにでも行けるということだ。もはや車なしでは社会生活が成り立たない。

車の免許を持たず、もっぱら自転車を移動手段にしている母親は、しかし自家用車を置く月極駐車場へは単独でも足を運ぶことがあった。夫や息子がバックで家の前に車を移動させるのはビーチパラソルでも積んで遠出するときのような出発の気分に満ちた特別な日のことであって、そうした機会もいまではめっきり減っていた。同乗するとき以外にも車内やトランクに用があり母親はキーをたずさえて近所の月極駐車場へ向かう。車自体のことに関してはだいたい夫まかせなのだが、それでも税金や車検や保険方面の手続きは妻である自分が受け持っている。それは家計に関わることだからなおざりにできない。直接運転しないからといって「助手席に座っているだけ」ではないのである。

「おまえは車の運転を理解してない！」

運転席の夫が口癖のようにがなり立てる。それはどこへ行った折だったのか、おそらく道に迷ったかなにかして、その運転上の判断に文句をつけたか、運転の支障となるようなアドバイスでも口にしたか、ドライバーの運転技術や車の走行性能を上まわるようなことを要求したか、それとも日ごろの行いを責めたのか、態度や性格をなじったのか、じつは場面の状況はどうでもいいのだが、妻が助手席から口を出すと夫は反論して、最後には運転できるかできないかという点を強調する。運転席と助手席にならんで座って何十年になるいまでも車内ではよく夫婦で口論になるようだった。結局妻が糾弾しているのはそのような線引きをすることに、差異化を図ろうとすること自体にあるといえるのに、夫は運転席と助手席のちがいはあくまで大きいと主張する。ハンドルを握るか握らないか、ということから男根のあるなしまで、バリエーションの幅はあってもパターンは同じだ。そして何十年かが経過したいま、まだ口論の決着はつかずこうして道にも迷ってしまった。車の型だけはあいかわらず4ドアセダンだったが、ここに夫婦ふたりだけで生活する老後の訪れが暗示されているとでもいうように、後部座席に子どもたちの姿は見られない。

しかし以上のようなことは、道に迷いながらも旅行先から帰った夫婦が自宅で再現するため子どもたちの耳にも筒抜けになる。

「またやってるよ……」

と、子どもたちは思うのである。

後部座席にそのふたりを乗せて海へ出かけた毎年恒例の家族旅行も、中学生の長男の受験期以降はずっと廃止になっていた。それまでは毎年夏になると家族で海に出かけていたようだが、次男だけを誘っても行きたがらない。骨休めに夫婦で温泉でもどうかと、小学校四、五年生の次男がそう両親に勧めていたほどなのだ。養生目的の温泉はさておき、夫婦で方々の山間地へと車で出かけていたことは、以前は家族旅行のたびに持ち帰られたさまざまな海辺の景色と同様、父親のカメラで撮影された山の風景写真によってそれと知られる。温泉には立ち寄っていたのかどうか、少なくとも新緑や紅葉や雪景色などを四季折々の山に眺めていたのはまちがいない。過去の家族旅行では子どもたちの意見で行き先が海になっていたのだとしたら、夫婦だけだと行き先は山や高原になりがちであった。そして日帰りで、荷物も極端に少なくなる。旅行先で増える荷物はその地の特産品くらいのもので、それも大半は母親が人にやってしまう。子どもが小さかったころには記念として後に残るキーホルダーのようなものがよくおみやげになっていた。あそこはどこの浜になるのだろうか、まるでそのまま絵ハガキになるような美しい松と白砂の景勝地から拾われてきた貝殻は、後日水を張ったガラス鉢に入れて玄関に飾られていた。それは十年も十五年も前の出来事である。

二泊三日の家族旅行と日帰りの夫婦旅行と、このように車について見ていくだけでも家族の関係性が浮き彫りにされる。こと車に関してはそれが一家に一台保有された自家用車であればなおさら家庭を離れては語れないものとなるようだ。

大学に入った長男はさっそく免許を取って家の車を乗りまわしていた。夫婦に不安は少なからずあったようで、不動尊の交通安全ステッカーを車内に貼りつけたり、正月には厄よけ神社で車祓《はら》いまでしていたらしい。自動車保険のほうは免許取得当初に契約内容の変更手続きがなされ「子ども特約」というものが父親加入の保険につけ足されていた。子どもが免許を持ったのだ。

「もうそんなになるのか」

「そんなになるのねえ」

深夜の居間で夫婦がそうしてつぶやきあっているのである。保険の話も安全祈願の話も同じような調子で交わされていたもので、そうした相談事があるときには夫婦そろって夜遅くまで居間にいることがあった。それは子どもたちが上の子も下の子も、まるで童話に出てくる太郎と次郎の兄弟のように仲よくすやすやと二階の部屋で寝入った後の居間ではなく、成長したふたりが父親よりも帰りが遅いか自室で夜更かししているかするために夫婦ふたりきりになった深夜の居間なのだった。

十八でようやくアダルトビデオを観はじめて、十九になる年の一年間遅まきながら本腰を入れて受験勉強に取り組み、二十で酒と煙草をおぼえたという何事にもおくての次男は、二十一になったところで車の免許を取得している。これがすなわち一人前の証であるとは到底いえないが、たとえば自動車型のコマに自分を表すピンを差したところから、あの波瀾万丈の「人生ゲーム」ははじまるのである。ところで家庭内の動きとしては、次男に免許証が交付されたことのほか、長男のときのような安全祈願はなされずに、しいていえば保険の契約内容が「二六歳未満不担保」から「二一歳未満不担保」に切り替えられたくらいだった。子どもが家の車を運転するということが親にとってそれほど衝撃的ではなくなっていた。

ただし母親は、これだけはいっておいてやらないと、というかたちで次男に注意を与えていた。そんな親心のような感情から発せられたその言葉を、しかし次男は保険についての注意なのだと受け取っていた。実際、額面通りに受け取ればそれはまさに保険の契約内容を伝える話にほかならなかった。

母親がいうには、保険証書に「二一歳未満不担保」とある通り、自分より年下の人間に臨時運転も代理運転もさせてはならない。車の使用目的が「日常・レジャー等」になっているから通勤通学には使えない。年間走行距離はなるべく一万二千キロ以下に――というのも、それは年間保険料の額に直接反映されるからだ。加入して何十年になる保険はいわゆる無傷な状態で、無事故等級が最上位の二〇、保険料率はいまやマイナス六〇パーセントである。等級が下がる、すなわち翌年の保険料がアップするような事故はいままで一度も起こしていない。これからもその等級を下げないためには、年一回の事故までという条件のもとで保険自体を保障する「等級プロテクト特約」をつけるべきか、あるいはやはり軽い物損事故程度なら自分で処理してしまうべきか。へこみ、こすり傷などはこれまですべて自己負担で直してきた。

「だから運転にはじゅうぶん気をつけて」

母親はいう。次男は聞きながら、保険会社のパンフレットを読んでいる。保険会社ならどこでも発行しているあのしかつめらしい約款を載せた小冊子だが、それを次男は「うん、うん」と母親の話にあいづちを打ちながら読んでいて、そのうちなにか興味を示したとでもいうように「うん……?」といって黙りこみ、細かい字を追う真剣そうな表情をつくって母親の話を中断させた。

「……フン」

しばらくして次男は小さく鼻を鳴らした。

ちなみにこうした子の親にたいする態度、親の言葉を聞くよりも印刷物に目を通して外から知識を得ようとするかのような子の態度は、じつは親自身が子どもに望んでいるところでもあり、ここでは日常的に見られる光景だった。ここではなにより本に書いてあることと、外で教えられたことと、世間でふつうだとされていることなどが優先される。「わたしのいうことは全部いいかげんだから」とさえ母親はいっているのだ。

「………」

母親は依然手元のパンフレットから目を離さない次男に言葉をかけようとして、ふと口をつぐむ。そして黙りこんでしまった。これはまたこの母親一流の教育的態度を示すものといえたが、そうした場合に自分が取るべき態度として口出しをせずに見守ることが大切だと考えているらしかった。そんな意味あいの沈黙だった。

それから次男がひとこと「ふうーん」とうなってそのときの会話は終わっている。息子がなにに感心したのか納得したのか母親は聞き返すこともしなかった。

免許取得当初、よく母親が次男の運転する車で買いものへ行っていたのを思い出す。ある日、めずらしく親子が連れ立って家を出ていったようだが、と思えば家の前まで車がバックで入ってきて、食料品とスーパーの浄水器から詰めてきたという水入りのタンクが家に運びこまれた。容量五リットルの灯油タンクのような四角いポリタンクがふたつで計一〇リットル、それは次男が免許を取った年の夏からこの家で利用されはじめたものだ。それ以前は母親がやかんで麦茶やウーロン茶をつくって夏の冷たい飲みものとしていたのだったが、スーパーで専用タンクを買って無料で飲料水を確保できるようになってからはその「いい水」を電気ポットにも入れたりしていた。炊飯にも料理にも使う。したがって一年中、水を外から運んでこなければならなくなった。その後次男が車で買いものにつきあわなくなってからは母親が週に一、二回のペースで五リットルのポリタンクひとつを自転車の後ろかごに載せて家とスーパーを往復している。子どもを自転車の後ろに乗せて幼稚園への送り迎えをしていたことからすれば重量五キログラムは軽いといえたが、夏の日中の運搬などはなかなかたいへんそうに見えた。いまの世に水くみ労働があるとしたらこのようなものだろうと思わせる情景だった。

　車のガソリンを使わず、水道メーターをまわさず、ひいては金を一銭もかけずに母親が自転車で水を運んでくる。住宅街のどこにでもあるようなT字路を曲がって数軒入ったところにあるこの家にまで。経済性を考えてか、以前はミネラルウォーターを買ったりせず水道水をやかんで煮沸消毒していたようだが、その場合でも水道メーター、ガスメーターはまわっていたのだ。ガスの種類はプロパンだから水道のように管を通ってくるのではなくボンベ詰めされたものがトラックで運ばれてくる。地面の下を水道管が、地上をガスボンベのトラックが、そして上空を電線が通《かよ》ってここにこうしてライフラインが形成されているわけだった。

　あるときその電線ではなく電話線を通じて、

「九州から水を取り寄せる……！」

と母親を驚かせたセールスの電話がかかってきた。九州はここから何百キロの遠方になる。それはもうはるか彼方といえるようなところから、おそらくは長距離トラックかタンクローリーで水を運んで各家庭に届けるという、そんな商売の電話だった。

九州に湧いた水を長距離輸送する。水を外国から輸入している時代にはさほどめずらしいともいえなかったが、

「水と空気と安全は……」

ただで手に入るべきだと、折に触れてそう口にする母親であれば驚くというか、あきれ返るのもしかたないところだ。そのなかでも空気については特別これといったエピソードはなかった。ただ家に空気清浄機がない、というようなこととなにか関係があるのかもしれない。住宅内の空気はキッチンとトイレにある換気扇、それに季節的に運転されるエアコンによって機械換気されており、あとはすべて自然換気にまかされている。

日中の二、三時間、玄関ドアが開放されていることがある。掃除のいっかんとして、通路部分の自然換気というわけだが、すると玄関が開け放しになってしまううえ、なんらかの配慮があって門扉は家族が帰るまで閉めないようにされているから、おもてから廊下の奥までずっと見通せてしまうことになる。

開け放たれた玄関は外から見ていてみっともない。家庭内の雰囲気だとか、生活のにおいだとか、家の中に充満しているはずのものがそこからもれ出しているかのようで、その

光景は住宅街の風景として不穏でさえある。そこはやはり施錠可能な扉でふさがれているべきだった。しかし内側から見るとまた印象がことなって、戸外にあふれる活力といおうか、自然の気といおうか、家のなかにはないいきいきとしたものが新鮮な空気とともに取りこまれるようにも感じられる。外部への広がり、社会とのつながりが、そこを生活拠点としている主婦の心にそっと宿る——通気や通風の確保ということであればただ窓を開けさえすればいい。だが開け放たれた窓の内側では、視覚的な開放感とは裏腹に、両足はその場にそろったままなのだ。

そして窓を開けるのは外を眺めるためではない。目の前の引きちがい窓は開いているが、開いたほうには網戸が閉められ、窓全体には外光を通しながらも視線を遮蔽する白いレースのカーテンが引かれている。カーテン越しにも外の様子がうかがえるとはいえ、日中の住宅街に眺めるほどのものはなかった。

「あら、いい風……」

そよ風が吹いてカーテンをゆらした。カーテンはゆっくりと手前側にふくらんで、またゆっくりともとに戻っていく。小さな振幅は大きな振幅のなかにあってふくらむ布地の表面にさざ波を立てる。いつものことだが、風は一定して吹いてはいない。このカーテンはレース編みになっているし、タグの品質表示によるとナイロン製ということだから、絹よりも軽くて強い合成繊維を機械で編んだいわばストッキングのような布地の特性によってこうして風の微妙な強弱がかたちになってあらわれる。これがあの「1／fゆらぎ」というものなのか、そよ風はなにかしらの法則のもとに吹いているらしいのだが、それをありのままにとらえるには風にゆれる物のほうを見なければならない。

鳥と少女

澁澤龍彦

ペルッツィ邸の円天井の四隅に、地水火風の四元素をあらわす四つの象徴動物として、地にはもぐら、水には魚、火には火蜥蜴《サラマンドラ》、風にはカメレオンを描くことを求められたとき、どう勘違いしたものか、パオロ・ウッチェロはカメレオンのかわりに駱駝を描いてしまった。ヴァザーリも伝えているように、これは当時、フィレンツェで評判になった珍無類なハプニングである。「あきれた画家もあったものじゃ。教養がないにもほどがあるわい」と苦々しく吐きすてるようにいうものもあれば、また一方、「いや、あいつは皮肉屋なのさ。カメレオンテとカメロ（駱駝）とを、知っていながら、わざと間違えて描いたものとみえる。とんだ語呂合わせさ」などと、したりげに説をなすものもあって、この事件はひとしきりフィレンツェ雀の話題を活気あらしめるのに役立ったようであった。

いつのころから定まったのか、おそらく中世の動物誌あたりが古い典拠でもあろう、この四元素の象徴動物というのは、考えてみるとずいぶん奇態なものである。地にもぐら、水に魚、火に火蜥蜴というぐらいなら、まあ素人にもすんなり理解しうるとしても、風の元素にカメレオンを配するとなると、その方面の知識に明るくないものには、もうなんのことやらさっぱり分らなくなる。そもそも風とカメレオンと、なんの関係があるのだろうか。ただ、たとえばダンテの先生として知られるブルネット・ラティーニの、当時ひろく読まれていたとおぼしい『小宝典』なんぞに、「カメレオンは誇り高き性質の動物である。なぜならば、彼は地上の何物をも飲み食いせず、もっぱら空気（つまり風）のみを吸って生きているからだ」という記述があるのを知るにおよんで、初めてなるほどと疑問が氷解するであろう。一事が万事、シンボリズムとはそうしたものなのである。ばかばかしいような非科学的な話であるが、これだけはどうにも仕方がない。

たしかに南スペインをのぞいて、ヨーロッパには一般にカメレオンは棲息しないから、終始イタリアを離れなかったパオロ・ウッチェロが、この小さな爬虫類を一度も見たことがなかったというのは本当であるかもしれない。しかし、いかに彼が教養のない画家であったにせよ、アリストテレスやプリニウスの昔から、ちゃんと書物に書かれてヨーロッパの知識の帳簿に登録されていた、この蜥蜴の親類のような乾いた小動物のすがたを、彼がまったく知らなかったとはちょっと信じられないであろう。これは教養というよりも常識の問題である。とすると、やはり彼は当時の噂のように、知っていながら、わざと間違えて描くという語呂合わせの冗談、あるいはいたずらにふけったのでもあろうか。

信じがたいほど貧乏な暮らしをしていたらしいパオロの家には、部屋の壁という壁に、いろいろな種類の鳥や獣を描いた絵がおびただしく並べてあったという。彼がフィレンツェのひとびとからウッチェロ（イタリア語で鳥の意）という渾名で呼ばれていたのも、この鳥好きのためだったのである。このパオロの鳥の絵は今日に伝わらないから、それがどれほどの出来ばえであったかについては何とも断言いたしかねる。ただ、伝記作者の主張するように、彼が本物の生きものを飼うだけの金銭的な余裕がなかったために、やむをえず本物の似すがたで我慢していたのだとは、私にはとても考えられない。奇矯な意見かもしれないが、パオロにとってはむしろ、本物よりも絵のほうがはるかに現実的な価値を有していたのではなかったか、と私は思うのだ。このことはなかなか容易には説明しにくい。いくらかニュアンスを変えて、次のようにいい直してもよいであろう。すなわち、パオロは事物から引き出された形の美しさをもっぱら愛していたのであって、事物そのものにはてんで関心がなかったのだ、と。こう考えれば、彼がカメレオンと駱駝とをつい混同してしまったという事情も、それなりに納得しやすくなるのではあるまいか。動物としての形さえおもしろければ、カメレオンであろうと駱駝であろうと、おそらく彼にはどうでもよかったのである。

パオロが純粋な形そのものの美しさを愛していたということは、たとえば次のようなエピソードによっても知ることができる。現在フィレンツェのウフィツィ美術館の素描版画室に残っている彼の何枚かのデッサンのなかに、奇妙な円環状の物体を描いたものがある。ちょっと見ただけではなんだか分らない。空飛ぶ円盤のように見えないこともないが、まんなかの部分がドーナッツのように抜けているから、むしろ平べったい浮き袋のような形といったほうが近いかもしれない。ただ、その円環は角ばった切子面を示しているので、ゴムの浮き袋のような感じではなく、いってみれば硬い宝石細工かなにかのような感じがする。じつは、これはマッツォキオと呼ばれる、フィレンツェの貴族が頭に載せる木製のかぶりもので、布でふくらませた大きな帽子の骨組みになるものなのである。パオロはこのマッツォキオの形がいたく気に入ったらしく、何度となく、その精密なデッサンをこころみているのだ。

透視図法の厳密な適用によって描かれた、そのダイヤモンドのような複雑な切子面をさらした円環のデッサンを眺めていると、現在の私たちには、なんだかそれが謎の物体のように思われてくるほどだ。あの同時代人ドナテーロでなくても、「パオロよ、きみの遠近法はつまらないものばかりを追って、大事なものを忘れているよ。こんなデッサンは、寄木細工をつくる職人にとってしか意味がないんだよ」といってみたくなるほどである。つまりは無意味なものに見えるほど、その形が精密をきわめているということであろう。

実際、先輩のドナテーロもあきれたように、パオロは遠近法の研究にのめりこんでいたのであるが、それも尋常一様なのめりこみ方ではなく、一般の画家が見向きもしないような、つまらない物体にまで遠近法を適用することによって、そこから一つの純粋な形を引き出そうとしているかのごとくであった。いわば遠近法を唯一の武器として、この世のありとあらゆる事物を形に還元しようというのである。馬なら馬、甲冑なら甲冑、樹木なら樹木が、遠近法を介して眺めることによって、馬でも甲冑でも樹木でもない、ただの形になってしまうという秘密。この秘密をパオロは発見したと信じたのである。馬らしい馬を描くことをもって事足れりとしている世間一般の画家の目には、したがって、パオロの飽くなき形の追求は不可解かつ無意味なものに見えたのだった。

「ウッチェロか。あの遠近法気違いにも困ったものだ。やたらに線ばかりごちゃごちゃと引っぱって、画面をなにがなんだか分らないほど錯綜させてしまう。馬好きなのはいいが、パオロの馬ときたら、同じ側の脚を二本いっぺんに持ちあげるんだからな！」

当時、パオロとともにフィレンツェで仕事をしていた画家や彫刻家たち、すなわちロレンツォ・ギベルティやフィリッポ・ブルネレスキやルカ・デラ・ロッビアやドナテーロたちは、いずれも一家をなしたその道の名匠であっただけに、パオロの偏狭なまでの遠近法と形の追求を、敬しつつも心の底で嗤わずにはいられなかった。ヴァザーリの証言で、そのことはほぼ明瞭に知れる。

あらゆる卑俗な物質を高貴な黄金に変えることを可能ならしめる技法が錬金術だとすれ

ば、パオロの遠近法も、この錬金術に近い技法だといえるかもしれない。なぜなら、前にも述べたように、この世のありとあらゆる事物を純粋な形に還元することを可能ならしめるのが、ほかならぬパオロの遠近法だったからである。一見、その方法は科学的ないし客観的のように見えないこともないが、そのじつ、案に相違して途方もなく観念的なのではないか、という疑いをもいだかしめるに十分だろう。いや、まぎらわしい観念的という言葉を用いるよりも、私はここで正確を期して、プラトン主義的という言葉を用いておきたい。現実の奥にひたすら形を求めんとするパオロの視線は、やはりなにか現実を越えた、イデアの世界を望み見ているような気がしてならないからである。

かくてパオロは錬金道士さながら、日夜、紙の上にまっくろになるほど線や図形を描きこんだり、解決すべくもない幾何学や比例の問題に頭を悩ませたりしながら、遠近法の研究三昧に明かし暮らしていた。鬚や髪はのび放題、家のなかは埃と蜘蛛の巣だらけで、まさしく隠者の生活であった。めったに家から外へ出ない。ともすると寝食も忘れがちになる。後代のピエロ・ディ・コシモは画業に専念するとき、卵をいっぺんに五十個ばかり茹でて籠のなかに入れておき、右手で絵筆をとりながら、左手で一つずつ食っていったというが、パオロにいたっては、そもそも彼が物を食っているのを見たひとさえいなかったというから、上には上があるものである。しかし、いかに本物よりも本物の似すがた、事物よりもその形を愛する画家であったにせよ、食いものばかりは似すがたや形で代用するわけにいかぬのは当然であろう。パオロもまた、少なくとも生きていた以上、なにか知らぬが細々と食っていたことだけは間違いあるまい。

＊

これまで私はマルセル・シュウォッブの名前を故意に伏せておいたが、この私の文章がヴァザーリの伝記とともに、シュウォッブの『架空の伝記』からも想を得ていることは、少しく事情に通じた読者にはただちに読みとれるところであろう。もちろん、私は先人の解釈にとらわれず、自分流の勝手な解釈によって、この十五世紀のフィレンツェの画家の肖像を自分流に描き出そうと努めてはいる。それが成功しているかどうかは、まだ私の文章が三分の一しか書かれていない現在では読者としても判定のしようがなく、以下に書き継がれるべき私の文章を読んでいただくしかあるまい。

それはともかく、シュウォッブは『架空の伝記』のなかに、彼がつくり出したとおぼしいセルヴァッジャという少女を登場させている。セルヴァッジャとはイタリア語で、野蛮人あるいは野生児をあらわす語の女性形であろう。私の思うのに、これはヴァザーリがウッチェロを「野蛮人のように孤独な暮らしをしていた画家」と書いたことにヒントを得たのではないだろうか。しかしまあ、そんな詮索はどうでもよい。私は、この私の物語のなかにも、セルヴァッジャをぜひ登場させたいと思うのである。登場させることにしよう。

　パオロが初めてセルヴァッジャと出遭ったのは、フィレンツェの郊外の、草に埋もれた古代建築の礎石が点々とならんでいる牧場であった。彼はここで、牧場にあそぶ羊や牛や馬、それに鳥や昆虫などを丹念にデッサンしていたのである。すなわち、これらの血肉をもった大小さまざまな動物の姿態から、例によって一つの形を引き出そうとこころみていたのだった。だから、いつのまにか自分のそばにひとりの少女が近づいてきて、描きかけのデッサン帖をのぞきこんだのにも彼は気がつかなかった。

「こんにちは。ウッチェロさん。」

「ああ、こんにちは。」

　画家として少しは知られた顔だから、こちらでは知らない少女から挨拶の声をかけられたとしても、べつに不思議はなかった。しかし少女はすぐにつづけて、意外なことをいい出した。

「あの、あたしをおぼえていらっしゃいませんこと。」

　画家は目をあげて、初めて少女をまともに見た。少女は頭に花環を巻きつけ、腰のあたりに青いリボンをしめた長い衣服を着て、はだしで立っている。いかにも貧しそうな身なりであるが、その顔は屈託なく、にこにこ笑っている。その草の茎のようなほっそりした身体では、まだ十五歳にはなっていないだろう。しかし画家には、少女の顔は一向に思い出せなかった。

「さあて、わしにはさっぱり思い出せないが。ひょっとすると、このあいだの受胎告知祭の行列の時にでも会ったかな。」

「いいえ。ちがいますわ。」

「ふむ。わしはめったに外出しないのでな。女の子の知り合いはほとんどない。だが、お前さんはどちらかといえば、古いミサ典礼書の挿絵のなかにでも見つかりそうな顔だよ。おぼえはないが、昔から知っているような気もする。はっは。」

　思い出してもらえないので、少女はちょっと悲しそうな顔をした。その顔のわずかな変化に、たちまち画家の目が光った。頭のなかで一瞬のうちに、この少女の顔から引き出すことのできそうな、いくつかの形を思い浮かべたのである。その睫毛の反りかえった細かな線を、その瞳の小さな円を、その眼瞼のふくらんだ半月形を、その上唇のまんなかの三角の切れ込みを、その髪の毛の曲線の微妙なもつれ合いを、画家は鋭い目で抜かりなく観察した。そして、「これは研究に値するぞ」と心のなかで考えた。

　聞き出したところによると、彼女はフィレンツェの染物屋の娘で、その名をセルヴァッジャといった。すでに生母をなくしており、家には継母がいて、いつも彼女を手荒く折檻しているので、もう家には帰りたくないという。パオロは話をきいて、彼女を自分の家へ連れていった。

　パオロの家は赤貧洗うがごときありさまだったが、それでも画家の家らしく、セルヴァッジャのいままでに一度も見たことがないような、いろいろな珍しいものが揃っていた。仕事部屋の棚の上には、動物の骨だの石だのがずらりとならんでいる。床の上には、砂時計だの天秤だのコンパスだの定規だのが乱雑にころがっている。そして壁には、ありとあらゆる鳥や獣の絵が描きならべてある。とくに目立っていたのは、くるくると尾を巻いた、獅子ともつかずドラゴンともつかず、大蛇ともつかず鰐ともつかぬ鱗だらけの怪獣が、蝶のような斑紋のある翼をはためかせ、目や口から焔を噴きあげて、銀の甲冑に身をかためた騎士と闘っている図であった。よく見ると、騎士はどうやら怪獣のかたわらに立つひとりの少女を救おうとしているかのようである。

セルヴァッジャは無邪気な好奇心を露骨にあらわして、初めて見る画家の仕事部屋を物めずらしげにきょろきょろ眺めまわしているうち、この騎士と怪獣の図の前にくると、やおら化石したように動かなくなった。

「その絵が気に入ったか。これはカッパドキアの王女のお話だ。わしにも気に入りのテーマなのだよ。同じテーマで、もう三回も描いたかな。」

しかし少女は、パオロの説明の言葉も耳にはいらないもののごとく、おそろしげな怪獣に目を釘づけにしたまま、あやしく息をはずませて、

「思い出すわ。あれは去年の五月のことでした。先生は、あたしがもう少しで死にそうなところを助けてくださったのです。」

「なにをいう。さっきもいった通り、お前に会ったのは今日が初めてだ。」

「いいえ、ちがいます。先生は忘れていらっしゃる。去年の五月、あたしはたしかに先生に助けていただいたのです。その日、あたしがロッジア・デイ・ランツィからパラッツォ・デラ・シニョーリアに通じる小路を歩いていると、道ばたの壁に刳《く》られた壁龕《へきがん》のなかのブロンズの怪獣が一匹、急に乱心して暴れ出し、壁龕から飛び出して、あたしに襲いかかってきたのです。あたしは恐怖のあまり、どうしてよいか分らず、石畳の上にへたりこんでしまいました。その時でした、ちょうど通りかかった先生が、力強い腕をのばして、あわや獣の餌食になろうとしているわたしを、その鋭い爪からかばってくださったのは。」

「…………」

「先生は獣をぐっとお睨みになりました。すると、どうでしょう、あれほど興奮していた獣がすごすごと、ふたたび壁龕のなかにもどって行くではありませんか。そうしてふたたび、ブロンズの彫像らしく、もとの不動の姿勢に立ちかえるではありませんか。あとで考えると、おかしくって、つい笑ってしまうほどでしたわ。」

「…………」

「ねえねえ、先生、おぼえていらっしゃらないの。そのとき、先生はたしか、お友達のジョヴァンニ・マネッティさんのところへ、幾何学の問題を教えてもらいに行く途中だとおっしゃっていましたわ。片手に大きな羊皮紙の巻物をかかえていらっしゃいましたわ。」

そういわれてみれば、そういう事実があったのは確かなことである。パオロは親しい幾何学者マネッティのところへ、しばしばユークリッドの問題の解釈をききに行くことがあったのだ。たぶん、去年の五月にも行ったであろう。ただ、セルヴァッジャの熱をこめて語る怪獣の一件については、いくら首をひねっても、さらに思いあたるふしがない。これは少女の白昼夢か、あるいは妄想のたぐいか、パオロにはとんと理解のおよばぬことだった。

ブロンズの彫像の怪獣が、あたかも生きているかのように、その台座をはなれて動き出す。——ありえないことだが、ひるがえって考えてみるに、これほどパオロの芸術にふさわしい現象はないともいえる。なぜなら、パオロは本物よりもその似すがたをこそ、つねづね現実的だと信じているような画家だったからだ。

猫のように画家の家に居ついてしまったセルヴァッジャは、ともすると一日中、鳥や獣の絵の描いてある壁の前で、じっと丸くなってすわっていた。あたかも彼女自身、すすんで壁のなかの鳥や獣の仲間になってしまったかのようであった。しかし彼女は頭のなかで、いつも一つのことに考えを集中していたのである。彼女にどうしても合点がゆかなかったのは、自分がこれほど愛しているにもかかわらず、画家のほうで、それに気づいたそぶりさえ見せてくれないということだった。恋をしている少女のやさしい顔を眺めるよりも、どうやら画家にとっては、紙の上の直線や曲線の錯綜を眺めているほうが楽しいらしいということだった。そんなことがありうるだろうか。少なくとも彼女のそれまでに知っていた世界では、そんなことはありえなかったのである。

とはいえ、画家は必ずしも彼女をほったらかしにしておいたわけではない。パオロは時に思い立つと、彼女に近づいたり離れたり、彼女を立たせたり坐らせたり、あるいは彼女をはだかにしたりして、その唇や目や髪の毛や手や、その身体のあらゆる部分や姿態を熱心にデッサンするのだった。これを要するに、彼女から形を引き出すためである。

「ウッチェロ、あたしはあなたのお役に立ってるの。」

もうそのころには、彼女は画家を先生と呼ばずにウッチェロ、つまり鳥と親しく呼びかけるようになっていた。

「ああ、ずいぶん役に立ってるさ。お前のおかげで、どんなに新しい形を発見することができたか知れやしない。その形を組み合わせて、わしはもう一度、カッパドキアの王女のお話を絵にしようと思っているくらいだ。いままでは、わしが若いころに肖像画を描いたことのある、リミニのロベルト・マラテスタ夫人エリザベッタ・ディ・モンテフェルトロの顔を使っていたんだが、あれではどうも、少し老けすぎていて、おもしろくないような気がしてきた。お前の顔のほうが、ずっといい。」

絵筆をとっているとき、パオロは上機嫌だった。セルヴァッジャはほめられて、やや頬を染めながら、思いきって、さらに語を継いだ。

「では今度、あたしの肖像を描いてくださいますか、ウッチェロ。」

「お前の肖像。」

「はい。」

「それは駄目だな。」

「どうしてですの。」

「肖像というものを、わしはもともとあまり好かんな。人間の顔は、人体のなかの一部分、さらに大きくいって自然のなかの一部分だ。わしには、それを独立させて扱おうという趣味はないな。」

「でもウッチェロ、唇や目や髪の毛は、さらに小さな一部分ではありませんか。」

「それはそうだ。これはまいった」と画家は笑って、「つまるところ、わしの考えでは、人間の顔には不純な要素が多すぎるのだよ。どうせ小さく分けるなら、唇や目や髪の毛まで徹底させるにしくはない。」

「あたしの顔も、不純なのでしょうか。」

「不純ということはないが、とかく顔はなにかを語りすぎる。そうだ、お前の顔を初めて見た時は、ミサ典礼書の挿絵のなかの顔のようだと思ったものだよ。」

　画家がひとりの女を愛しているならば、当然、その女の肖像を描こうという気になるはずだと思っていたセルヴァッジャには、パオロの言葉は残酷にひびいた。しかしパオロには、自分の言葉が少女に残酷な効果をあたえようとは、夢にも考えられないのだった。それというのも、パオロは根っからの形の画家で、特定の女に自分の愛を局限するという喜びをついぞ知らなかったからである。パオロの喜びがあったとすれば、それはむしろ別の源泉から生じていたと考えなければならぬ。

それでは、パオロの喜びはいかなる源泉から生じていたか。それはなによりも、特定したり局限したりすることを好まない喜びだったから、宇宙のありとあらゆる事物に、均等にそそがれる愛に由来していたはずであろう。人工衛星に積まれたカメラのように、彼は地上を離れて飛翔しながら、眼下に見える場所のすべてを洩れなくキャッチしようとしていた。セルヴァッジャの唇も目も髪の毛も、こうしてキャッチされた鳥や獣の一つ一つの姿態、樹木や岩石の一つ一つの線、雲や波の一つ一つの影と、なんら異るものではなかった。パオロはこれらすべてをまったく同等に眺め、まったく同等に愛していたのである。そういう性質の男だったのだから仕方があるまい。

そうかといって、これはいうもおろかなことだが、画家の家で暮らしていたセルヴァッジャが、いつも不幸だったというわけでは決してない。美術家仲間のブルネレスキやギベルティが、共同研究のためにパオロの家にやってきたりすることがあると、彼女は接待のために甲斐甲斐しく立ちはたらいた。

「おや、ウッチェロの侘住居に若いホステスがあらわれた。こいつは奇妙だ。」

そんな無遠慮なからかいの言葉をかけられても、彼女はわるい気がしなかった。しばしば夜おそくまで討論している美術家たちにつき合って、彼女も眠い目をこすりこすり、できるだけ起きていようと頑張るのだが、いつも十二時をすぎると、仕事場の壁にもたれて、そのまま朝まで寝てしまうのだった。そうして目をさますと、朝の光のなかに、つい自分の頭の上に、壁に描かれた色さまざまな鳥や獣のすがたが浮かびあがって見える。そういう時ほど、彼女が自分をいままでになく幸福だと感じる時はなかった。

さて、とかくするうちに、パオロの貧困はいよいよどん底状態に達したようであった。家には食べるものがなに一つなくなってしまっていた。せめて美術家仲間に相談して援助を仰げばよいものを、パオロ自身がなにもいわないものだから、セルヴァッジャもまたなにもいわなかったらしい。そしてなにもいわないままに、彼女は飢えて死んだのである。小さなセルヴァッジャの魂に救いあれ。

セルヴァッジャが死ぬと、その屍体を眺めて、画家の目が異様に輝き出したのは当然の仕儀だったろう。真新しい少女の屍体というものを、彼は初めて見たのである。なにはともあれ、これを紙の上に写し取っておかねばならぬ。彼にとって、それはほとんど画家たるものの神聖な義務に似ていた。彼は少女の身体の硬直の具合を、合掌した小さな瘦せ細った手を、あわれな目の閉じられた線を、十五歳になってもまだふくらみきらない未熟な乳房を、へこんだ腹を、貝殻のような貧相なセックスを、それぞれ写し取った。彼女がすでに死んでいるということを、この画家はまるで意識していないかのようであった。

しかし一説によると、セルヴァッジャが息を引きとった日の夜、パオロはどこからか工面してきたらしい堅くなったパンのかけらを、はや死後硬直のはじまっている少女の口のなかに無理に押しこもうと苦心しながら、うつけたような顔で泣いていたという。いくら世間知らずの画家であったとはいえ、人間の死ということを彼が知らなかったはずはなかろうとも思う。これは私の意見である。

＊

ちょっと話題を変えることをお許しいただきたい。

もう五年ばかり前のことになるが、私は二カ月におよぶイタリア滞在中、あるとき、車でサレルノ湾に沿ってソレント半島を一周し、さらにナポリ湾の海岸づたいにポッツォーリまで来て、そこからフェリーボートでイスキア島へ渡ったことがあった。

マイオーリ、アマルフィ、ラヴェッロ、ポジターノ。ソレント半島の南側に点在する観光地の町の名前は、美しい母音のひびきにみちていて、それだけでなにかこう、私たちの心を甘くつつみこもうとするかのようである。絵葉書的といってしまえばそれまでだが、このあたりの海岸沿いの岩山の中腹には、ブーゲンヴィリアの紫色の花のほか、いろいろな種類の色どりあざやかな花々が咲きみだれていて、目を楽しませることかぎりなく、さすがにローマ以来の景勝地の名に恥じないな、という気がする。ナポリ湾を挟んでソレント半島の反対側にあるイスキア島は、カプリ島ほど有名ではないが、私がぜひいっぺん行ってみたいと考えていた島だった。ここには、あのヴィットーリア・コロンナの住んだ城もあるのだ。

ポッツォーリの船着場から自動車ごと乗りこんだフェリーは、べつになんの変哲もない、日本にもよくあるようなフェリーだった。島までは四十五分を要するという。船が走り出すと、私はしばらく上甲板に立って風に吹かれながら、遠ざかってゆくイタリア本土をぼんやり眺めていたが、やがて風が冷たくなってきたので、妻を促して下の船室にひっこむことにした。船室は、粗末な木のベンチをならべただけのものである。客の数は多くない。その少ない客のなかに、イタリア人の母と娘の二人連れがいた。

第二次大戦直後のイタリアン・リアリズムの映画によく出てきたような、一つの理想をもって生活の苦労に堪えているといった感じの、質素な身なりをした若い母親である。いかつい顔だが、それなりに美しい。いや、美しさに客観的規準があるわけではないから、そのとき私が彼女の表情を美しいと思ったのである。娘のほうは十歳ぐらいだろうか、色が白いというよりも薄いという感じで、いかにも腺病質を思わせる。日本人がめずらしいらしく、さきほどから、この女の子がしきりにちらちら私たち夫婦のほうに目をやるのを、母親が小声でたしなめているのが、こちらにも気配で察しられる。

私はそのとき、朝からやや二日酔い気味だったので、ボストンバッグをあけて、日本から持ってきた粉薬をとり出し、妻が苦心して見つけてきてくれた水とともに薬を飲んだ。その私の薬を飲む動作の一伍一什《いちぶしじゅう》も、イタリア人の女の子にじっと見られていたのだった。

私が飲んだあとの薬の包み紙で、退屈まぎれに妻が折り紙をはじめると、女の子の好奇の目はさらに一段と輝きをました。いったいなにをやっているのか、彼女にはまるで想像もつかなかったのであろう。

やがて小さな紙の鶴ができた。私はそれを妻の手から受けとると、立ちあがって女の子の前に行き、だまって彼女に渡した。

女の子は最初びっくりしたらしく、かたい表情で私の顔と鶴とを等分に見ていたが、ふと、それがなにをあらわしているかに気がついた様子で、みるみる満面に笑みをたたえると、はずんだ声で、

「ウッチェロ！」と叫んだ。

ああ、ウッチェロとは鳥のことだったんだな、と私はあらためて思った。そして、なぜだか分らぬ感動に胸が打ちふるえるのをおぼえたのである。

もしこの紙の鶴が、あのフィレンツェの彫像の怪獣のように、生命を得て動き出し、女の子の手から飛び立って、ひらひらと空中を舞い出したならば、話はもっとおもしろかっ

たはずであろうが、そういう奇蹟は残念ながら起りうべくもなかった。しかし起らなかったとしても、私には十分に満足だった。

蜃気楼――或は「続海のほとり」――

芥川龍之介

一

或秋の午頃、僕は東京から遊びに来た大学生のK君と一しょに蜃気楼を見に出かけて行った。鵠沼《くげぬま》の海岸に蜃気楼の見えることは誰でももう知っているであろう。現に僕の家の女中などは逆《さかさ》まに舟の映ったのを見、「この間の新聞に出ていた写真とそっくりですよ。」などと感心していた。

僕等は東家《あずまや》の横を曲り、次手《ついで》にO君も誘うことにした。不相変《あいかわらず》赤シャツを着たO君は午飯の支度でもしていたのか、垣越しに見える井戸端にせっせとポンプを動かしていた。僕は秦皮樹《とねりこ》のステッキを挙げ、O君にちょっと合図をした。

「そっちから上って下さい。――やあ、君も来ていたのか？」

O君は僕がK君と一しょに遊びに来たものと思ったらしかった。

「僕等は蜃気楼を見に出て来たんだよ。君も一しょに行かないか？」

「蜃気楼か?——」

O君は急に笑い出した。

「どうもこの頃は蜃気楼ばやりだな。」

五分ばかりたった後、僕等はもうO君と一しょに砂の深い路を歩いて行った。路の左は砂原だった。そこに牛車の轍《わだち》が二すじ、黒ぐろと斜めに通っていた。僕はこの深い轍に何か圧迫に近いものを感じた。逞しい天才の仕事の痕、——そんな気も迫って来ないのではなかった。

「まだ僕は健全じゃないね。ああ云う車の痕を見てさえ、妙に参ってしまうんだから。」

O君は眉をひそめたまま、何とも僕の言葉に答えなかった。が、僕の心もちはO君にははっきり通じたらしかった。

そのうちに僕等は松の間を、——疎らに低い松の間を通り、引地川《ひきじがわ》の岸を歩いて行った。海は広い砂浜の向うに深い藍色に晴れ渡っていた。が、絵《え》の島《しま》は家々や樹木も何か憂鬱に曇っていた。

「新時代ですね?」

K君の言葉は唐突だった。のみならず微笑を含んでいた。新時代?——しかも僕は咄嗟の間にK君の「新時代」を発見した。それは砂止めの笹垣を後ろに海を眺めている男女だった。尤も薄いインバネスに中折帽をかぶった男は新時代と呼ぶには当らなかった。しかし女の断髪は勿論、パラソルや踵の低い靴さえ確に新時代に出来上っていた。

「幸福らしいね。」

「君なんぞは羨しい仲間だろう。」

O君はK君をからかったりした。

蜃気楼の見える場所は彼等から一町ほど隔っていた。僕等はいずれも腹這いになり、陽炎《かげろう》の立った砂浜を川越しに透かして眺めたりした。砂浜の上には青いものが一すじ、リボンほどの幅にゆらめいていた。それはどうしても海の色が陽炎に映っているらしかった。が、その外には砂浜にある船の影も何も見えなかった。

「あれを蜃気楼と云うんですかね？」

K君は顋《あご》を砂だらけにしたなり、失望したようにこう言っていた。そこへどこからか鴉が一羽、二三町隔った砂浜の上を、藍色にゆらめいたものの上をかすめ、更に又向うへ舞い下った。と同時に鴉の影はその陽炎の帯の上へちらりと逆まに映って行った。

「これでもきょうは上等の部だな。」

僕等はO君の言葉と一しょに砂の上から立ち上った。するといつか僕等の前には僕等の残して来た「新時代」が二人、こちらへ向いて歩いていた。

僕はちょっとびっくりし、僕等の後ろをふり返った。しかし彼等は不相変《あいかわらず》一町ほど向うの笹垣を後ろに何か話しているらしかった。僕等は、――殊にO君は拍子抜けのしたように笑い出した。

「この方が反って蜃気楼じゃないか?」

僕等の前にいる「新時代」は勿論彼等とは別人だった。が、女の断髪や男の中折帽をかぶった姿は彼等と殆ど変らなかった。

「僕は何だか気味が悪かった。」

「僕もいつの間に来たのかと思いましたよ。」

僕等はこんなことを話しながら、今度は引地川の岸に沿わずに低い砂山を越えて行った。砂山は砂止めの笹垣の裾にやはり低い松を黄ばませていた。O君はそこを通る時に「どっこいしょ」と云うように腰をかがめ、砂の上の何かを拾い上げた。それは瀝青《チャン》らしい黒枠の中に横文字を並べた木札だった。

「何だい、それは? Sr. H. Tsuji......Unua......Aprilo......Jaro......1906......」

「何かしら? dua......Majesta......ですか? 1926としてありますね。」

「これは、ほれ、水葬した死骸についていたんじゃないか?」

O君はこう云う推測を下した。

「だって死骸を水葬する時には帆布か何かに包むだけだろう?」

「だからそれへこの札をつけてさ。——ほれ、ここに釘が打ってある。これはもとは十字架の形をしていたんだな。」

僕等はもうその時には別荘らしい篠垣や松林の間を歩いていた。木札はどうもO君の推測に近いものらしかった。僕は又何か日の光の中に感じる筈のない無気味さを感じた。

「縁起でもないものを拾ったな。」

「何、僕はマスコットにするよ。……………しかし1906から1926とすると、二十位で死んだんだな。二十位と――」

「男ですかしら？　女ですかしら？」

「さあね。……………しかし兎に角この人は混血児《あいのこ》だったかも知れないね。」

僕はK君に返事をしながら、船の中に死んで行った混血児の青年を想像した。彼は僕の想像によれば、日本人の母のある筈だった。

「蜃気楼か。」

O君はまっ直に前を見たまま、急にこう独り語を言った。それは或は何げなしに言った言葉かも知れなかった。が、僕の心もちには何か幽《かす》かに触れるものだった。

「ちょっと紅茶でも飲んで行くかな。」

僕等はいつか家の多い本通りの角に佇んでいた。家の多い？――しかし砂の乾いた道には殆ど人通りは見えなかった。

「K君はどうするの？」

「僕はどうでも、……………」

そこへ真白い犬が一匹、向うからぼんやり尾を垂れて来た。

二

K君の東京へ帰った後、僕は又O君や妻と一しょに引地川の橋を渡って行った。今度は午後の七時頃、――夕飯をすませたばかりだった。

その晩は星も見えなかった。僕等は余り話もせずに人げのない砂浜を歩いて行った。砂浜には引地川の川口のあたりに火《ほ》かげが一つ動いていた。それは沖へ漁に行った船の目じるしになるものらしかった。

浪の音は勿論絶えなかった。が、浪打ち際へ近づくにつれ、だんだん磯臭さも強まり出した。それは海そのものよりも僕等の足もとに打ち上げられた海草《うみぐさ》や汐木《しおぎ》の匂らしかった。僕はなぜかこの匂を鼻の外にも皮膚の上に感じた。

僕等は暫く浪打ち際に立ち、浪がしらの仄《ほの》めくのを眺めていた。海はどこを見てもまっ暗だった。僕は彼是十年前、上総《かずさ》の或海岸に滞在していたことを思い出した。同時に又そこに一しょにいた或友だちのことを思い出した。彼は彼自身の勉強の外にも「芋粥」と云う僕の短篇の校正刷を読んでくれたりした。……

そのうちにいつかO君は浪打ち際にしゃがんだまま、一本のマッチをともしていた。

「何をしているの?」

「何ってことはないけれど、……ちょっとこう火をつけただけでも、いろんなものが見えるでしょう?」

　O君は肩越しに僕等を見上げ、半ばは妻に話しかけたりした。成程一本のマッチの火は海松《みる》ふさや心太草《てんぐさ》の散らかった中にさまざまの貝殻を照らし出していた。O君はその火が消えてしまうと、又新たにマッチを摺り、そろそろ浪打ち際を歩いて行った。

「やあ、気味が悪いなあ。土左衛門の足かと思った。」

　それは半ば砂に埋まった游泳靴の片っぽだった。そこには又海草の中に大きい海綿もころがっていた。しかしその火も消えてしまうと、あたりは前よりも暗くなってしまった。

「昼間ほどの獲物はなかった訣《わけ》だね。」

「獲物?　ああ、あの札か?　あんなものはざらにありはしない。」

　僕等は絶え間ない浪の音を後に広い砂浜を引き返すことにした。僕等の足は砂の外にも時々海草を踏んだりした。

「ここいらにもいろんなものがあるんだろうなあ。」

「もう一度マッチをつけて見ようか?」

「好いよ。……おや、鈴の音がするね。」

　僕はちょっと耳を澄ました。それはこの頃の僕に多い錯覚かと思った為だった。が、実際鈴の音はどこかにしているのに違いなかった。僕はもう一度O君にも聞えるかどうか尋ねようとした。すると二三歩遅れていた妻は笑い声に僕等へ話しかけた。

「あたしの木履《ぽっくり》の鈴が鳴るでしょう。——」

しかし妻は振り返らずとも、草履をはいているのに違いなかった。

「あたしは今夜は子供になって木履をはいて歩いているんです。」

「奥さんの袂の中で鳴っているんだから、——ああ、Yちゃんのおもちゃだよ。鈴のついたセルロイドのおもちゃだよ。」

O君もこう言って笑い出した。そのうちに妻は僕等に追いつき、三人一列になって歩いて行った。僕等は妻の常談を機会に前よりも元気に話し出した。

僕はO君にゆうべの夢を話した。それは或文化住宅の前にトラック自動車の運転手と話をしている夢だった。僕はその夢の中にも確かにこの運転手には会ったことがあると思っていた。が、どこで会ったものかは目の醒めた後もわからなかった。

「それがふと思い出して見ると、三四年前にたった一度談話筆記に来た婦人記者なんだがね。」

「じゃ女の運転手だったの?」

「いや、勿論男なんだよ。顔だけは唯その人になっているんだ。やっぱり一度見たものは頭のどこかに残っているのかな。」

「そうだろうなあ。顔でも印象の強いやつは、……」

「けれども僕はその人の顔に興味も何もなかったんだがね。それだけに反って気味が悪いんだ。何だか意識の閾《しきい》の外にもいろんなものがあるような気がして、……」

「つまりマッチへ火をつけて見ると、いろんなものが見えるようなものだな。」

僕はこんなことを話しながら、偶然僕等の顔だけははっきり見えるのを発見した。しかし星明りさえ見えないことは前と少しも変らなかった。僕は又何か無気味になり、何度も空を仰いで見たりした。すると妻も気づいたと見え、まだ何とも言わないうちに僕の疑問に返事をした。

「砂のせいですね。そうでしょう？」

妻は両袖を合せるようにし、広い砂浜をふり返っていた。

「そうらしいね。」

「砂と云うやつは悪戯ものだな。蜃気楼もこいつが拵えるんだから。……奥さんはまだ蜃気楼を見ないの？」

「いいえ、この間一度、――何だか青いものが見えたばかりですけれども。……」

「それだけですよ。きょう僕たちの見たのも。」

僕等は引地川の橋を渡り、東家の土手の外を歩いて行った。松は皆いつか起り出した風にこうこうと梢を鳴らしていた。そこへ背の低い男が一人、足早にこちらへ来るらしかった。僕はふとこの夏見た或錯覚を思い出した。それはやはりこう云う晩にポプラアの枝にかかった紙がヘルメット帽のように見えたのだった。が、その男は錯覚ではなかった。のみならず互に近づくのにつれ、ワイシャツの胸なども見えるようになった。

「何だろう、あのネクタイ・ピンは?」

僕は小声にこう言った後、忽ちピンだと思ったのは巻煙草の火だったのを発見した。すると妻は袂を銜《くわ》え、誰よりも先に忍び笑いをし出した。が、その男はわき目もふらずにさっさと僕等とすれ違って行った。

「じゃおやすみなさい。」

「おやすみなさいまし。」

僕等は気軽にO君に別れ、松風の音の中を歩いて行った。その又松風の音の中には虫の声もかすかにまじっていた。

「おじいさんの金婚式はいつになるんでしょう?」

「おじいさん」と云うのは父のことだった。

「いつになるかな。……東京からバタはとどいているね?」

「バタはまだ。とどいているのはソウセェジだけ。」

そのうちに僕等は門の前へ——半開きになった門の前へ来ていた。

台所のおと

幸田　文

佐吉は寝勝手をかえて、仰向きを横むきにしたが、首だけを少しよじって、下側になるほうの耳を枕からよけるようにした。台所のもの音をきいていたいのだった。台所で、いま何が、どういう順序で支度されているか、佐吉はその音を追っていたい。台所と佐吉の病床とは障子一枚なのだから、きき耳たてるほどにしなくても、音はみな通ってくる。けれどもそこで仕事をしているのがあき一人きりのときは、聞く気で聞いていなければ、佐吉の耳は外されてしまう。あきはもともとから静かな台所をする女だが、この頃はことに静かで、ほんとに小さい音しかたてない。いまも手伝いの初子を使いに出した様子だから、あき一人である。女房のたてる静かな音を追っていると、佐吉は自分が台所へ出て仕事をしているような気持になれる。すると慰められるのだった。

痛みや苦しみがあまりない、ぶらぶら病気を病んでいれば、実際手持ぶさたなのだ。だから、身は横にしていても、気持がそれからそれへと働いていけばうれしいのである。こんなに寝込んでしまうつい一ヵ月前までは、ずっと自分が主人でやってきた、手慣れた台所仕事なのだ。目に見ずとも音をきいているだけで、何がどう料《りょう》られていくか、手に取るようにわかるし、わかるということはつまり、自分が本当に庖丁をとり、さい箸を持って働いているに等しいのだった。週刊誌もくたびれるし、ラジオも自分の好みのものをいつも必ず放送しているわけではないし、なによりもいちばん病む心憂さの晴れるのは、台所の音をきくことだった。

　しゃあっ、と水の音がしだした。いつも水はいきなり出る。水栓をひねる音はきこえないのである。しかし佐吉は、水が出だすと同時に、水栓から引込められるあきの手つきをおもいうかべることができる。そんな手つきなど今迄に注意しておぼえたことはないのだけれど、しょっちゅう見て目の中に入っていたのかとおもう。あきは中指と親指だけをかけ、あとの三本は頑固なように結んで、水栓を扱うくせがある。

　水栓はみんな開けていず、半開だろうとおもう。そういう水音だ。受けているのはいつも使っている洗桶。最初に水をはじいた音が、ステンレスの洗桶以外のものではなかった。水はまだ出しつづけになっている。きっと桶いっぱいに汲む気だろう。水の音だけがしていて、あきからは何の音もたってこない。が、佐吉には見当がついている。なにか葉のものの下ごしらえ――みつばとかほうれんそう、京菜といった葉ものの、枯れやいたみを丹念にとりのける仕事をしているにちがいない。その仕事は、障子の仕切りを越して聞えてくるほどの音は立てないから、あきから何のもの音もきこえてこないのだ。葉ものごしらえをしているとすれば、もうじき水は止められる筈だ。なぜなら葉ものの洗いは、桶いっぱいに張った水へ、先ずずっぷりと、暫時つけておいてからなのだ。浸しておくあいだは、呼吸を十も数えるほどでいいのだが、その僅かのひまも水の出しっぱなしはしないこと、というのが佐吉のやりかたで、佐吉は自分の下働きをしてくれるひと誰でもに、その方式をかたくまもらせていた。無論あきがその手順を崩したことはないし、決して無駄水を流すような未熟なまねはしなかった。だから、桶はもうじきいっぱいになるし、そこで水音がとまれば、あきが葉ものごしらえにかかっている、という見当づけは多分あたるのだが――やはり水はとめられた。あきは棚のほうへ移ってなにかしている気配で、やがてまた流し元へもどると、今度は水栓全開の流れ水にして、菜を洗いあげている。佐吉はその水音で、それがみつばでなく京菜でなく、ほうれんそうであり、分量は小束が一把でなく、二把だとはかって、ほっとする安らぎと疲れを感じる。

「きょうはどこだっけな？」

「小此木さん三人の、小部屋のほうは塚本さんだけど。」

「気をつけろよ。小此木さんはちょっぴり文句屋だ。」

「ええ――そりゃそうと、あなた気がつきませんか？　うちの初子、塚本さんとこの上田さんに気があるらしいんだけど、あたしはどうも上田さんてひと、虫が好かなくてねえ。」

「うむ。でもまあ、初子が虫が好くのなら仕方もないしな。どうとかあったっていうのか？」

「いえいえ、そんなのじゃない。まだ、初子の気が浮いてるようだ、というだけの私のカンなのよ。形になんかなってるものではないとおもうわ。」

　うわさの初子が帰ってきた。初子ひとりが入ってきただけなのに、なんとなくあたりに賑やかさが出る。賑やかというより、ざわつきといったほうがいいだろうか。騒々しい娘ではないのだが、若いからどことなくざわつきがからだについている。佐吉は今迄初子を静かな娘だと思っていたのだが、病んでからよく見てみると、それほど静かではなくて、やはり結構ざわつきを発散していると気づいた。若さのせいだとおもう。若さというのは、いつでもすぐ今以上に、騒ぎだせる下地があることかなあ、などと自分の若い頃も思い出させられたのであり、初子の若いざわつきが病気の癇にさわるとき、叱言を我慢してやったりしているのである。初子が上田を好いているらしいというのは、さっきあきに聞いてはじめて知ったことだが、恋ごころなどがあっては、大ざわつきを振りまいて歩いているのと同じだから、病人のおれがうっとうしく感じるのは当り前か、と苦笑がでる。

佐吉の病気は、去年の秋からだ。秋はやくに風邪をひいた。売薬一瓶を何錠かあましてなおったが、あとにへんな疲労感があってとれなかった。本病の風邪はさしたことがなくて、病みづかれのほうがしつこく停滞し、けだるがった。根気が減り、顔色が沈んでしまい、食事がすすまず、瘦せた。夏の暑さまけを持ち越しているのだ、と自分ではいっていた。ちょうど店の忙しくなる時季だったから、休んでもいられず、市場へは毎日買出しにいった。こたえるらしかった。仲間が、ついでに仕入れしてきてやる、といったが佐吉はでかけた。その瘦我慢はたたったとおもう。正月の小豆がゆから床についた。その時やっと医者へいった。医者は胃だと診断した。食事の制限が命じられ、東大あたりでよく検査してもらえといわれた。

なか川、という小さい料理家を、あきと初子を助手に、やっていた。姓からとった屋号だった。客室は八畳と四畳半の二た間。五人か、詰めて六人しか客はとれないが、それで丁度いいのだった。戦後すぐに建った、バラック住宅のひどいものなのだが、安く買って安い手入れをして、体裁よく住み、都合よくした。だから家のまん中の床をおとして台所にし、台所の両側へ茶の間と奥の四畳半を一列におき、廊下をはさんで八畳とはばかりという間取りである。まわりは中小のメリヤスや木綿品の問屋が多く、少しはなれたところにはいい料亭も並んでいるが、なか川はなか川で重宝がられている。けちなうちだが、家より佐吉の味のほうがずっと上なので、そこが気に入られていた。佐吉は承知していて、どの客へも自分の神経を使った料理を出した。そして、病んでつくづく思うのは、自分は食べものをこしらえる他には用のない男で、それをしている限りは手持ぶさたはなかったし、慰められていた、ということだった。海老もみつばもいじれなくなった手持ぶさたは、ほんとにやり切れない。あきと初子が店を休まずに続けている、せめてそのもの音だけでもきいて、自分もそこに立ち働いている気になれれば、いちばん心憂さがしのげるのだった。

それにしてもあきは、ほんとに静かな音しかたてなかった。その音も決してきつい音はたてない。瀬戸ものをタイルに置いて、おとなしい音をさせた。なにやら紙をかさかさいわせることもあるし、あちこち歩きまわりもするが、それがみな角を消した面取りみたいな、柔かい音だ。こんなにしなやかな指先をもっているとは思わなかった。いつの間にか自分の教導がきいていて、おそろしいものだ、これほど上達したにちがいない、と佐吉はおもう。

あきは佐吉と二十歳も年齢のひらきがあり、互に何度目かの妻であり夫である。終戦の荒涼の中で知りあい、結んで十五年がまたたく間にたっている。ほっと息をついているうちに、十五年も経ってしまったといいたい。それ以前のあきの年月は、ただもうひどいものだった。両親の顔を知らないし、育ててくれた人も、素姓のはっきりしない寡婦だった。針仕事を生活のつなにしていたが、気がかわり易く、時々針をじれったがって、女人夫になったり、食堂の下ばたらきになったり、「気でもかわり易くなければ、とうに押し詰って死んじまった筈だ」というのだった。転々と定まらない居場所へ、転々とついて行き、ついて出たのをあきは忘れられない。そのあげく、あきはふっと誘われてそのひとを離れた。子守りに出た。渡り歩くことは見習ってあったから、こまりはしなかった。だが、住む場所がほしかった。育ててくれたひとはえらかった、と思うのである。転々とはしたがいつも場所なしではなかった。あきがどこへ行っても、奉公先を自分の場所とは思えないのは、あのひとがいつも、自分の場所を確保しつつ歩いていたからだとおもう。

場所は、男と世帯をもつことによって与えられた。これで休むことができると思ったが、男の母親は、あきがつとめをやめて、収入をなくしたことを不満がった。酒にだらしのない、グズ酔の男だった。みごもっても二度とも流れた。流れてちょうど好都合に思えた。そこにそうして何年かいられたのは、常にいつでも何処へでものがれて行けばいいのだ、という漂泊性があったからで、逆に落ちついていられたらしい。アメリカの爆弾が降ってくる時、あきはひとりで暮していた。これで焼け死ねば、自分という人間のいたことなど、誰もおぼえていなかろう。誰かにおぼえていてもらいたい、という思いがあった。

戦中戦後を通じて、ヤミ屋は強い生きかたをしていた。ヤミとかつぎをする女たちが多かった。あきもそうなった。仲間のなかに佐吉がいた。若くはなかったが、元気で、これから生活をたてていこうとする活気があった。本能的に、今度こそ見つけた！　という気がした。いっしょになった。仲人も親類も誰もいず、祝儀のまねごとさえもない晩だったが、佐吉は思いだしたように配給の芋を持出し、鶴亀を刻み、庖丁の人間の心ゆかせだ、と笑った。そのとき、あたりがしいんとして、深夜のようだったことを、あきはおぼえていた。

あきは重く沈みこむ気持と、緊張から来る軽快なような気分とをいっしょに持たされていた。佐吉の病状を医師からきかされて、知って以来である。十日ほど前に、来診した医者を出入り口まで見送った時、「御病人には知らせないで、ついでのとき病院のほうへお寄りいただきたい。お話があります」と、小声にいわれて察しはついた。

医師は、佐吉に兄か弟か息子か、あきに男きょうだいがいるか、と身元しらべのようにきいた。ないというと仕方なさそうにした。このことは妻の病気の場合は夫にいうが、夫の場合は男親、男きょうだい、息子に話すのが至当で、奥さんにはいわないようにするものなのだが、誰もいなくて夫婦二人きりでは止むを得ない、といっておいて、病人はなおりがたい、と告げた。そしてあきに、絶対に当人にはさとられないように、と念を押し、男はこの点を固く守れるのだが、女のひと、ことに奥さんは感情的になったり、忍耐ができなかったり、不注意だったりして、結果がまずくなり勝ちだし、奥さん自身にもとても切ない思いをさせることになるから、それで医者は心配する。だが、お見うけしたところ、あなたは芯がしっかり者だとおもうから、どうかこの悲しみをよくこらえて、看病とか夫婦の情とかはここ一番だという気になって頑張ってくれ、といった。あきは、医者とはへんなことをいうものだ、と佐吉のなおりがたいことを悲しむと同時に、医者へぼんやりした不快をもった。そんなに頼りないという女房へ、なぜ苦労して話すのか。だまっていればいいじゃないか。なおらなくなった時に言ってくれてもいいのに、という気がした。

だが、うちの敷居をまたぐと同時に、知ってしまった者の覚悟が強いられていることを感じた。敷居まで来て、うかとそのままの表情では佐吉の病床には行けず、初子にも心を構えなければならないと気づいたのだった。それはひとに悟られまいために、取り繕う偽りの苦しみであり、自分ひとりだけが知っているための孤独であった。しかしその苦しみ、その孤独は、嚙みしめると底深くに夫婦の愛が存在していることがわかる。あきは自分がいまは確かに佐吉を庇い、いたわってやっていることを自覚する。愛は燃えるものと思っていたが、そうばかりではなくて、佐吉をおもえばあきの心はひっそりとひそまり、全身に愛の重量と、静寂を感じた。

だがまた、これはどういうことだろう。愛情をみつめれば心はひそまるものを、重病に眼をむければ、ひそまっていた心は忽ちたかぶり緊張し、気持に準じて手足も身ごなしも、きびきびと早い動作になろうとする。そしてそれはなかなかに悪くない感じなのだった。軽快であり、なにかこう、勇んでいるような趣きがあった。気高くなったような気さえする。気に入った感じがあるのだ。これはどういうことなのだろう? 佐吉のこの状態を目の前にしていて、なぜこんな「気に入った感じ」で張りきるのか。嬉しい感じ、だとまではいえないが、似たような弾みがあった。

けれども、この軽快さや、弾んだ張りきりは、実にしばしば医師の警告を破らせそうにするので、あきはその度にあぶないブレーキを切らせられる。誰にも悟らせるな、自分だけ承知していろ——は、気が張りきり、身が軽快になっているとき、ふっと、しばしば言ってしまいたくなる。しゃべりたさがはみ出してくる、とでもいえばいいかもしれない。あきははっとし、あぶなかったとおもう。だから、だんだんにあきは不安ももたされはじめた。佐吉にも初子にも、その他の誰にも、何ひとつしゃべっていないに拘らず、知られていはしないか、悟られたのではないか、自分が知っていて知らないように装っているのと同様、ことに当人の佐吉は、悟っても悟らないふりをしているのではないか。それが絶えず不安で疑わしくなり、なるべく立居もひっそりと音をはばかり、まして台所の中では、静かに静かにと心がけ、音をぬすむことが佐吉の病気をはばむことにもなるような気がしてきた。

気がはやってきたときは、坐ればいいのだ、とあきは自然に会得した。軽く動きたくなるからだをそこへ据えつけ、人と口をききすぎないために、帳面つけをはじめればよかった。そうしていると気の逸りはおさめやすいように思われる。

愛情のおもりで心のひそまるほうは、どう処置していいかわからない。そんなときには佐吉のそばへも行けないし、立って台所へ出てみても効果はなかった。ただ、客が来ていてそちらへ料理を出しているあいだは、のがれていられた。自分から作る忙しさではまぎれなくて、人に強いられる忙しさや労働でなら、しのぎがつけやすいようだった。それにもうひとつ、初子が道具になった。役にたつ。初子は佐吉の病気をちっとも気にかけていず、年齢と季節のせいだから、春になれば起きるさ、といったふうに決めきっていた。つまり、初子にとって佐吉は、寝ていても起きていてもそう関係はないらしい。初子はまた、あきの心の中へも入ってこようとしない。見なれ、つきあいなれしたおかみさんだ、というだけであり、それ以外に観察したり推測したりする気はちっともない。主人夫婦のことなどより、自分のことで溢れんばかりなのだろう。そこがあきの役にたつ。初子に話しかければ、初子はいくらでも自分のことだけを、砂利トラックのように勢よく話しつづけた。それはあきには一種の救助になった。そんなふうにあきは手さぐりで少しずつ自分の道をさぐっていき、佐吉にもこれといった変化もみえない。

風のある日だった。冷えが強かった。いやな晩には客も早く立つ。残り火に気をつけた。初子が奥の四畳半へそっと箒をあてている。客の立ったあとひと箒なでて、そこへ寝る習慣だった。あきもそうそうに割烹着をぬいだ。枕につくと風と寒さがよくわかった。まわりに二階や三階があって、かえって風はよけないのだ。窪みへ吹きおろされると、枕と襟のあいだがつめたい。

「あなた大丈夫？　すきま風あたらない？」

「ああ。」

「――こんな晩はほんとに、寝るぞ根太、頼むぞ垂木という気がするわねえ。なにごとあれどまもれ家の棟。ふふふ。」

段を一段おりたようにすとっと、あきは眠り入った。

覚めるなり、火事とわかった。うちではなかった。だがすぐそこ――あなた起きちゃだめ、待ってて、初ちゃあん初ちゃん！　あきは足袋をはいた時に、はっきりと慌てから抜けた。焼けない、と思った。起きかえっている佐吉へ、丹前をかけ毛布をかけてやった。初子が立っていた。誰かがどどどと、小門をたたく。はっとおびえる。火がまわった、とおもう。叩いている。無理な改造のために、この家は出口が一方しかなかった。

「あなた！」しごきをもって、あきは佐吉へ背をむけつつ、初ちゃん、手拭ぬらして持ちなさいと叫んだ。玄関のガラス格子が叩かれた。誰か男が初子をよんでいる。

「あ、秀さんだ」初子はとんでいった。折返してさかなやの秀雄が、初子へかさなるようにして入ってきた。秀雄はおかみさんと顔があったとき、へんなふうにはにかんで赤くなり、大丈夫なんだ、もう消えるから逃げなくていいんだ、といった。地鳴りのような、とどろとどろした音がかぶさっている中に、案外はっきりと遠い人の叫びがきこえ、一瞬みな黙っていた。

「火元、どこ？」

「質屋の筋むこう。塚本さんの倉庫だって。」

「え？　塚本さんて、メリヤスの？」

「よく知らないけど。」

　佐吉は、きいて来い、と女房へ顎をしゃくって、横になった。秀雄がすぐ立っていった。茶棚の上においた懐中電灯の暗さに、佐吉の顔は深いくまをつけていた。酒屋が見舞にき、続いて人が来た。冷酒をだした。あの塚本の倉庫だという。つい去年の暮、押しつまってそこが売りに出され、塚本が買うと同時にしもたやのまま、臨時に倉庫がわりに荷をいれていたものだった。佐吉は、取り敢えずの見舞に、有り合せで幕の内弁当をつくれ、といった。取り込みの中だから、いれものは大皿や重箱ではなく、バットの新しいのへ銀紙を敷いて、お使い捨てになさって下さい、というのだ、とも指図した。

　初子に酒をもたせ、あきが包みとぬっぺい汁の琺瑯《ほうろう》ずんどうをさげて、本宅のほうへ見舞にいったのはまだ暗いうちで、空気は容赦なく冷えきっていた。塚本商店の表は予想通り混雑していた。勝手口へまわろうとすると、あなたどちらから？　ときく男があった。へんだと思ったが説明して通った。台所で思いがけないことをきいた。上田に放火の疑いがかかっている、という。初子がぶるぶるふるえて、あきの袂をつかんでいたが、帰る道では泣いていた。

「およしよ、往来で。うっかり泣いていて、誰かに疑われちゃ困るじゃないの。上田さんのあんないやな噂は、そこいらじゅうに拡がってるだろうし、あたし達があの人と顔なじみだってことも、なんとなく知れていくだろうしね。あの朝、泣き泣き歩いていたなんて噂がたつと、あんたが何か知ってるんじゃないかって、うたがわれるわよ。」

初子はびっくりして振りむいた。

「それとも、どうかして？」

激しく首をふった。

「ねえ、初ちゃん。あんたあの人のこと、ちょっといいなって思ってたんでしょ？　あたしにはそんなふうに見えてた。お見舞に連れていくといったら、あんた浮き浮きして、上田さんもてんてこ舞いに忙しいんでしょうねなんて、いってたわね？　いえ、いいのよ、好きなら好きで――。だから震えたり泣いたりしちまうんでしょ？　そこがあたし心配なんだわ。お互に話しあってて、恋人同士だっていうなら、話はまた別になるけれど、こっちの心の中だけで好きだと思ってるくらいなことを、世間で噂たてられちゃ、ばかばかしいと思わない？　しかもいい事柄じゃなしね。」

やはり、娘の淡い恋ごころ、といったところだと判断した。

あきはさっきから、ゆうべのさかな屋の秀雄の顔を、何度もくり返して思い合せていた。この辺ではかなりいい魚屋の三男で、中の兄は会社づとめだった。なか川では、仕入れは佐吉が河岸へ出かけたから、ここからは取っていなかったが、急な入用のときは使ったし、魚屋と料理人は取引のあるなしによらぬつきあいがある。ことにこのところ、佐吉が仕入れを怠りだしてからは、あきはここへたのんでいる。河岸からの仕入れも頼むし、店のものも買う。

だが、なぜゆうべの火事に、秀雄があんなにいち早く駈けつけてくれたか。なじみとか出入り先とかいうことなのか。それならなぜ茶の間まであがってきたろう？　さっとあがった、というようにして入ってきたとおもう。あの時秀雄はもう、火事は消えるから大丈夫、と知っていたのだから、もし単に得意先への見舞というだけなら、玄関で挨拶すればいいのではないか。それに、あきは彼をうちの中へあげたことは一度もなかった。彼のほうはそれほど親しいと思っていたのだろうか。それとも火事という異常のせいだろうか。それにしても彼が小門をのりこえ、玄関をたたいて、なか川さんとは呼ばずに、初子を呼んでいたし、茶の間で火事の情況をはなしたあと、ふとみせたはにかみの態度は、なにかわけを含んでいるだろうか。初子がいつも使いに行くから初子を呼んだまでだし、初子も火事で恐怖している時、頼りになる青年の見舞をうければ、何も彼もなく茶の間まで連れてきたとして無理はない。どこもおかしくはない。でもなにか、二人の間にはあるといった感じがするのだった。秀雄は初子を好いていないか？　ちょうど初子が上田をほんのり想っていて、放火の嫌疑などという突然のショックで思わず泣いてしまったように、秀雄が初子を好もしく思っていて、近火という突然があれば、小門も越え、茶の間へ現れてもおかしくはなかった。

なか川には、火事の翌日に予約があった。あきはゆうべの興奮のあとで、からだも気持もぐんなりして、台所へ立つのがいかにも億劫だった。休みたいと思った。台所はまた、あきを億劫がらせるだけの、品がすれをしていた。ゆうべの見舞に、ありものは惜しみなく使いあらしていた。料理屋から持っていく見舞のたべものは、どんなに急場のあり合せだとはいえ、かえってその急場の有合せゆえに店の品評をきめられるものだった。これだけしか才覚がなかったのか、と決められるのは辛かった。それだから佐吉は、材料をあとへ惜しむなと指図したのだし、その点はあきも佐吉によく似たものの思いかたをする性質だった。けれども使い減らしたあとの台所は、ちょっと億劫なのだった。表面はいつもの使い易くしてある台所とちっとも変らず、冷蔵庫の把手も拭きあげてあり、戸棚も曳出しも整頓され、流しもとも広く片付き、ふきんは乾いていた。料る人がそこへ立ちさえすれば、料理はさわりなく進行するように見えている。だが内容は荒れて、潤沢ではなくなっている。品うすの台所は働きづらい。料理の材料はそれぞれに、時間を背負っているものだ。今日こしらえていいものもあれば、昨日から仕込んで今日使う二日の味もあるし、何ヵ月もの貯蔵の味もある。きょうのあきの台所には、二日の味がまるで欠けており、それは気おもくなることだった。予約は毎月一回きめて来てくれる、常連ともいうようなメリヤスの仲買さん達で、むしろゆうべの近火は承知の筈だったから、断る理由は一応たつのである。しかし、それにしても佐吉に無断では休めない。佐吉は笑った。

「やっぱりそうだったな。」

「なにがやっぱりなの?」

「いえさ、火事のせいにするなってことよ。おれはこのあいだから、おまえがちいっと調子がよくないと思っていたんだ。」

「なんのことさ?」

「火事でくたびれたから休みたいというんだろ?　そこさ、そこが思い違いというものなんだ。火事じゃない。もっと前から調子が悪くなってるんだ。おれは気がついてたけど、おまえ神経がまいってるんだよ。」

あきはひやりとする。

「冗談じゃない。神経なんぞどうもしてやしないわ。」

「まあ、無理もないさ。おれが出られないんだ、今迄おまえが芯になってやったことはないんだから、一人になれば骨が折れるのも当り前だ。それに店が忙しいばかりでなくて、おれにも手がかかってる。医者の出はいりだ、薬だと小間用がふえてるから、だんだん持ち重りがしてきてるんだよ。火事のせいだけにはできない。」

「それならなおのこと、言訳のきくきょう一日だけは休みたいけど。」

佐吉はからかうように微笑する。

「休んでみな。一日分は言訳があるが二日目はないぜ。ところが一日休むと、二日目はもっと休みたくなるものなんだ。今日までにおれは何度もおぼえがあるんだが、神経がだんだんにしなびてきた時には、休んじゃだめなんだ。二日目にはガタっと気後れがして、もう欲も得もなく愚図ついちまうんだ。一日休めばらくになると思うところが、しろうとの浅墓だ。でもまあ、たって休みたけりゃ休んでもいいさ。」

「そんなこといわれちゃ、休めないじゃないの。」

「正直にいえば休んでもらいたくはないね。ここで一日だけ休みたいなんていいだすんだから、おまえさんもまだ素人なんだねえ。ずいぶんよくおぼえてきたようだけど、まだもっと引きが強くならなくっちゃ、長い商売はむずかしい。どうもこのあいだからそんな気配だったよ。」

「なんです、その気配というの？」

「いえね、台所の音だよ。音がおかしいと思ってた。」

あきはまたひやりとする。

「台所の音がどうかしたの？」

「うむ。おまえはもとから荒い音をたてないたちだったけど、ここへ来てまたぐっと小音《こね》になった。小音でもいいんだけど、それが冴えない。いやな音なんだ。水でも庖丁でも、なにかこう気病みでもしてるような、遠慮っぽい音をさせてるんだ。気になってたねえ。あれじゃ、味も立っちゃいまい、と思ってた。」

「いやねえ、人のわるい。それならそうと、いってくれればいいのに。小音だの遠慮っぽい音だなんて、遠まわしなことといわずに、おまえは下手だから、こうやりなっていってくれればいいのに。こっちはそんな、音がどうしたかこうしたか、気にしてるひまなんかない。ただもう、あなたが起きられるまでの代理だ、つなぎだと思うもので、気は張るし肩は張るし、これでも一生懸命なのにさ。」

「だからなんだよ、おかしいと思うのは。代理なら庖丁の音は立つわけなんだ。誰でも、うでの上の人の代理をつとめるときには、不断より冴えるんだ。見劣りしたくないと思うからね。俺もずいぶんあちこちで、ひとの代理ぶりを、そういっちゃなんだけど、うまくは行くまいって気で眺めていたし、自分の代理もきっと人にそういう気で眺められてると思うから、相当つらい想いも知ってるけど、どっちみち代理をしてる時には、悪くない音をたてるものなんだ。我ながら、冴えていて、いい気持のすることもあるしね。」

「そういうものかしらねえ。自分で自分の音をききわけてるってわけ？」

「——おれが出なくなって最初のうち、おまえもやっぱりいつもよりずっといい音をさせてた。ステンレスの鍋の蓋をする時なんぞ、しっとりと気の落付いた音をさせていたし、刃広庖丁でひらめを叩いてたときには、乗り過ぎてると思うほどの間拍子のよさだった。おぼえていないか？」

「そうね。言われりゃあのときの庖丁、いい気持だったわ。」

「それがほんとなんだ。あれだけうまく行ったときには、手応えが残ってる筈なんだ。手があがったというのが、きいていてよくわかった。男だとこういう場合には、まず勢のある音っていうか、すっきりした音というか、そんな音をたてるんだが、おまえのは勢とか弾みとかいうものじゃなくて、いってみりゃまあ、艶だね。今迄なかった艶がかかって、やさしい音をさせてた。」

へえ、讃められたの！　といいながらも、あきはかなわないと思い、早く話を打ち切りにしたい。こんな見方、きき方をされていたのなら、きっともはやもう感づいているだろうと思われた。知っていて知らん顔で話しているならなおたまらない。

「それが案外はやく伸びがとまったね。もっとすんなり伸びるうでかと思ってたら、違った。ムラになってきて、いい日と悪い日があるし、ひと晩のうちでもふっと気が変るのか、さっきよくても今ぐじぐじしてる、といった台所だ。おまえは割に気がたいらな女だのに、どうしてなのかと思った。近ごろはまた小音もひどい小音で、勘ぐって思えば、まるで姑にでもかくれて、嫁がこそこそ忍んでるような音にきこえるときがある。でもおれにそんな遠慮をもつわけはいくら考えてもないんだし、きっと商売とおれの看病とで、神経がまいってきたんじゃないかと思うね。」

「おどろいちゃった。料理人てものも、ずいぶん苦労性なものねえ。おかげで私も呑気にしていられなくなっちゃった。さしずめあしたからどんな音をたてりゃいいか、おみおつけひとつこさえるにも気になるじゃないの！　面倒だわ。ま、とにかく、それじゃ今日は休まないことにしましょ。その代り献立くらい考えてくれますか？　心づもりしてたもの、みんなゆうべ使っちゃったわよ。」

「うん。そりゃこういう時の、しのぎのつけ方というものがあるから教えておこう。おれももうとしだからな、死んじまっちゃ教えられない。」

「ま、縁起でもない。きょうは呆れるほど嫌なことをいうのね。これも火事のせいじゃないかしらねえ。」

　佐吉はきげんがよかった。あきにはわからない。あれほどの、おどろくような確かな耳だ。ああ聞き抜いていられては、たぶんこちらの心の中は読まれているだろう。だがそうでないようでもある。悟っていてあんなにいつも通りにしゃべっていられるものだろうか。悟っていないのかもしれない。あきの台所のことはあんなによくわかるが、台所のことだからわかるので、病気はわからないかもしれない。あきが音をたてまいたてまいとしたことは、佐吉は看病と責任感とから来る神経衰弱だとしていた。

障りがあったようにも見えなかったが、火事はやはり佐吉によくなかったらしく、あの晩、懐中電灯の暗さのせいと見ていた眼の下のくまは、昼間の明るいなかでみても消えなかった。食事もまた箸が遅くなったし、瘦せた。時々うすい痛みがあるという。眠りから覚めると、動きもしないのに枕の上で眼がまわっているともいって、気色わるがった。それは貧血が強くなったせいで、病勢は早足になってきたようだと、あきは医者にきいて知った。尽せるだけの看病がしてやりたかった。でも店をひかえていては、手代りがなくては、思うように行届いたみとりはできなかった。火事の翌日一日でさえ店を休ませたくないといった佐吉だから、臨時休業などは承知しないだろうし、さりげなく客を減らすことはできるが、こういう商売では客足のへることに非常に敏感だから、それもまた病人に気苦労させることになる。入院も——それはあきがとても出来なかった。

佐吉は料理人なのだ。病院の食べもののあのがさつさ、味噌汁一椀でも佐吉は、どんなに虫を殺し我慢を強いられることだろう。かりにあきがあそこで炊事をするとしても、炊事場は共同使用であり殆どまともな役には立つまい。そしておしまいの時までそれが続くとなれば、これだけおいしくおいしくと心掛けて生きてきた佐吉なのに、最後のところは小穢い、行きとどかない、ざっぱくない食べもので終る。これでは生甲斐がどこにあるというのだろう。水一杯、が誰ものこの世の別れの味だというけれど、その水一杯は慣れた我が家の水道栓から、慣れた手が慣れたコップに盛りあふらせて――と思うともう病院など問題でなかった。とすればこのままの状態でいるよりほかなく、心ゆくまでと思うのはあきの空しいねがいだけにとどまる。

寒気はいまがいちばんきびしい時だった。菜を洗ってもふきんを濯《すす》いでも、水は氷のかけらのような音をさせた。古風な鉄なべも、新しいデザインのアルマイト鍋も、銀の鉢も瀬戸物も、みなひと調子高い音をだして触れあうのだった。この季節に庖丁をとげば、どんなに鈍感なものでも、研ぐというのがどういうことかと身にしみる。砥と刃とを擦れば、小さい音がたつ。小さいけれどそれは奇妙な音だ。互に減らしあい、どちらも負けない、意地の強い音であり、また聞きようによっては、磨き磨かれる間柄の、なかのいい心意気の合った音ともとれる。研ぐ手に来る触感も複雑だ。石と金物は双方相手の肌をひん剝こうとする気味があり、同時にぴったりと吸いつくほどのなじみかたをし、磨るに従って刃も砥も温かさをもち、石が刃に息をつかせるのか刃が石に吐きかけるのか、むっとしたにおいを放つ。あきも真似ごとに砥へ庖丁をあてはするが、本当には研げないし、なにかはしらず研ぎは避けたい気持がある。それも寒気のきびしいとき、棚に皿小鉢がしんと整列した静かな台所で研げば、研ぎに漂う凄さみたいなものがはっきりわかる。しかし佐吉の出ないこの冬の台所は、いやも応もない。本当に研げていない庖丁はすぐ切れがとまり、それだけ度々あきはいやなことをしなくてはならない。さかなやの秀雄に頼もうと思う。あきは火事以来、いつともなくひとりでに、初子と秀雄と自分とこの店とを、結んで考えはじめていた。

佐吉は佐吉でまるで別なことをいいだした。すっかり後片付けも帳つけも済んだ夜ふけ、箪笥や茶棚や小机やらにごたごたと囲まれたなかで、楽しそうにあきと眼をつなぎながら話した。家を新築しようという相談だった。明らかに火事からずっと考えていたことだろう。だが新築はもっと前からの夫婦二人の希望であり、節約はそのためのものだった。無論自分の財布だけではなく、よそからの融通も計算にいれてのことだが、それにしてもまだ大分窮屈だといっていたのを、急に建てようというのである。焼けたのなら、どんな工面をしてでも建てずにいられないのだから、と思うのだし、不意にああした近火にせまられてみると、なんだかはかなく思えて、思いこんだことは早く果したくなった、と佐吉はいう。長年こころに積みあげてきたことだけに、話しだすともう、その好みの入り口から廊下から、客室の卓までそこへ浮いてくるらしく、調理場となるとああしてこうしてと、仕方話しになる。

「どうだ？　え？　あき。」

「気に入るだろ？　あき。」

あき、あきと間《あい》の手のようにしていうのが、ひたすらに楽しげで、素直な感情が顔いっぱいに、声にまで出ている。どう見ても底に人生の一大事を承知していて、その哀しみをかくしているとは受取れない明るさなのだ。ひとには聞かせたくないんだ、あきにだけ話したいんだ、新築の基になる貯金ができたのも、あきと一緒になったからこそで、感謝しているんだ、と水入らずにおおっぴらに女房をいとしみいとしみいい続け、自分もまた嬉しさに浸り入っているようなのだった。めったに見せない極上の上機嫌で、ひと晩中でも話していたそうにみえた。興奮しているのだから早く寝せつけなくてはいけない、という心配と、今夜はこのまま喜ぶにまかせておきたい、という思いやりとに迷った末、やはり自分自身も佐吉の上機嫌に従っていたくて、心よわく看護の立場をすてた。

「お茶、あつくしましょうよ。」

「ああ、いまそういおうとしてたんだ。」

佐吉は、いまでも焙じて売っているお茶を使わせない。いまではもう茶焙じも姿を消している時勢なので、わざわざ注文して作らせ、客用にも家内用にもその都度に焙じさせている。茶だんすへ立ったついでに、見ると一時を半分まわっていた。真夜中だな、と思いつつ、茶筒の蓋を抜く。蓋はいい手応えで抜けてくる。こんな些細な缶ひとつでも、蓋のしまり加減が選まれていた。茶焙じに茶をうつし、火にかざして揺すると、お茶の葉は反り返り、ふくらみ、乾いた軽い音をさせ、香ばしく匂う。土瓶にとり、あつい湯をそそぐと、弾いてしゅうっと鳴る。あきは、番茶のうまさはそういうように、しゅうっと声をたてて呼びかけながら出てくるのじゃないだろうかといって、以来ひとつ話の笑いの種にされていた。

「起きてのむよ。」

「そう。」

こわい頭髪に寝ぐせがついていて、起きるとやつれが目立つ。

「うまい。おれは好きだな、焙じた茶が。考えりゃ一生のうちで、いちばんたくさん飲んだ茶だな。」

「そうね。あたしもこれがいちばんいい。きっと性に合ってるのね、あたしたち夫婦の。」

「そんなところだ。どっちも玉露の柄じゃないからな。」

ふっと、淋しくなって、あきは慌ててからの茶碗をおくと、病人のうしろへまわり、横になるように促した。着せかけてある丹前の、からだについていない部分や、いまのちょっとのまだけ傍へのけてあった枕だのが、ぴりっとするくらい冷えていた。さすがに疲れていて、佐吉はすぐに眠るらしく、うつつになにかいった。顔が笑っていた。のぞきこむと、気がついたように薄眼をして、もう少しよけい笑い顔をした。

「あと何日ある?」ぎょっとした。「――彼岸を越して、四月――四月だ――」相手は平安な寝息をたてており、あきはまじまじと、おさえつけて大きく呼吸していた。

あきは台所の音を、はなやかにしなくてはいけないと思った。心のなかまで聞き入っていられると思うと、気が固くなって、手も自由でなかった。遠慮っぽい庖丁の音だ、といわれたのは痛かった。はなやかな音をたてようとすれば、先ず第一に自分がそのわざとらしさに気がひけた。佐吉も見抜くだろう。けれども一日のうちの大部分を、台所の音をきいて慰めている佐吉をおもうと、ぜひ爽やかな音がほしい。料理そのものへ専念するよりほか、手段はないようであり、自分ひとりでしないで、佐吉にせつせつコーチをせがむのも手だてかと思われた。いつもは「ひとにしゃべらせるつもりになるな、自分の眼で見ておぼえろ」というのに、いまは文句もいわずやさしく教えた。あきは間仕切りの障子を半分ほどあけて、病床から調理台がみえるようにし、見られていることで緊張を強めようとまでしていた。四月とは何の時期をさしたのか聞きただしようもなかったが、あと何日ある？　という言葉がしこって、身をなげ出して何でもいい、辛いことがしていたい気なのだった。あと何日を佐吉に対して、打てば響くように、しっかり引きしまっていたいのだった。

医者は、四月ということに首をかしげただけで、返事をしなかった。仕合せなことに、胃のいちばんいいところに病巣があるから、苦痛が強くなくて大層都合がよかった。けれどもいずれは痛むだろうが、できるだけの手をつくして、苦痛をのがれさせたい。食事は小量なら好きなものなんでもいいといわれた。食事の制限が解かれたことの情なさ。

投薬のせいか、恐れていた痛みは来なかった。その代りのように、時々ぼんやりと黙りこむようになった。あちらむきに眠っているのかと思うと、目の前の簞笥の木目をじいっとみている。ものをいい掛けても、まだ目をそらさず、カレンダーを眺めていることもある。なんのはずみでか、古い昔のことを思いだしはじめたら、くせになって、毎日いろんな想い出が出てくるという。

「あら、そいじゃちょうどいいわ。私にも想い出を話してくれていい筈よ。おぼえてる？　いっしょになったとき、あなたいったでしょ？　そのうちに御一代記全部はなしてやるから、それまで待ってろって。それでもあたしが、せめて小さい時のことだけでもといったら、おこったじゃないの。身元しらべするほどうるさいのなら、釣合わないから帰ってくれって。」

「そうだっけな。いわれりゃ想い出す。」

「あんなにひどくいったくせに頼りない。よくおぼえてないのかしら？　あたしは身にしみて、うんとよくおぼえている。きかれてもかくすほどの悪事はしてないけど、自分でさえさわりたくない淋しい傷はたくさんある、そんなことをおれはいましゃべりたくないんだって、威張ってたじゃないの？」

「困ったね。たしかにそういった。」

「あたし懲りたから、それっきりきかないんだけど、ずいぶん長いおあずけだったもの、ちょうどいいじゃないの、想い出したついでにあたしにも御一代記話してよ。」

三月に入って定休日だった。一足飛びに、春というより初夏が来たようなばか陽気だった。病人を抱えている身にはそれがすぐ気になったが、若いひとには休日が晴天で温いのは、心のはずむことだった。初子は出かけるといって、支度をしている。秀雄が誘ってくれるからスケートをやってみるのだという。

「秀さんのところは今日はお休みじゃないでしょ?」

「ええ。でもあたしのお休みに合わせて自分も休むって。」

「まあ、素敵じゃないの。」ことさらにこにこして、あきはいった。「初ちゃん、あんた大丈夫、心の中かたづいてるんでしょうね。」

「ええ。よくわかっちゃったんです、教えてもらったから。」

「なんの話なの、それ?」

「あら、おかみさんのいうの、上田さんのことでしょ。あのこと、あたし秀さんに話したんです。そうしたら秀さん、方々から情報あつめてきて、検討してくれて、どこからいっても上田さんは才人だって。それだからきっと目につくのも当然だろうし、使いこみの放火なんかすれば、熱がさがっちまうの当り前だって。だいいちそんなの、本当の恋愛でもないし、薄情の部類にもはいらないって、笑われちゃったんです。」

「へええ。秀さん断然いいわね。どこで待ち合せるの？」

「迎えにくるっていってました。」

　腕の時計をみる初子もかわいい。頬から顎への円味が、はっきりとはたち前の若さをみせている。秀雄はいまの青年らしく、年齢よりふけた扱いかたで女を導いて行くらしい。二人で滑れば楽しかろうし、似合いだとおもう。

　きょうはあきは落付いて、佐吉の食事ごしらえができる。胡桃をすり鉢にかけて、胡桃どうふをこしらえようとしていた。すり鉢の音は、台所の音のなかではおもしろい音だった。鉢の底とふちとでは音がちがうし、すりこ木をまわす速度や、力のいれかたでもちがうし、擂《す》るものによってもその分量によってもちがう音になる。とろろをすればくぐもった音をだすし、味噌はしめった音、芝海老は粘った音、胡桃は油の軽くなさを音にだす。早くまわせば固い音をさせ、ゆるくまわすと響く。すりこ木をまわすという動作は単純だが、擂るものによっては腕がつかれる。そういう時は二つ三つ、わざとふちのほうでからをまわすと、腕も休まるし、音もかわって抑揚がつく。擂る人がもしおどけるなら、拍子も調子も好きにできるところがおもしろかった。あきはすりこ木の力や速度に強弱をつけず、平均したおとなしい擂り方をするのが好きで、決してすり鉢を奔放によごさない。あきのそれは、自身の性格が内輪でもあり、佐吉の教えにもよるものだが、佐吉のそれは、性格というよりも小僧っ子の時に親方から躾けられ、きびしく習慣づけられた結果だという。

「ほかの商売のことはわからないが、台所のかぎりでは性質《たち》と習慣と、どっちが強いのか、どうもはっきりしない。賭けごとをすると柄の悪さをまる出しにするのに、庖丁だとどこまでも上品な奴もいるし、身なりもつきあいもだらしのない奴が、料理場の中のこととなるとほんとにきちっとしている。でもそれがいつの間にか崩れてきて、刺身なんかそいつの身なりと同じような、なにかこう締まらないものになったが、それで平気なんだ。教育とか習慣とかいうものは、性質で破れちまうんだ。教えた親方も損をしたし、なまじっか教えられたあいつも得したとはいえない。」だから佐吉は善悪ともに、よくあきの性質のことを気にした。子があったら、どんなに性質が心配で、習慣が心配でたまらなかったろう、という。

あきのすり鉢の、もの柔かだが小締りにしまった音は、もう止んでいた。佐吉もとうにその音から離れて、このあいだから何度も想い出のなかに現れてくる、かつての二人の女のことを思っていた。

一人は最初の女房である。これは同じ村の生れで、ちゃんとした仲人のある正式な嫁だった。屈託のない、若い結婚であり、その時佐吉はもう料理人になっていて、近くにある温泉の一流旅館につとめていた。勤めているといっても勿論一人立ちではなく、親方にどしどし使われていた。いったいに故郷の村には、昔から料理の風があった。温泉があり旅館が繁昌している影響もあり、気候が温くて海山の幸が多いせいもあって、料理の道があいているらしかった。お祭りだとか寄合いだとかいうと、すぐ男たちが俎《まないた》をだす。次男三男が働きに出て行くといえば、たいがい何処かの縁ぴきをたよって、料理人の下働きになるのが普通になっていた。

佐吉は小さな時から、浜でこぼれざかなを貰ってきては、ひとりで干物をこしらえてよろこんでいた。小学校をでるとさっさと出ていった。その時から独立したわけだが、父親を失っていることから、世話焼きが早い嫁とりをすすめた。村では男の子は町へ出すが、女の子はすれっからしになるといって出さない。旅館でしゃきしゃきと働く女たちを見た眼には、すこし物足りない娘だと思ったが、先行きはどれもこれも同じにきつくなっちまう、といわれてそんなものかと思った。町へ連れていって部屋借りをした。ひとがよかったが、万事にのろい女だった。洗濯は佐吉のほうがうまかった。掃除も佐吉にはじれったかった。おしゃれもあまりうまくなかった。女房をもらってよけいな用がふえた。子供ができればと待ったが、できなかった。一年二年とすぐ過ぎた。のろいのにも観念して慣れれば苦にならず、人のよさにほだされて若い夫はけっこう、のろい妻を愛していた。父親はなく母親は働きに行く、淋しい家庭に育った佐吉には、そこに特定の一人がいつもいてくれるのは嬉しかった。

そのうち、いわれたことは当ってきた。先行きはどれもきつくなる、といわれたのがその通りになった。人のよさは減って、きつさは殖え、のろはそのままなのだ。それが事こまかに知れたのは、佐吉が喧嘩をして、長くいた旅館から出入りを断られ、仕方なくうちに引きこもっていたときである。洋食が達者だという触れこみで、おかみさんの遠縁とかいう男がもぐりこんでき、親方もいちいち口出しをされるし、自分も働きづらくされたので、口喧嘩から殴りあいになった。そんなことははじめてだったが、主人は女房への手前、両成敗の処置をとった。常が悪くなかったので、同情者が多く、口はすぐにかかってきた。が親方はよその筋へやりたがらず、その交渉のきまるまで遊ばせられた。

気が立っていたせいもあるが、その無為の日につくづく己が女房をみて、少年の時代とはまた違う、うらぶれた淋しさを味わった。玄関を出たところに共同ポンプがあった。なみの女房の洗濯は乾こうという午さがりに、うちの女房は盥《たらい》をもちだした。濯ぎの水がじょぼじょぼといった。外へ干さずに縁先低く干すから、なぜだときけば、夜干しになるから取りこまなくてすむ、と答えた。絞りのゆるい洗濯ものは雫をたらし、散っている紙屑へあたった。佐吉はその雫の音を、砕ける音だ、と聞いた。彼女の煮炊きの音は全部、佐吉をいらだたせた。のろはいいけど、我慢ならないことは、鍋にも瀬戸ものにも、捨鉢な音をたてさせることだった。いつもなにかが、欠けるなら欠けても構うもんか、という強がった声をあげさせられていた。食べるものをこしらえる音、ではなかった。作ろう、こしらえよう、調えようとする訓練が身についている佐吉には、そういう炊事ぶりはあてつけのように感じられ、刺戟された。もう少しあたり柔かくできないものか、と注意してみた。

「ええ、気はつけるけど――だけど、あなたもそのうちまた勤めにいくんでしょ?」うちにいるあいだの辛抱で、また勤めに出れば互にいやなことは見ず聞かずにすむ、という寸法らしかった。佐吉はそれを愛情のうすいことだと解釈したが、彼女には愛情のなんのということではなくて、ただ、面倒なこと、としか取れず、今迄通りの暮しをすれば、面倒なことはないからそれでいいのだ、と割切ってあるのだった。それでもそれはまだ、話の形になるからましで、生理的に気色がわるくなるのは、ものの食べかただった。まえから音をたてる食べかたはしていたが、いく日もぴったり一緒にいてみて、はじめて彼女が絶えずものを食べているのにおどろいた。それも菓子やくだものを間食するのではなく、焼きざましの干物であろうと、たくわんであろうと選まない。どっさり一度にではなく、ちびちび口にいれる。副食物をそんなふうに食べているのを見ると、やりきれない哀しさが湧き、ひとりになりたいと思った。ひとりでいる淋しさのほうが、二人でくらす哀しさよりも呼吸がらくのように考えられ、しきりに生活がかえたかった。時機がわるいと、何遍もおもい返そうとしても、鼻についた嫌悪感はこらえられなかった。女房には無断で、仲人と母親のところへ行き、別れたいといった。親方へも立ち話の挨拶だけで、すぐ汽車に乗った。東京駅のラッシュに降り、すべて無縁の通勤人の浪に流されたときはっきりと「薄情で、勝手なのはおれのほうだ。あれもいやなところばかりの女じゃない」という線がでた。すまなさに責められた。

しばらくして母親からたよりがあって、彼女はあっさりと承諾し、届けもみな済んだ、といってきた。母親をのぞけば、故郷はもうないも同然だった。だが、落付いてみると、東京の中にも故郷の人がぽつりぽつりといた。人は故郷を離れても、故郷は人をはなさない。佐吉は女房が農家へ再婚し、すぐ子を産んだときいてからは、気が休まった。年数とともに彼女の想い出は、のろさや、図太さやはうすれて、気の毒な女、なじみにくかった女、淋しい女、という想いがある。憎さや恨めしさなら、あきにも話そうけれど、侘びしく淋しい後味を残した人のことは、償いの心からいまもってそっと、いたわっておきたいのだった。いまあずかっている初子は、故郷の出身である。そのことは誰かにきいているかもしれないが、口はかたい。あきもあるいはうすく知っているだろう。

もう一人は二度目の女房だ。これは激しい気性だった。最初のときの若い身空に、あのじれったさを我慢して、それがしみこんでいる故に、こうしたひとに気を奪われると、ちゃんとわかっていて惚れた。名のある割烹の女中をしていて、姿もその職業の人らしく、小粋だった。ひと目みれば、この顔は顔の道具だての上へ、気性が押しだしてきている、と想うほど気の勝った表情をしており、三本えりあしが自慢で、それを見せる髪型にしていた。まんという名だ。本名は不景気な名だから、呼ばれたくないのだと笑っている。強いて本名をききたがった客へ、ひん子ですといった。珍しい名だというと、めすという字はひんと読むんですってね、貧乏のひんでもいいんです、と答えて憎がられ、帳場からも叱言をくい、その叱言をまた話の種にしてふりまいた。そういう派手者である。

佐吉はこわがりながらも、その鮮やかさに惹かれていき、まんのほうはずかずかと寄ってきた。いつまでひとりでもいられないし、身も固めたい。それには自分の店がなければと思って、少しは心づもりもしてあるが、肝心の板さんで亭主になってくれる人がいないとなげかれると、佐吉は本気になった。小さくても店をもちたいと、しきりに思っていた矢先である。みんなが止せよ、吸われるぞ、といったが、止せといわれるのはけしかけられるのに似ていた。いっしょになった。が、いざとなると、まんの持ち金は話より小額で、正直にそれでつもっていた佐吉は困ってしまい、不足分をどう補うかの算段はつかなかった。そのくらい借りだせなくてどうする、というだけあって、まんはどこかで融通してきた。その時から会計はまんがみるような、自然の分担になった。佐吉もそれで七面倒なことを逃れたと思った。曲りなりに店がもてた。まんもよく働いた。働いたというより、生得はたらける女だ、といったほうがよかった。

まんは料理をおぼえようとした。器用ですぐまねができたし、いわれたことを頭でおぼえるのも早かった。ただ、あまり早くわかってしまうので、佐吉は心もとながった。じきおぼえ、じきできちまう者には、きっとといっていいほど、料理なんぞたいしたことない、といった高あがりな根性がみえた。女房にそうなられるのなら、いっそ習ってもらわないほうがよかった。それにまんはわがままな習いかたをしたがった。下ごしらえはふんふんというだけでしない。煮えたり焼けたりする、そのあいだを待つことも嫌いだった。それでは肝心なところを見ないことになる。煮えてくる頃合というものが鍵なのに「これで火にかけて煮えてくれれば、出来上りなのね。わかったわ。そいじゃ煮といてね」と鏡台の前へ行ってしまったりする。佐吉が腹をたてる。「いいじゃないの、要領だけ教えといてよ」という。これが性質らしかった。たぶんこれで客の前にいけば、相当手がけたようなもっともらしい話に、仕上がるのだろう。小手先のわざの利く、やはり才だろうか。けれども、なぜそんなふうに佐吉の話をきく必要があったのか。自分が手をおろして料理をするつもりはないようだったし、せいぜいが客への知ったかぶりくらいなものだろうに、なぜ飽きずに一年も季節の新しい材料が出るたび、目新しい料理が出るたびに、話をきいたのか。いまだにあれが何のためだったかは、よくわからない。学ぶというほど真面目なものではないが、身辺にいる者が自分より少しでもものを知っていたり、持っていたりすれば、そこから自分なりに一応の、むさぼりかたをしたいのかとおもう。吸われてしまうという評があったのは、金銭や生気のことばかりを指していたのではなかったのかもしれない。もしまんでないほかの女が、そんなふうにして料理の話をせがんだのなら、許さなかったろうと佐吉はおもう。

足掛け三年、佐吉はまんといっしょにいたが、その間まんは台所で本気に働いたことは一度もない。台所へ出てきたのは、佐吉に話をきき料理をつくらせてみる以外には、ものを指図するとき、叱言をいう時、立っていてごはんをかきこむ時だけだった。だから台所で働く音をたてたことはない。最初の女房はのろくともうす穢くとも、とにかく、彼女の台所の音、をさせていた。まんには日常煮炊きの音はない。だが特別な二つの音を佐吉の耳に残した。一つは、いたずら音、といえばいいだろうか。その辺にあるものを、ちょっと指ではじく癖があった。無意識にしているようなときも、承知でしているときもあった。惚れていた最初のころ、佐吉はそれをひどく色っぽく感じたが、興ざめしてからは癇にさわった。割に大きな手で、指は付根から先まで同じ太さに伸々としていて、厚い爪が食込んでついていた。華奢でない、しっかりした指だった。その指でいたずらに台所のものをはじく。いま使おうと釘から外して、そこへおいたばかりのフライパンをさっと取ると、ぴんとはじく。薄鍋の蓋をぴぴっとはじく。ボールが出ていればボール、剔《く》りものだろうが、杓子だろうが、気のむき次第に、人さし指、中指ではじく。四本指でぱらりんとやる時もある。佐吉は顎をひいて、その音をきくまいとしつつ聞いた。そういうことをする女は、はなしにもきいたことがなかった。

まんとの終局はみじめだった。ひとくちにいうなら、佐吉がすべてを失ってしりぞき、そして終ったのだった。この時のことを後に思いかえすたびに佐吉は、人はいいかげん傷めつけられても、そうたやすくは死ぬものじゃない、とおもう。心のなかを常に綾に組んでいきたいような複雑なまんと、単純至極な佐吉との組合せは、結局はじめに人々があやぶんだところへ落ちたのである。まんは佐吉より気のたくましい、人の悪い、利口な男へ行ってしまい、その男は法にふれることなしに、奪えるだけの全部を佐吉から奪ったのである。もっともそういう結果が来る前に、佐吉はまんの不倫を知っていた。ただ、そうまでいらひどい仕方をされるとは考え及ばなかった。でも、どんなにひどくされ、みじめに捨て去られてしまっても、こちらの心の中にはどうしても、あきらめきれないものが残ってしまうことはある。まんと佐吉がもしあの時、台所でない場所にいたら、ああいう光景もあの音もなかったろうし、そうしたらあるいは佐吉はいまもまだ、まんをあきらめかねる心を抱いていたかもしれない。金銭で酷さを知る人もあろうし、権力で辛さを味わされる人もあろうし、佐吉はまんの異常な強さを音でき取り、まんは鰺切庖丁でそれを佐吉に伝えた。

その午さがり、夫婦は台所にいた。佐吉が庖丁とぎをしているところへ、まんが来た。料理場はまん中に長く、流しと調理台とガスレンジが一列に設けられていて、佐吉は調理台の上に濡れた台ぶきんを敷き、その上に砥石を据えて研いでいた。もう研いだのも、これからのもあって、それ等はみな柄を手前に揃えてあった。ガスには鍋が二つかかって煮えており、うっすりした醤油の匂いが立っていた。流しには洗桶を受けにして、むいたグリンピースがざるにとってあった。まんは来るなり、煮えている鍋の蓋を取って、中を見、かちゃりと蓋をし、中を見、かちゃりと蓋をした。佐吉のうしろには壁へつくりつけの、浅い戸棚があって食器がいれてあり、戸棚と佐吉のあいだを通るには、からだに触れる。まんは戸棚のガラス戸をあけてコップをとり、佐吉のうしろを触れて抜けた。

「きをつけろよ。見りゃわかるじゃないか、刃物をもってるんだ」だまってまんは水栓をひねり、ゆすいでから汲んだ。流しをまわりこんであちら側へ行き、調理台へコップをおき、窓下の引戸をひくと、カルピスの瓶をだした。まぜて一気にのんだ。手がカルピスでよごれたらしく、また流しへ戻って、洗って、掛かっているふきんを取ろうとした時、袖の先でざるをひっかけた。豆はこぼれた。あらいやだ、とだけいって行こうとした。佐吉がいやな顔をあげて、手をとめた。

「おこったの?」そしてにこにこと笑った。笑った眼と不愉快な眼が料理台をはさんで見合った。二つ三つ言いあうと、すぐあけすけな、鋭い、短い言葉になった。まんがひょっと鯵切の柄をつかんで、無心のように左の親指の腹で、きれ味をためした。くるりとからだごとまわすと、引戸の上、窓下の壁へ斜にたてかけて乾してある、お櫃《ひつ》へ発止ととばした。とっ、と刃物はおひつの底へ立って、立ったままでいた。

　ことばの投げあいのあと、急にふっと、無心になったようにも思えるのだし、身にそなわった異常な演技かとも思われる。そうしようとしてしたのではなく、そんなふうに異常なことがすらりとできる人なのだろう。台所で立てた、まんの音、を佐吉はきいて忘れない。想い出のなかにも、とっ、という音は、縁の切れた音としてささりこんでいるが、何年たっても腐らない音だ。けれども、あのときのまんのいる光景というものは、年とともに精彩を失って、滑稽といってはかわいそうだが、いまはおかしく映るのである。一時は気をのまれるが、おしまいにはおかしく思いだすひと、それもまたほかのひとには洩らさないでおいてやるいたわりがいる。


　あきはくわいの椀だねをこしらえていた。すり卸したくわいを、箸でほそながくまとめて、から揚げにする。はなやかな狐いろになる。佐吉の好きな椀だねの一つだった。くわいはあまり油をはねず、さわさわとおとなしく火がとおる。揚げものは時によると香ばしく嗅げるし、時によるとむっと胸にくる。それを思って障子はしめてある。佐吉から台所はみえない。初子がいいにきた。

「おかみさん、旦那さんはいま、へんなことといったんですよ。雨がふってきてありがたいって。半分眠ってるみたいだから、寝言でしょうか。」

あきはすぐガスをとめて、行った。

「久しぶりの雨だねえ、しおしおと。」

やっと、揚げものの音を聞きちがえているので、幻聴ではないと判断した。とっさにどう返事をしようかと迷ったが、どうせはっきり醒《さ》めればわかってしまうことだからときめた。

「雨じゃありませんよ、あれ、油の音だったんですよ。」

「なあんだ、油か。うつうつしていたものだから、すっかりまちがえた。雨が降ればいい降ればいいと思ってたものだから、そう聞こえちまったんだ。」

「そんなに雨がほしいんですか。」

「ああ、待ってるねえ。降らないと皮膚がつらいよ、かさかさして。それにしても爽やかな音だったが、なにを揚げたの？　ああ、くわいか。もう取っ手が青味をみせてきたろ？」

「いえ、まだです。」

「でも、もうそろそろ、おしまいだ。ねぎにも人じんにも、今年もたんと厄介になったけど、みんなもうすぐ芽になる。古野菜はいまがいちばん味が濃いんだけど、うまい時がなごりの時だ。つぎつぎ消えていっちまう。」

「その代り、すぐまた芽がのびて、新しいのが出てくるけど。」

あきは今を外しては、初子と秀雄のことを持ちだす時はないとおもった。そのとき、佐吉がいった。

「あき！」

「え？」

「――芽がなくっちゃ、古株の形がわるいよね。そう思わないか？」

「――――」

ことばと声が団子になってつかえた。また佐吉が早かった。秀雄と初子はどうだ、といった。

その夜、ほんとうに雨が来た。しおしおと春雨だった。佐吉は、床の中にもぐっていても、皮膚に脂気が出て、皺がのびたようだといった。お濠の柳は青くなったか。花屋にから松の芽吹きが出ているだろうか。あれはどこだっけね、なんでも武蔵野だった、りっぱな欅の並木があるから、見に行っておいで。その芽立ちがそりゃ見事だ。ああ、いい雨だ、さわやかな音だね。油もいい音させてた。あれは、あき、おまえの音だ。女はそれぞれ音をもってるけど、いいか、角《かど》だつな。さわやかでおとなしいのがおまえの音だ。その音であきの台所は、先ず出来たというもんだ。お、そうだ。五月には忘れず幟をたてな、秀がいるからな、秀が。ああ、いい雨だ――とえらく沢山しゃべった。

日は階段なり――《遊歩の階段》の設計公式つき

平出　隆

階段というものを意識しはじめたのはいつだったか。幼年時代の中では、賃貸集合住宅として、鉄筋コンクリート四階建ての市営アパートに入居したときからかもしれない。四階建ての四階のわが家から、ビニール鞄を首からさげて幼稚園に行くにも、ボールとグラブをもって空き地へ行くのにも、コンクリートの灰色の階段をつかわなければならなかった。私はいつも、ある階からある階へ至るとき、途中の、そこだけ明るくなり暗くもなる踊り場までの段数を数えた。八、九段だったろうか。道路からの入り口のところでは、地上と一階部分とのあいだには四、五段ほどしかなかった。

下りてきて道路に出ると、ふり返って入り口を見た。四、五段の階段の左横にある低い壁に、その階段をつかう八つの家庭の郵便受けが掛っている。それはあらたに掛けられたもので、なにもなかった昨日まで、その余白である壁は私には、格好のキャッチボール相手だった。いまや郵便受けに塞がれたことを見て取った視線は、その右に並ぶ階段に転じていた。

横幅は広いが、ちょうどストライクゾーンくらいの階高ではないか。ここにボールを投げるとどういうことになるのか。と、幼い頭は考えた。

ほぼ真横から見るので、踏面《ふみづら》はほとんど見えていない。蹴込《けこみ》部分だけが見えている。もちろん、踏面や蹴込、蹴上《けあげ》、段鼻《だんばな》などという用語を、この子供は知らない。

狙いを定めて蹴込部分に当てれば、ボールは素直に転がって自分の足下に返ってくるだろう。少し逸れて段鼻に当れば、ハーフライナーになって、直接胸の高さあたりに戻ってくることになる。下手をすれば踏面に当り、その直後にショートバウンドで蹴込に当って、ボールは真上に上がるだろう。さらにそのあと、階段を下るボールがどんな変化をするか、といえば、ともかくも予測しにくい動きをするだろうと思われた。それでも、規則的な段差のせいで、段鼻との見えやすい関係を示す不規則運動となることは確かだろう。

と、こんなふうに筋道を辿って考えたわけではないが、一瞬のうちに、私にとって、地上からのこの四、五段しかない階段が格好の遊び友達となった。ほどなくして、一階の左の家の若い小父さんから、うるさいからやめなさいと叱られるまでは。

階段における蹴上と踏面の寸法の関係について調査をはじめたのは、それより四十年あとの一九九五年秋のことだった。

ケルンでの河原温についての講演のあと、ひとりレンタカーでドイツを旅していた私は、この国の階段に説明しがたい魅力を感じ取りはじめていた。もちろんそれは、ボールをぶつける対象ではなく、通行者として上り下りする、それだけのものである。

テューリンゲン地方の古都アイゼナッハのヴァルトブルク城のそばには、いわゆる古城ホテルが建っていた。車で小高い山に登り、インターホーンで呼びかけて城門を開けてもらうと、くねくねとした急な細道をさらに車で上った。駐車してからホテルまでは短い距離にすぎなかったが、気づくと夜の闇の中に、城が間近にあった。岩場なので、そこに自然な階段がいくつもある。ホテル・アウフ・デア・ヴァルトブルクに入ってみると、瀟洒な近代的なつくりである。

他人に手配してもらった思いがけない滞在に寛ぎを覚えたのか、食事をして部屋に戻ったあと、ここの階段がひどく快適なものとして身体感覚に残った。味わったことのない上り心地と思えた私は、夜が更けてから、紙と鉛筆を持って廊下に出た。人目を忍んで、蹴上と踏面の寸法を写し取ったのである。日本に帰ってから測りなおすと、蹴上は一六センチメートル、踏面は二九センチメートルと判明した。

その翌日は、ヴァルトブルク城に入り、市街地にあるバッハの生家を訪ねた。すでに階段が気になりはじめていた。

アイゼナッハからエアフルトに行くと、もう階段が気になってしかたなくなった。東西ドイツが統一されてまだ五年という時期である。旧東ドイツには旧い建物が自然に残されているから、あちこちに現代の建築、少なくとも現代日本の建築には稀れな勾配の階段を隠しているかもしれない、とそんなふうにも疑い探るようになった。しかし、観光地で階段を測るのは、人目や人の流れがあって、かなりに勇気の要る行為である。それでなくとも、段鼻というものがあるために、階段寸法の測定は意外に手間取るものである。

エアフルトから日帰りでワイマールに向った。ここで、市庁舎広場から程近いゲーテの家に入った。玄関を入ると階段になり、虹の女神イーリスの天井画や彫塑の並ぶ吹抜け空間に立ったときである。一目見て、その折返し階段の表情に、旅行者はまったく驚かされた。室内では見たこともないほどゆるやかな傾斜だった。それから、あらためて意識して上ってみると、けっして上りやすいものではない、むしろ上りにくいものだと思えたものである。

いったん先へ抜けて三階建ての家の、数ある室内を進んでいくと、そこにも興味深い内装や家具、彫像や意匠が待ち受けていた。しかしこのまま進んでしまうと、あの吹抜けの階段室を置き去りにしてしまう、と惜しむ私は、ふたたび戻って、人目をやり過しつつ、計測にとりかかった。そうして、あらためて驚いた。その蹴上と踏面の関係は、いわば「計測不能」だったからである。

計測値を示すメモには、二つが残されている。ひとつは蹴上一〇センチ、踏面は四一センチ・マイナス段鼻分三・五センチという値、もうひとつは蹴上一二センチ、踏面は、と書いて三〇何センチかは不明となっている。前者が階段の中央部分で、後者は左端か右端の部分である。

これはなぜかというと、立派な木材の階段が世紀を越えておびただしい訪問者を受け入れた挙句、ひどく磨り減ってしまったからである。中央の部分では、左右の部分に比べて蹴上げが二センチも低くなっている。しかも踏板の段鼻も磨り減らされている。柔らかい巻尺では水平がとれない。

段ごとに微妙に異なる柔らかなカーヴは、連続することで全体を、いわば階層化されたチョコレートケーキのような、得もいえぬ立体作品に仕立てていた。

このゲーテの階段をこの上なく優美と感じると同時に、優美な階段が上りにくいものでもありうるということに、私はいたく関心を惹き寄せられた。貴婦人のドレスを想定してはじめて、この勾配に納得が行くというものだった。

一九九八年から一九九九年にかけて、ちょうど一年、私はベルリンに住んだが、この時期は、さまざまな意味で私の生を句切るものとなった。

いつのまにか大きな対象になっていたカフカとベンヤミンの足跡を、この破壊された大

　ワイマールのゲーテの家の、吹抜けの階段室。左下奥の玄関から入って上ってくると、折り返しになる。しばし佇みたくなるほどゆったりした踊場である。
　カフカもベンヤミンもこの階段を上った。彼らをふくむおびただしい後世の訪問者が、階段の中央部を磨り減らしてきた。
　じつにゆるやかな傾斜だが上りにくいのは、そのせいではない。あまり例を見ないような、蹴上と踏面との数値関係による。

都市を中心に、ときにはそこを大きく離れて、辿ることになったからである。

学会に属するような研究者ではない私にとって、それは遊歩の対象と呼ぶのがふさわしかった。また私には、生涯ということばで自分の歩みを眺めることは、なにか気恥しさが先に立つところがあった。それでも、一年ごとに均等な層をなす客観的時間の尺度において自分の軌跡を眺めてみるということには、まったく別の、機械的な、またはグラフィックな快感を覚えないこともなかった。

ひたすら主観を排除した人類史のグラフの中に、明滅するかのような小さな者の歩みを置いてみる。それはあたかも、時間を空間化することでつくられた絶対の階段を行く、小さな虫の移動のごときものかもしれない。

時間でできた階段の段差と、生命の現実の動きとのあいだに連関はない。彼は自力で進むのではない。進んでいるように見えるこの場合の動きもまた、時間がグラフ上に空間化されたときに、位相を変えてあらわれたものにすぎない。

場所を変えなかったとしても、それは動くものとして表現される。ひょっとしたら、別のグラフが、別の座標が可能なのではないか、とそんなことを思いながら、私は異郷に日々を過した。人間という生命体は、ほぼ一律な日記帖にわずかな変化を刻み付けるほかない。それでも、日記帖や年表の罫線の立てかたにも、幾種類かがないわけではないだろう。私はときにベルリンの文具店を覗いて、日本にはないような暦の形式を探したりした。

そして実際、一枚のやや厚手の紙の裏表に、一年の日々が均一な格子として仕切られているだけのカレンダーを手に入れて、まるで自分のあたらしい国を見つけたような気分になったものだ。

研究者のそれでない遊歩の足どりでカフカの、そしてベンヤミンの足跡を辿りながら、こうして私は、各地で出くわす階段を測りつづけていた。

イエナ・コレギオの小さな外階段は一四・五センチの蹴上に対して三三センチの踏面をもち、見ただけでわくわくするようなものであった。ワイマールのホテル・エレファントの階段は、ホテル・アウフ・デア・ヴァルトブルクのそれとは微妙に異なる、一六センチと二九・三センチというもので、この三ミリの違いも、快感の味を確かに変えていた。

日本に帰ってからも、私はある劇場へ至るアプローチの坂に仕組まれた野外の階段に、九センチと五六センチという快適な組合せを発見したし、ある建築家の事務所に近い公園で、一四センチと三五センチというまずまずのものを見つけた。

それでも、これらを理想の勾配と呼ぶことはできない。なぜならその勾配はさまざまであり、共通性は勾配にあるのではなく、勾配を構成する二つの寸法の関係にあるからである。

どのような階段に私は惹かれているのか、とことばを選ぶならば、それは「理想的な」

階段ではなく、たんに「素直な」階段ということになる。言い替えれば、素直さは多様だということになる。

どのような勾配であっても、足の動きと適合した、蹴上と踏面との関係というものがある。人の脚の動きそのものからして、少なくとも二つの部分、すなわち大腿部と脚部とのあいだに、すでに動きの複雑さを生み出す膝の仕組みがある。そこに足首から先の動きや身体の大小まで絡むのだから、歩行者の側の複雑さに対して、動かぬ階段がどのように多様な動きの受容を果しうるか、という話は微妙になる。

反対に、どのように上り下りしづらい階段であっても、人はなんとか上り下りしてしまうもの、ということにもなる。階段は、なんと日々に似ていることだろう。あるとき唐突に、そう私は考えた。すると、一日一日にも、ひょっとしたら、そこを通過する人に固有の、蹴上や踏面といったサイズがあるのかもしれない、と思える。

そんな埒もないことを考察しているうちに私は、計測に及ばず一目見ただけで、そこにある階段の素直さを、ある程度見分けられるようになっていった。多様なありかたであらわれる素直な階段、それを総称して《遊歩の階段》と呼ぶこととしよう。

ところで、一般的な建築の本を繙いてみると、階段設計において、次のようないろいろな「公式」が見受けられる。

A　蹴上×2＋踏面＝63
B　蹴上＋踏面＝48
C　踏面＝蹴上＋12

どれもとても納得できるものではない、と私は思った。というのも、グラフにすれば曲線となるはずのものが、すべて一次関数で示されているからである。試しに五ミリという蹴上の寸法を代入してみると、三つの公式によってあるべきとされる踏面寸法はそれぞれ、六二、四七・五、一二・五センチというふうに、あまりにもばらばらの答えが返ってくる。これでは公式とはいえまい。なぜこうなるかというと、あらかじめ階段のイメージがごく狭い範囲で限定されているからである。

ある研究所では、さまざまな勾配におけるエネルギー消費量を測定し、同じカロリー消費量を示す、別の勾配における蹴上と踏面の組合せの連関を探った。すると最適勾配は、右のAの式がグラフ上につくる直線と、Cの式がつくる直線との交点を示すところの、蹴上一七センチ、踏面二九センチの階段ということになる、と結論している。しかしこれでは話が逆で、狭く限定された「理想の」階段のイメージに、二つの式を癒合させ、後づけしたにすぎない。

もちろん、狭い範囲ではこれでよいのだが、現に私に「素直」という快を与えてくれている九×五六や一四・五×三三の《遊歩の階段》は、この公式からは「理想」の埒外ということになる。

また、これとは別に、踏面×蹴上≒480　とする目安もあるが、これも一次関数であるせいで、蹴上一三センチあたりで大きな誤差が生れる。

もとより誤差は、たとえば大人と子供の歩幅の違いからも来れば、人間の膝の仕組みからも生れる。誤差そのものにゆらぎがあるのだ。

そこで私は、これまで実地に収集した「素直な階段」のデータ群を、ひとつの式によって、それも一次関数式ではなく二次関数式によってあらわせるはずだと考え、係数を探って私流の公式をこしらえたものだ。ここではそれを、《遊歩の階段》の設計公式と呼ぶこととしよう。

60＜踏面＋0.135×蹴上の二乗＜70

自分の平均的歩幅を六五センチとする人は、この式のように左右両端の数値を六〇と七〇とに設定すればよい。蹴上がゼロの階段、すなわち平坦な道の場合、見えない階段の踏面と歩幅とが一致するわけである。それぞれの歩幅の大小によって、これを少しだけ変更して設定できる。

勾配が四五度を超えると、つまり蹴上寸法が踏面寸法を超えると、歩行そのものが素直さや遊歩を離れていく。それでも公式は有効である。梯子段などの急勾配の階段の場合は、通常三〇センチほどの段差でつくられる。これを公式に代入すると、約一二〇という数値になる。数値は開脚指数と呼べる。すなわち、梯子段では歩行者の歩幅が短くなるのではなく、必要な大腿部の開きはほぼ倍に大きくなり、見えない歩幅は長くなっているが、それが膝下で折り畳まれているだけ、と考えられる。したがって、階段が垂直に近づく場合は、式の左右の数値を開脚指数として大きめに再設定する。一般には蹴上二三センチを超えると、《遊歩の階段》の範囲を外れる。

水平に近い階段も垂直に近い階段も、素直な動きが求められる。この式によって、ゲーテの家の階段から、当時の貴婦人たちの社交の衣裳によって制限された歩幅が逆算できるのではないか。

ゲーテは「日の要求」ということを考えた。一方、若いベルリンの日々を思い返し、いまは死を恐れることも死に憧れることも拒む五十歳の森鷗外は、明治四十四年、ということは一九一一年、「妄想」の中でゲーテを引いた。「奈何にして人は己を知ることを得べきか。省察を以てしては決して能はざらん。されど行為を以てしては、或は能くせむ。汝の義務を果さんと試みよ。やがて汝の価値を知らむ。汝の義務とは何ぞ。日の要求なり。」

これに応じる「妄想」最後の部分に、鷗外はこう記した。

過去の記憶が、稀に長い鎖のやうに、刹那の間に何十年かの跡を見渡させることがある。

日は階段なりと、私は感じる。上り下りの定かならぬ、その「要求」の定かならぬ階段なり、と。

長崎紀行

立原道造

十一月二十五日正午

今僕は最初の一頁を薬師寺の境内で書く。僕は大すきな唐招提寺の金堂を見て来たところだ。ここには三重塔がある。その下でこの頁を書きはじめる。鳩が鳴いている。空は晴れたり、急に時雨がすぎて行ったり、定まりない。カッと明るくなると、ここの白い明るい土はまぶしいくらい、美しい。僕はその白い土の色に見入りながら、とおくへ行ってしまった昨日、一昨日……近い過ぎた日の僕の東京での日々をおもい出していた。どうしておまえから離れることが出来たのだろうか。昨夜まで僕は知らなかったこの別離がどんなものかを。今もまだわからない。おまえは僕とはとおくにいる。あの僕の知っているビルディングにいる。しかし僕はそれを信じられない。僕がとおくに来ていることも信じられない。別離とはこんなことだったのだろうか。しかし僕はさびしい。そしてすべてがむなしい。何かささえるものを失ったような気がする。この眼にうつくしくながれる古代の白い雲と明るい空とすべてをかがやかせる太陽を今この土地で見てさえ僕の心はむなしい。この土地こそ僕の期待だったのに。ここでは秋は完成している、紅葉の美しさに、とりいれのすんだあとのむなしさに、そして風の寂寥に。長くつづいた土塀の色、明るく乾いた白い土——色どりの多い風景のなかに、僕は、歩いている。陽ざしは傾きはじめて、しずかに澄んでいる。……薬師寺の境内で松が斑らに影を落している土を見入りながら、ノオトを書いているこの一とき。僕だけすべての営みからとおく離れてしまったのではないか。溢れつづけている泉がある、鳥が梢に空に啼きつづけている。固定したように静かな空間をそれがそよぎのように揺っている。

＊

僕はもう長く旅に出ていたような気もするし、ここが東京とはそんなに離れていないような気もする。

西ノ京駅で西大寺行の電車を待っているところだ。小田急沿線のどこか小さい駅で電車を待っているよりもとぼしい旅情しか僕にはない。今夜どんな宿が待っているかなど忘れてしまう。そして一夜旅の宿で眠ったら、すこしはこんな気持から離れるかどうかわからない。日は先刻とおなじようにかげったり照ったり定まりなく明るい。

＊

秋篠寺——道のほとりの叢に休んでいる。眼のまえに奈良平野が陽の光をうけてしずかにある、もうとりいれはすんで、すこしさびしい冬のはじめの眺めだ。こうしていると、ここが浦和ぐらいのところのような気がする。おまえも来れば来られたのだとおもっている。何でもないちいさい寺、樹木が多い、曲りくねった道で本堂まで行く庭、この秋篠寺の裏の門の黄い土の色はおどろくばかりに美しい。そして数少い石段を組み合せた門への巧妙な入り方は美しい。そしてそれをかこんでいる民家が、その美しさを何倍にもしている。これは日常的な at-home な美しい山門だ。金堂などは大していいものではないが、この門の美しさだけはきょう歩いたうちでいちばん心を打った。金堂をあとにしたとき黄い落葉の群が風に一せいに動いて走った。

かげはもう大分長くなった。浦和に行った日のあの時刻ぐらいだろう。あれからまだ十日しかたっていないことにちょっと気がついた。おまえもあれをずっと昔のことのようにおもっているだろう。僕もそうだった。ここが浦和ぐらいのところのような気がするので、僕は夕ぐれにはおまえと会うためにどこかへすぐ行けそうな気もする。かわいそうな錯覚！　僕はそれを大切にかかえて、この美しい風景のなかで、崩れてしまいそうな自分を辛うじてささえている。だがおまえを忘れてただこの美しさに自分を投げ出せたら！

僕は三月堂の日光月光のまえに立っていた。いつまでもそこに立っていたかった、心はすっかり投げられていた。

いまその酔った眼で二月堂のバルコンに立って眼の下に完成する奈良の晩秋の午後を眺める。

まだ心はさわぎしずかにうるおうている。

僕はよいもののそばによいもののなかに、すべてを与えつくして生きている。

この風景もまた美しく無限だ！

いま僕は古代の時間をこえて無限に生きている。

ここは存在の根柢だ。

二月堂、三月堂も、時間を超えている。

僕は時間のなかでの建築という僕の意味の限界をここで感じる。

四時すぎている。夕陽が窓から駅の待合室にいっぱいにさしこんでいる。三分ばかりで汽車にのりおくれたので、京都にまっすぐ行こうか、大阪をまわってしまおうか、迷いははじめている。大阪に行くなら、もう七分で汽車は出る。京都はそれから三十分あとだ。そしてどちらも時間は同じだけかかる。夕ぐれ、いつもおまえと約束したあのくらくなりはじめるころ、大阪に着いたらいいだろうか。まるであの人ごみのなかに、おまえがバスか地下鉄かであらわれるとでもいうように——どこか見も知らない停留場でおまえを待っていようか。そして、当然おまえが来ないのだ。そのとき僕はどうなってしまうだろうか。よそう、よそう、そんな風にして、自分をいじめるのは。京都へ行くとすれば、汽車のなかですっかり夜になる。それは三年まえに田中のところへ行ったのとすっかりおなじだ。そしてその夜になる時間には、ただおまえとはとおく離れて、汽車のなかにいるばかりだ。そこには感傷やファンタジイのたわむれはないだろう。どちらをえらんだらいい？もう一分で大阪行の汽車は出る。僕はそれを諦めよう。まだのるためにいそいでいる人たちがいる。プラットホームの方で発車のベルが鳴った。心のなかに浮んだだけでむなしく消えたひとつの夢、汽車の出て行く音がする。この汽車がとおる夕ぐれの法隆寺の村が僕の心をさっと過ぎる。京都に夜行くことになったのだ、そしてそれはとりかえしつかないことでもあるかのようだ。四時半には陽が沈む。この美しい日没を僕はもっと、古代的な雰囲気のなかで見れば見られたのだ、そしてそれを一層強くねがう。しかもいまこの停車場の雑沓で、（それはおまえを待つ上野駅の雑沓とかわりもしないのだ）おまえを、手のつけようもなくとおくにいるおまえを、欲しながら、その美しい瞬間に眼をとじる。自分の内部におまえをさぐりつづけながら！　こんなにむなしい、あせった心！　かわいそうな僕ら、なぜ愛しあいながら、しかも妨げるだれもいないのに、離れようとねがったりしなくてはならないのだろう。それが僕だけのあわれなファンタジイのねがい、しかもそのねがいは心のなかにうかんだだけで、選ぶことをつきつけられれば、いつもいつもやりそこなって、その実現の近くで自分からすててしまうのだ。もう奈良にはいたくない。きょう一日日曜日のようにたのしく歩きまわってゆたかだったここで夜眠ることは信じられない。どこかへかえりたい。だが、京都、あの三年まえのかなしみのなかで訪れた京都が今夜の僕の、なぜ宿なのだろう。こんな僕をみちびいてゆくゲニウスよ、おまえも僕よりずっとかわいそうだ。墓場までくらい顔してても明るい顔してもついてくるがいい。僕の心はいろいろなことをしておまえの近くをねがう。錯覚やファンタジイがそれを果させてくれるのだが、事実はたったひとつ！　それはみな心のなかだけでのいつわりだ。おまえはとおい町にいる。そしてふだんのように夕ぐれを迎える。そしてただ僕のいないことを、もう会えないことを、すなおにかんがえる。それがおまえのかなしみであることをねがう。僕にとってこんなむごい事実だけ、手にのこる。

こんな自分をいじめることが何になるのだろう。

今日だけのこの弱さはどこかへ行ってしまってくれるように！　そしてこの弱さのつくる悲哀のなかでだけ僕は風景をうけとらずになるように！　この痛みの癒えるように！　おまえを、僕を信じることもむなしいことだ。僕の痛みだけが明るく僕のなかにともる。

もう十五分ほどで汽車にのるだろう。それはうすやみのなかを走るだろう。ただ僕はまたまえとおなじうつろないつわりを、たわむれのようにくりかえすだけだろうか？

＊

汽車は出てしまった。大阪行の急行より二分早く、出るまで僕は迷っていた。あの急行に乗れば！　と……もう京都に向って走っている。

とうとう京都に着いた、にぎやかな町まで電車にのってやって来た。町の屋根に細い三日月がかかっていた——それがようやく僕の旅を祝福した。

いま、アサヒ・ビルの向い側のレストラントですこしおそい夕方の御飯を食べるところだ。すぐ眼の下に新京極から来る人たちが歩いている。この角をまがると、あのにぎやかな町がある。僕にトランクさえなかったなら知らん顔して旅人みたいではないのだが、トランクがすこし邪魔をする。銀座通りをトランクを持って歩く人に僕らの投げる眼ざしをいま僕はうけとっている。

この町の郵便局でおまえにはじめてのハガキを書いた。

十一月二十六日

大学の塀に沿うて百万遍の電車通りを、朝の光のなかに歩いた。本郷よりここの大学の方がこのましい雰囲気を持っている。

落ついたミルクホールのなかで噴水や藤棚のある中庭に光が斑にこぼれているのを眺めながら、牛乳をのんでいる。表のレースカーテンにはプラターヌのかげがうつっていて、今は学校の授業中だから、学生が四五人いるきりでひっそりしている。

三年まえは田中とここによく来た。あの秋のころがやはりおもい出されて来る。きょうはこれからどこか郊外に出てゆこうか……あのころもここでパンを買ってどこかへ出て行った――今は落着いていい気持だ。すこし疲れているような気もする。

どこへ行っても僕は旅にいるような気がしない。そしてどこへ行っても自分の家はどこかとおくにしかないようにおもわれる。

＊

いつまでもひとつところに立ちもとおっていたい。そして別れにくいおもいがすべての風景に熱く灼けて来る。いつもあたらしい、何かみずみずしいひとつところ、移りゆくままに移りゆかせることが切ないくらいだ。しかし絶えず何かを棄て去ることが僕を生かすのだ。このなごやかな朝のこのましい一ときも、ながくは僕を休ませないだろう。見知らないさまざまなものが僕を声高く呼んでいる。追憶が甘いにおいで憩わせる。この中庭も、もう立ち去るときだ。

西芳寺、湘南亭に丸田と行く。

十一月二十七日

夕ぐれ、汽車のなか、窓に月がかかっている。

舞鶴に間もなく着くだろう。

亀岡盆地を走るころちょうど日没まえの赤い空だった、いろいろな人が家へかえったりする時刻だった。――僕にはそれがうらやましく、さびしかった。あの人たちには生活がある、しかし僕には生活がない。ただただよってゆくばかりだ。どこか落着くところはとおくにある。山陰を辿って長崎へ着くまでの彷徨が奇妙にたよりなく、早く着いてしまいたいような気がする。……おまえよりも、あのちいさい母が恋しくなるときがある。やりきれない気持だ。ゆうべ夜中に眼がさめて、どんなによるべなく僕の心はふるえていただろう。もうかえれない、いつかかえることがゆるされる日の来るまでは。何が僕を拒んでさまよわせるのだろう。あの東京のくらい僕の部屋での日々がなつかしくとおく眼に見える。おまえも訪ねておくれだった――

いま汽車がすれちがった、もうすっかり夜になっていて、それが明るい窓をつらねてすれちがって行ったときに、あの汽車にのっていたら！　とかんがえた。どこへ行くのか知らない。しかしあの汽車にのったら、かえれる、かえれそうな気がした。僕はかえりたい。旅が落着かない。

＊

僕は孤独になることをねがったのだろうか。僕はめぐって行っては、そこのだれかれにこだれかに会うことをねがったのだろうか。それを僕はどうおもっているのだろうか。あの Carnet du Bal のかわいそうな彷徨と、どれだけのちがいがあるのだろうか。それのちがいがやがては、僕の彷徨なのだろうか。

僕はひとに迎えられる――この町でも京都で一汽車のりおくれたために、この町の友人は、僕がはじめてのこの町で迷ったのではないかと心配して町をあてもなくさがしに行ってくれている。京都でも僕は一汽車のりおくれなければならないくらい、親切だった。危くその汽車に間に合ったくらいの時間まで、あそこで、僕はたのしかった。

十一月二十八日

僕は汽車のなかで大きな海景を待ち望みながら、おまえに手紙を書きつづけている。海のほとりに出たとおもうとそれはすぐ海から離れてしまう。

僕はきょうはかなり疲れている。途中のどこかこのあたりの海岸におりたいとおもいながら、何か心細くて、早く松江に行ってしまわなければいられない。

泊のあたりでは pathetic に日本海が僕を誘った。しかし、今にも雨の降りそうになった空は同時に僕をためらわせた。僕はまだ汽車に乗っている。……窓の外を過ぎる景色は先刻から carmine を基調にしている。赤い土の色も桃色の壁の色も砂丘の砂の色も屋根の瓦の色も例外なしに、空気自身がうすら赤いようだ。この桃色がしかし北方的にきびしい。

＊

僕は今極端に疲れている。松江に着いたらどうかなるだろう。松江に明日境港から船で行く計企もつくってみてはすぐにくずしてしまう。今夜五時半ごろ松江に着いたら先刻から書きつづけたおまえへの手紙を投函することをたったひとつのねがいにしながら、もう米子をすぎて日はくれた。

十一月二十九日

松江での一日。——水の都。とりわけ北堀町城見縄手のあたりが美しい。いなり橋に立ってその町がはじめて眼にはいったとき、しばらくぼんやりした。古い屋並と水の色と松の木が日本の都会のタブロオを完成している——ドラマティックに。しずかだ。だが、そのしずかさは眠っているしずかさだ。

城は北方的な感じがする。天守閣からの眺めはたのしい。

＊

一日中くもったり晴れたり雨が降ったりして定まりない天候だ。しかし大体は気持よく晴れていた。夕ぐれが来たときに僕は水路のほとりに立っていた。北堀のつづきだ。水はまだ空のうすらあかりを映していて、灯はもうキラキラともっていた。そのとき、奇妙な女の唄の声をきいた。見ると水の向う側の家に髪を不思議な格好に束ねた女がいる。この町の女の狂人だということだった。灯をともさないその窓で、影絵のような女がうたっている。それがこの夕ぐれに奇妙なニュアンスを与えている。普門院というこのお寺では、昔、殿様に女の人が殺されたというはなしがある。そんなはなしのイメージがかさなる。

　疲れは恢復している。そして夕ぐれに、またあたらしい疲れがかさなる。昼のあいだ、はじめて見る町の景色に心うばわれながら歩いていたときにも、きょうは、おまえや母がしきりに恋しかった。とある町角に立って、雨の止むのを待っていたときに虹がかかった。そのまえに、松江大橋の袂で、二重の虹がかかるのを見ていた。二つの虹が、しかし、どれもきれはしだった。

＊

十一月三十日

　風が吹きあれて、空はくらい雲に蔽われ、それが吹き払われる。冬のこのあたりの気候は陽の光に恵まれずに、こんな風にしてずっとつづくのだそうだ。明るさと暗さとが今はまだ激しくたたかっている。きょうは日本海につき出している岬の方へ行ってみようとおもっている。海があれているかも知れないが、舟にのる。――僕の旅の予定はまたのびはじめた。長崎に着くのはすこしおくれるだろう。しかも早く落着きたいとねがっている。ふたつのねがいがいつも胸のなかであらがっている。しかも、傷はやぶれたまま、不安なたよりない身体を旅に駆っている。このごろは咳がやまない、咽喉がどうかなっているのだろうか。……この部屋からお城が見える、身もだえして木のあちらで、うずたかくつもった灰色の雲を背にして、陽をうけているが、しかも黒く暗い。しかし美しい城だ。風はなかなかやみそうにもない、硝子戸の中は陽がさしてあたたかい。きょうはひとりだ。

＊

松江大橋の袂のモリナガの二階で、波立つ宍道湖をながめている。——町の人たちは黒い長いマントオを着て橋を歩いて行く。自転車が行く。朝なので明るい。カイツブリらしい鳥が波の間を行ったり来たりしている。熱い珈琲をのみながら、船の時間を待っている。

＊

ちいさい内海通いの汽船にのりこんだ。低い天井の船室は畳敷きだ、四人ほどが腰かけられるようになっていて、そこに僕は腰をおろしている。乗合はみなこのあたりの人ばかりで用があって旅をするのだろう。何かしらみな話しあっている。耳馴れない言葉だ。陽がまたさしはじめて人たちが足をのばした畳の上に窓の形を映し出している。発動機がゴウゴウ言っている、油くさい臭いが風にまざっている。陽は絶えず弱まったり強まったりしている、ようやく発動機が動きはじめた、船体はこまかく揺れている、……窓の外はちいさいながら、港のような空気がある。白い発動機船がいくつももやっている。船はもう動きはじめた。

＊

船はこまかくふるえる、それの発動機のために。波はまだひどくはない、船ののこした大きなうねりが後の方に波をつくっている。硝子戸などがふるえてしきりにこまかい音を立てている。僕は甲板――といっても船室のまわりに二尺ほどの幅でまわっている貧弱なものだが――の上に立って、そのふるえる壁に身をもたせて景色を見ている。平凡な風景が移ってゆく、冬枯れしたあしやよしの水辺には人の姿があまり見えない。今、ようやくこの水道をすぎて、内海ながら、ひろい風景のなかへはいろうとしている。波がひどくなるかも知れない。

海に出てはじめて眼を打ったのは長い岬がゆくてにつづいていることだった。そしてその岬の真中の一部に、白やキラキラする白茶のサイコロを並べた町があり、その左手に可なりな長さにわたって砂丘のつづいていることだった。陽がそのときはさしていた。その砂丘のうしろには一段とおく山があり、そこに雲のかげがとおっていた。明るくて花やかだった。間もなくその雲のかげがひろがった。光を失うと、その風景は、あまりに美しくなくなって、船が舵をかえるまで長いこと見えていたが、今はもう見えない。波がかなりあって船体はかすかに横ゆれする。ときどきしぶきがこうやって書いている甲板の近くにまでとぶことがある。今僕は舷に腰をかけて非常に危い姿勢でこれを書いている。

雲がかなり多いが、ところどころきれていてこの船の向っている岬には陽がさしている。船もときどき陽ざしをうける。海のところどころがキラキラしている。方々で白い波が立っている。陽のさしている岬に雲のかげがとおり、それが突端のわずかを残して、間もなくすべて蔽ってくらくしてしまう。とおくの方にまたひとつの岬が見えはじめた。その岬の向うにちいさい山が頭を出している。

僕はどんな地形のなかを、どんな線をひいて走っているのだろうか。

＊

甲板の場所をかえた。——はじめて見た岬が真近に、そのかげにとおくまた海が、そして長い松原が、その向うに大山《だいせん》が見える。後の方に光が一すじ海の上にある。大きな景色になった。僕はだまって見ていよう。船がゆれてもう書けない。

＊

甲板の上に立ってじっとしていたら、すっかり寒くなった。いま、外江というところを過ぎた。——しばらくまえに左舷に切り出している赤土山が見えていた。あらわな崖が海にぶつかっていて、わずかな樹木がいただきにあるばかりだ。裾のところに片ながれの藁葺の小屋がある。心細い小屋でだれが泊るのだろうかとおもう。……船室のなかもやはり寒い。先刻からのったままの人たちが寝ていたり、ぼそぼそとはなしあっている。内海通いの侘しい発動機船の曇った午後という芝居のようだ。空にはだいぶ雲がまして来て幾重にもかさなりあっているところもある。しかしそれでもときどき陽がもれたりする。……境港に着く。一人の人がおりる。挨拶をかわしたりしておりてゆくのがこのましい。

＊

光と眼とがあってはじめて僕は風景にとりまかれる。船が境を出ると間もなく長く突出た突堤をすぎて日本海が見えるあたりに来た。水平線がジグザグを描いているのだとはじめは見えた。しかしそれは水平線ではなくて途中で波がおこっては消えて行くのであった。白いけものと黒いけものとがたわむれあうように波は沖でさわいでいた。はじめて日本海が大きな海景で眼のまえにある。しかも右手には大山がその裾を直接に海にスロープをおわらせている。船の舳先に立って僕は見とれている。

岬にかくれたところに港はあった。針路をかえて、大海の眺めはまたちいさい湾にかわってしまう。

＊

今、ひとつの岬のいただきにいる。松の茂ったベンチに腰かけていると、日本海が左手に、中ノ海が右手にはるかにひらける。陽が海の或る部分にキラキラしている。陽のあるところは明るい青緑色にかがやくが、一体にくろずんだ灰色に光っている。風がわたってさまざまな波紋を描いてゆく。沖には白い波が立っている。大山はちょうど真正面にある。下の入江には平和な港村がある。この海の表情をいつまでも眺めていられたら！　松が風に鳴っている。出帆の合図の笛が下の港できこえる。発動機船がかえって行く。あれが僕をのせて来た船だ。ここで僕はあれを見送ってやろう。何とちいさな船だろう。あの船首に立って僕は日本海の大きな海景を見たのだ。ポンポンという音はなつかしくいつまでもせい一ぱいに音たかくひびいて来る。僕をいい風景に連れて来た船よ！　元気よくいつまでも航海するがいい。

＊

海はなんと不思議に早く表情をかえるのだろう。すこしもためらうことがない。スポットライトのように、すじになった光束が海の面にぶつかって、そのあたりだけが明るい黄色のメタリックなかがやきを持っている。ほかはしずかなひろいひろがりに風の描く波紋がゆるやかに円形をあらわしたり消したりしている。とおい沖の方は濃青色だ。そして憂愁ふかい北海の姿だ。――しかしうすい陽が雲間をもれると銀灰色にさざなみがほほえみ出す。そしてその光のあたりに松のかげが表情の中心になって、ほかは息をひそめたようだ。陽があたると今このあたりが斑にうつり土の色が明るい。下の港村では花のように明るくなる。眼はそれにさそわれる。陽がかげるとつめたい風がすぎ、とおい方の光をもとめて、眼はとおくへまた行ってしまう。ほんとに風がつめたく手はかじかんでいる。しばらくしたらここを下ろう。

空が晴れた。海は青くなった。陽が明るくさしはじめた。僕の眼は歓呼する。とまれと声をかけたい瞬間だ。空と海とが対話している。そのなかに僕の心がながれいる。風景が至上の祝祭だ!

＊

一日がおえて、ようやく北堀の町にかえった。灰色の空が低くたれて、しずかな町並みがある。すこし疲れて、頭は重い。この平和なもう灯のともりそめた一隅に、どこからか、寺院の鐘が鳴っている。古い小家がみななつかしく夕ぐれを迎える支度をする。風も和ぎ、寒さもやわらかい。

十二月一日

朝。日があたっていて、出発する。早く目がさめたので、日が出るのを見た。朝の光のなかにかがやいた城。

＊

いま汽車は宍道湖に沿うて走っている。ひろびろとした眺めがつづいている。のこして来た松江もだんだん見えなくなって、おだやかな波だけ揺れている。対岸の島根半島の山が斑に陽をうけている。湖に沿うて白っぽい土の道が平らにつづいている。乾いた砥石のようなそのあちらに、あるときはじかに水が、あるときは藪《やぶ》をあいだにおいて水がひろがる。湖には船もない。ときどき鳥の群がいる。またかさなりはじめた雲が微妙な色合いを水面にうつしている。——いまはじめて船を見た。一艘小舟が艪であやつられて行く。……そのあといくつもそういう船が浮いていた。釣をしているのかも知れない。……

＊

日御碕《ひのみさき》にて——

燈台にのぼる。はじめて日本海が全円となって眼のまえにひらける。海は昨日より一層美しく、瞬間に向って、とまれと僕は呼びかけたいのだ。真昼だが空は曇っている。それで海は光っていない。硝子を厚くかさねたときの青い色をしている。波だけが白く砕け散っては、ざあざあと鳴っている。四十三米の高さなのだが、下を見てもそれほど高いとは感じられない。とおく日本の島の西端の方がかすんで見える。石見《いわみ》の山々も見える。水平線は満州の方につらなっているのだ。

＊

もうあのクライマックスをすぎて、日本海が今は汽車の窓で余韻のように移ってゆく。もちろん、ひろびろとした海景なのだ。日御碕あたりの半島がもうとおくなって、まだ、見えている。長浜の海岸も白くつづいているのがまだ去らない。——崖の上をとおる。白い泡を嚙んでいる波が眼の下に見える。その色は青竹色を底におし沈めている白だ。岩は波の間に見えかくれている。……こんな崖の上をトンネルをくぐりぬけながら、ひとつごとに大きな海景をつくり出す。……だがいまはそれがみな先刻の燈台の上の海景の余韻のようにおもわれるのだ。水平線のはるかさも海の色も何もかもひっくるめて、この感動は、先刻の感動からつづいている。そしてこの感動にようやく僕は馴れはじめている。

大きな波のうねりが岩礁の多い岸や崖にぶつかるのが次から次へと見えてはまた過ぎてゆく。僕はもうこのノオトをやめて、じっと眼でその景色を見つめて過ぎよう。貪欲な眼は、しかし、あきることはないだろう。

＊

夕ぐれ近く、くらくなりかけた海のほとりをとおる。三保《みほ》三隅《みすみ》などという駅を過ぎる。黒い海、暗澹とした空、岩礁にぶつかる白い波、群がって飛ぶ海鳥のくらい一群（そんななかで焚火の焔が燃えているひとつの岩）ひっそりとした家をすぎると、灯をともしているのだろうか、あまりひっそりとしていて、それさえわからない、くらい部落を通り抜ける。二三軒明るい電気の洩れている家がある。どんな家なのだろう。かえっていぶかしい……岡見の駅……うすぐらいプラットフォームから釣のかえりの人たちがのりこむ。たちまち車室いっぱいなまぐさくなる。

＊

僕の眼が憎悪の色を帯びたのはいつからだろうか。いま僕はこの地方の人たちに対して極端に不信である。無智で残忍な容貌と、その聞きとれない会話と、他人のことをふみにじる行為とで、事実のなかでそれらの悪徳の一切が、この地方の人たちから僕に与えられる。僕の反撥もむなしい。

＊

いま僕は疲れたのだろうか、嫌悪の情すら感じながら、夕ぐれのすぎてゆく黒い海を見つめている。水平線のところにだけ一すじ明るんだ薔薇色がまだ悔恨のようにのこっている。僕はおまえに伝えようと努力しながら、一つもこの風景を描いてはしない。ただ僕の言葉がむなしく廻転するばかりだ。それなのに眼にのみ僕を奪われずに、同時にここに書きしるそうとしている。僕の見たものをさえ僕は手に入れなかっただろう。いつもこんなことばかりしている。僕自らの追憶のためにもこんなことが何かになるかしら、それよりも、だまってじっと見つめていたい。おまえのことも忘れつくす。そして眼に僕の一切をささげてしまう。この漂いゆく不確かな眼に――何かをひきとめようとするあえかないのために、このついに不毛の営みに、情熱を奪われないように！

＊

すっかり夜になって海のほとりを汽車は走っている。僕は横になっている。もう硝子に額をおしつけて、不思議に明るい海のあたりを眺めようともしない。しかし昼だったらいままでのどこにもまして汽車は海の近くをとおっているらしい。低く波打際とすれすれに松の林のあいだやじかに海に、それから、あかりをともした家々のそばなどを。……僕の眼はかなり暗くなるまで一しょう懸命外を見てみたが、今は、明るい車室のなかで身を横たえている。今夜は萩に泊ろうかと考えていたが、下関までまっすぐに行ってしまおうという考えがおこって、それがだんだんに大きくなって、たしかになってゆく。下関には十一時すぎて着くのだが、萩に着いて明日の朝早くまた汽車にのるのよりましだろうとおもう。

下関の駅前旅館。——侘しい三階建の旅館だが何かしらいいところがある。たとえば僕が便所を教えられて便所だとおもって戸をあけると、こわれた椅子だの何かがくらがりに積んであって、便所は脊中の方にあったことだの、お風呂はいらないというとお風呂は銭湯へ行ってくれといわれたことだの。……駅前に立っていた円タクの助手のような男にここまで連れられて来てしまったのだ。三階の窓から見ると、前は電車通りで、神谷町で待っていた築地行の電車とおなじ車体の電車がとまる。その音が轟々したり、もう十二時近いので店はみなしめているが、人がときどきとおり、灯がまだともっている。久しぶりに町に「かえって」来たような気がする。一週間以上になる、こんな夜更けての町の雰囲気を見なくなってからもう……下関ホテルという安ホテルらしいのがあったから、そこへ連れて行ってくれというと、案内の男が何やかや言ってここへ来たのだが、この侘しさもわるくはない。しかし、もうすこし宿をさがして冒険してもよかったのかもしれない。下関駅の夜更けの感じは上野駅のプラットフォームによく似ている。終端駅だからだろう。九州朝鮮行と指さしてあるのがかなしかった。

ここでは門司の灯が家のあいだに水の向うに見えている。あれが九州なのかとおかしいくらいに近い。……ときどき連絡船が汽笛を鳴らす、発動機船のポンポンという音がきこえる。汽笛の音、電車の音、人の音、雑音、何もかもひっくるめて町の雰囲気がなつかしい。こんなに町はいいものだったろうか。それにここの町の港町のことや、本州の西端れだということや、まだ僕の心を魅する何かがあるのだろうか。汽車のなかでのものがなしい気持が、そのまま形をとって、そのものがなしいままにいまは僕をいたわってくれるようだ。僕のしてしまうやりそこないも、ぐずぐずしてそのくせあわてているのも、みなそのままにそのやりそこないの行いが、翼を生やして天使になって行くように。そして、この、すりきれた畳や古ぼけた柱や建具やまずしい家具のなかで、だんだん心がなごんでくる。もう自分をいじめようとはおもわない。しずかに眠れるだろう。

＊

町が久しぶりに、おまえの近くのようにおもわせる。夜更けて歩いた幾夜かのように。この見知らない町も、その時刻の表情は見知ったものだ。おまえは、今、僕が、どこにいるだろうと空想しているだろうか。あの二階で、もうおそらくは眠りのなかで。

僕は昨日よりは、ずっととおく、おまえの町から離れてしまった。しかし、かえって近くに帰ったように、ほっとして、おまえのことを、おまえのやさしさを、かんがえている。

十二月二日

昨夜はひどい雑音で眼がさめた。まだ夜が明けないうちから眼をあけている。町の雑音にしてはざわざわしすぎる。朝、光がだんだんさして来て、人たちがはたらきに出かけたりするころから、ようやく町の雑音らしくなる。ここはいかにも駅前らしく、そして向側に一列並んだ家のあちらは港になっていて、船がたくさん帆柱を立てて並んでもやっている。貨物が積まれたりしている。——ずっと空は曇っている。対岸の門司はぼんやりかすんでいて、白い煙が薄墨色の船の姿がただよっている。そのあいだの水を裂いて船がとおる。——昨夜、この部屋は Carnet du Bal の Blanchard の部屋のようだとおもったが、窓には起重機も見えている。つとめの人たちが出てゆく時刻だ。僕もそろそろ出かけよう。どこかしら歩きまわろう。

きょうはいよいよ九州へわたるのだ。はじめて見るあたらしい島が、ようやく、すぐ眼の前で僕を待っている。

＊

ゆうべの宿は下関ホテルよりも、これで上等だったのかもしれない。下関ホテルよりもすこし高かったから。そうすると下関ホテルは一体どんなところなのかしら。……今度来たときには、泊ってみよう。

＊

関門海峡を渡って、九州にはじめて入った。門司の町は駅のなかだけで素通りしてしまう。船がだんだんと九州の島に近づいたとき、霧にかくれていた山々がはっきりと見え出し、それが意外に高いところに、頂上の黒いスカイラインを描いていた。ふりかえると午前の光をうけて下関の町は、はっきりと見える。山がすこしかすんでいるきりで、こちら側が見えなかったのとは大分ちがう。――とうとう来てしまった！　汽車はもう走っている。車室のなかの鉄道略図も、もう九州地方のそれにかわっている。

＊

丸柏百貨店喫茶室にて――
九州ではじめて微笑で迎えてくれたこの建物。僕はこのハイカラな部屋で古い思い出や何かと一しょにいる。武の苦労した電燈が天井にさがっているし、あのアイランドの飾窓がある入口のあたりのプランはいいプランだとおもうし、久しぶりで不意に親しいものに出会ったような感じだ。僕はコオヒイをのみ、ボソボソしたパンのサンドウィッチを食べて、おひるにする。そんな食事が、どんなにたのしいか。しかし武もおまえもそばにはいない。東京駅の夜のことが、また記憶にかえって来る。そんな記憶をここで僕はだいじにおもい出す。陽がさしていて、ここは東京のどの喫茶店にもまけないくらいだ。

＊

博多に着いたのは三時だった。南の町らしく空は明るく青くなって来る。汽車のなかは暑いくらいだった。冬のままの身なりで博多の駅へ降りたときはすこし汗をかいていた。二つ三つ前の駅から松原がつづいていて、その松原の向うに海が見える。その海も山陰の海よりもおだやかで、「花がたみ」を優婉に美しいと評した言葉をまねていいような美しさだ。細い砂浜がつづいている。その色が明るい橙がかった白で、海や空の明るい青さと優しく調和する。空の色はセルリアン・ブルーだ。そのすきな青がうすくひろがっているのを見たときの僕の眼のよろこび！　はじめて出会った南方が何より先にこの空の色をひらいたのだ。博多の町を市内電車でゆく。事務所デザインの建物がいくつか見える。みなよくない建物ばかりだ。町のはずれで降りて訪ねる家へ行くと、つきあたりは海がひろがっている。

＊

北九州の工業地帯をひるすこしすぎの光のなかで見た。今はまた何もいえないくらい心打たれた。技術の美しさとでもいうのか、巨大なマスの美しさとでもいうのか、おそらく、その両方なのだろう。八幡製鋼所あたりの巨大なブロックは眼を奪う。そのあとの山々の自然のみすぼらしくあわれに見えたこと！　この種類のものの人を奪う力は何だろう。浜口たちと語りあいたいテーマだ。

十二月三日

朝、博多湾の見える窓で机に向ってながめている。はじめて北京に手紙を一通書いた。ここから東京へも一日で行くし北京へも一日でゆくという。朝九時に出すと午後三時には着くというのでうれしく手紙を書く。

ゆうべ矢山君に会った。……強そうな高等学校生徒だ。きょうはこれから方々案内しにやって来るという。

＊

午前の光のなかでブラジレイロという陽のさんさんとさす喫茶店のなかで、矢山君とはなしをしている。川に沿うていて川のあちらに県庁の建物が見えている。あまりあたたかく気持がいいので、いつまでも、ぼんやりとしている。

＊

久留米まで筑紫の野を電車で走ってやって来た。今デパートの五階の食堂で走り過ぎて来た野をながめている。光があまりにもあたたかく、うすい靄がなびいている。とおく近くに低い山々が黄ばんだ色をして、それが紫色にまで弱められて、かこんでいる。空は限りなく明るく青く、さっきまであったちいさい白い雲もない。……あまりにも冬がここにはない。そしてこの気候が長くつづくのだという。山陰とのちがいが強すぎる。ここは南方だ。もう僕の所有出来ない、しかし、つねに僕を誘うあの気圏だ。

＊

柳河《やながわ》にて——

夕ぐれの水路のそばにたたずんでいる。

柳の並木が水路に沿うてつづいている。水はゆるやかにながれる。底は浅く青黒く藻がゆらゆらしているのや茶椀のかけらが見える。水路の向い側の家に西陽があたっていて、それが水にうつって水が明るい。しずかな屋並がつづいている。子供たちだけがあそんでいて犬が吠えている。犬が喧嘩している。人がときどき通って行く。ものしずかな夕ぐれだ。

今夜はどこへ泊るのかまだわからない。長崎行はとうとう一日のびてしまった。柳河の町に二軒の宿屋が侘しく僕を待っているが、どれをえらぶかまだきまっていない。矢山君がそばにいて、長いことだまって水を見ていたがいま何かはなしをしている。陽が今沈むらしい気配が西の空で。水の色がすこしずつかわって来る。いつまでもここにこうしていたい。この夕ぐれが水の上で、しずかにかわってゆく迹《あと》を辿りたい。だがそれも拒まれているのだろう。今夜の侘しい宿りへもうそろそろ行こう。僕の長い放浪のおわりをかざる美しいレースのようなたそがれよ、もう僕はおまえを見捨てる。

*

あれは夢のなかでだったろうか、まだ覚めていてかんがえていたのだろうか。僕はおまえに長崎から電話をかけることをかんがえていた。――いつものように、電話口では、無口だった。それが不安だった。とぎれがちに、僕の自分の声と、おまえの声とが心に浮んだ。おまえの声はあまりにもありありとしていて、それをたどって行くと、やがて僕はいおうようもなく悲しくなりだした。おまえと会う約束の時間をきめようとしている。そして場所がまたなかなかえらべない。……そんな記憶が心にかえって来るのだ。じりじりして電話のところにだまって立っている。あまり不安になるので呼びかける。短い言葉で返事がある。その短い言葉だけがいつまでも僕の心にのこったまま、この夢想の電話もいつかきれてしまった。僕はいつまでもおまえの名を呼びつづけていた。そしてそれはもう眠ってしまったあとだったのだろうか、それから眠りにはいって行ったのだろうか、僕の悲しみがいつか虹のように空にひろがって行ってしまった。おそらく頰に涙のながれたまま。

十二月四日

雨戸にまるい陽の像がいくつもキラキラしているなかで眼がさめる。——きょうは日曜日だとしきりに考えている。

疲れはうずたかく積ってしまって、朝になってもまだそれは消えやらない。だがもうきょうの夕ぐれには旅のおわりに落ち着くのだという安心がこの疲れを心持よわめている。そして勇気をふるいおこさせる。だが何ととぼしい勇気！

秋篠寺でのことをなぜかしきりにおもい出す。切ないくらいにはっきりとあの午後の光のなかで白く乾いた土のことや民家のたたずまいや、出会った人たちのことなど、……僕の腰をおろしていた短い時間、そのあいだに心にうかんだきれぎれな思いがまたくりかえして心を過ぎてゆくようだ。——ここがもうあまりにおまえからとおい、とおくておまえに会えることなどかんがえられない。あのときはまだそれが容易なことのようにかんがえられた。あれから十日あまり、毎日毎日、僕は西へ西へ、自分の西の限界をひろげながら、こんなところまで来てしまった。きょうはとうとう今までに行き得たいちばん西の端に行き着く。そしてそこは僕たちを距て得たいちばんとおい距離だろう。……きょうは日曜日だとしきりにかんがえている。その日曜日は僕にもおまえにも共通だ。しかしその共通な日曜日が何とあわれにちぎれちぎれであることか！　おまえは大切におまえの日曜日をどうしてすごそうかとかんがえているだろう。そして僕はもう日曜日だということさえ、人に言われるまで長いこと忘れていた。おまえは今日をどうしてすごすのか、それをかんがえはじめると奇妙な嫉妬のような感情が不安に高まって湧いて来る。なぜだろう?

＊

最後のためらいのように真昼の佐賀の町をぶらぶらと歩きまわっている。頭はぼんやりしていて眠いような疲れた気持だ。佐賀の町は汚い古ぼけたつまらない町で、デパートの入口は八百屋の店先のように乱雑に果物がつみかさねてあったりして、おそろしくへんな雰囲気だ。

バスのなかで小麦色の皮膚の可愛らしい少女がいた。母親らしい中年の女の人とはなしをしているが、僕にはそれがきこえても何をはなしているのかわからない。笑うたびにすこしくずれた歯並びの白い歯が見える。これが南の国の美しい少女の顔のタイプだろうか。それはまだわからない。非常に明るく快活だ。しかし小麦色の皮膚は一種の憂愁をたたえている。それがこの少女の顔に奇妙な調和を与えている。

＊

佐賀駅で——いよいよ最終のコオスの汽車を待っている。〇時五一分に急行があるが、僕のためらいは一時一二分の普通列車をえらばせるだろう。一時間半ほど長崎につくのがおくれるのだが、その方が今の気持のたゆたいに甘く気に入るだろう。……こうしてとうとう最終のコオスだ。汽車は間もなく来ようとしている。

＊

長崎行急行列車のなかで——

いよいよ最終のコオスを汽車は走っている、ためらいながらも急いでいた僕の心そのままに。……風景はかわらない九州の平野だ。刈りとられて人の背ぐらいに積んである稲の束が田のどの区劃にも列をつくってならんでいる。それは非常に夥しい数だ。正午すぎて間もない光が一様にそそいでいる。ときどき家がむらがったなかや停車場をとおりすぎる。右手の窓には山がとおくに見えているが、あれはどこの山だろう。……突然この汽車をえらんでしまった僕はどうしたのだろう、四時半ごろの日没に着くのをおそれたのかしら、それともべつにどんな理由があるのかしら、つい出るまえまではのらないときめていた汽車にたった一分ぐらいの時間にあわただしくきめてしまうなんてどうしたのだろう。いままでこの旅行中全コオス急行などにのらずにたゆたいながらやって来たのにそれを完成させなかった。しかしこんな心のいそぎをべつに僕はあやしんでも後悔してもいない。……たそがれようとする時刻に長崎に着くのをえらばなかったのも、こうなることにまた何かあたらしい意味が生れるのだろう。……僕の疲れは僕を神経質にし行動をとりとめなくしている。すこし不安だ。だが、これにもあまり不安にならない方がいいのだろう。この行為が案外僕の心をくらくしている。こんなくらい心で疲れた心で、とうとう行き着くのだろうか。どこかでこの心が光に転じられなくてはならない。

*

汽車はいま有明海のほとりを走っている。水がすっかりひいて長いひろい砂浜がつづいている。先刻すこし曇った地方を通ったが、今は明るく晴れている。空の色がまたあたらしい青さをひろげはじめる。暗いものをみな忘れてしまうがいいとおもっている。そしてそれにうまくゆきそうだ。……海には帆かけ船がたくさん出ている。網代木《あじろぎ》のようなものが明るい橙灰色に陽をうけている。波はじつにこまかく岸によせて来る。トンネルをいくつかこえるとだんだんにひらけた景色のなかに入ってゆく。海辺はいつか干潟でなく水が鉄道線路の下の岸にまで近づいている。……こんな簡単な言葉でいっていいのだろうか。――しかし僕はこの風景になごやかな南方を感じる。そしてその南方をくみたてているものはいまはただこの眼でその甘美な切ない気持のままに辿っている。土のインディアン・レッドの赤さやそれがこまかく砕けた砂の色。そのときその色はミルクをたくさんまぜた紅茶の色のように光を帯びている。そしてそれに対立する青、水と空のふたつの語りあっている青、それからいくつもの帆前船たち、雲の色……僕の眼はそれらをうつしたまま、だんだん心は明るく和んで来る。

この汽車にのったことには意味があった。——この食堂でこうやっているのがこころよい。いま白い靄を溢れさせた沖のあちらに、ほのかに山が浮んでいる。あれが雲仙《うんぜん》ではないかしら。先刻一度窓にあらわれてそのスロープの長さで眼を打った、あれが今、あそこに見えだしたのではないかしら。かすかにそれが見えているのは僕のとおい期待のようだ。陽がちょうどこちらの窓にはいって、海がキラキラとこまかい漣《さざなみ》を光らせている。海の上には水蒸気が立ちこめていて、水平線ははっきりと見さだめられない。……いつもははっきり見えるのだが、きょうはかすんで見えないのだ、給仕の女の人は言う。——いま野を通りすぎる。藁葺の小家や棕櫚《しゅろ》の木のあるひろい刈りとられたあとの田が海の方にゆるやかに傾いて行って、そのあちらにまた海がつづいている。そのホリゾントは靄のなかの島原半島だ。この広さの美しさ！　……このあたりのすすきはパンパス草のようにむらがって生えていていてよわよわしい趣がない。それがこの広さに調和する。「女誡扇奇譚《じょかいせんきだん》」の安平港のような荒廃した港を過ぎる。これもまた僕に南方を告げる。

だんだんまた海から汽車は離れはじめて、ひろい野に入って行く。次は諫早《いさはや》だと拡声器が告げている。

＊

あと半時間ほどして僕は長崎に着くだろう。とうとう終りになる長い長い旅！　僕はこの終りを待ちのぞんだのだろうか。待ちのぞんだとしたら、それは今から半時間に次第次第に高まって来るこの気持の行き着く限界だろうか。長崎は、今、たいへんに高い意味を持って僕の身辺にやって来た！　身を投じることを僕に要求しているこのひとつの限界——ついにひとつの実現がいまはすべてのためらいと道程を超えて僕のうちに果される。長いこと夢想していたひとつの生活がいよいよはじまろうとするのだ！

海は今度は右側の車窓に入江になってはいりこんでいる。光の具合かその海は有明海にくらべて南方的でないようにおもわれる。それが僕には風景までが何だかためらっているように見えるのだ。だがそれはただ海をかこんでいる低い山々のせいだろうか。

汽車はいくつものトンネルをくぐりぬける。大きく大きく彎曲した線を描いてこの海のほとりを走って行く。そして、だんだんとすべてが終りに急いでいるのだ。そして終りが僕のまえでまたあたらしい生活の端初となってひらけるのだ。そのための、これはひとつの祝福のようだ。今僕の眼に映っている内海の平和なおだやかな風景は！

*

蜜柑山を汽車はとおる。石段で段々畑になったところに赤く熟れた蜜柑を樹いっぱいにつけた木がたくさんならんでいる美しさは、林檎山の美しさとは全然異質の美しさだ。

わすれていた希望や夢想がはげしく波立って来る。

今、ひとつのかなり長いトンネルにはいっている。これをくぐりぬけるとおそらく長崎の圏ではなかろうか！

＊

とうとう僕の眼は、浦上の天主堂が丘の上に、ちいさい花のように赤く建っているのを見た。……それからあとは汽車は一層早く長崎にいそぐ。……ああ僕は、ついに、着いた！

＊

日がもう暮れはじめた。僕は先刻からこの武君の家の一室でねころんで高い窓から空をながめている。疲れてしまっていて何をすることもかんがえない。もう旅をしないでもいいのだとおもうとかえって何かしら不思議な落つかない気がする。荷を解いたら、なかから十日もまえにあわただしくこしらえたものが、散らばってばらばらに出た。僕を形づくったりささえたりしているこんなさまざまのものが、奇妙に過去の過失の記憶に僕を誘うようだ。そんなものがこの部屋にあることがいたいたしいような感じもする。なぜこんなところにまでそれらは蹤《っ》いて来たのだろうか。……

南山手の下宿はまだ正確にはきまっていないらしい。それですこし心細いけれど、それよりも、この異質の南方で僕の生活はどんなにして形づくられてゆくだろうか。いい部屋におちついていい仕事だけをしなくてはいけないし、そうなるような予覚でみちている。しかし、何かしら孤独がひしひしと感じられる。そのような孤独と共に、僕の悲哀は、切りたてのアルミニユウムの断面のように、今はキラキラ光っている。時がまだ手をつけないままに、痛いくらいだ。

盛岡や弘前から手紙が来て待っていた。それをよみながら、あの北方の秋を追憶した。僕があの秋の北方からここまで来たことの意味はおもっていたより一層ふかい。呉服町から肴町《さかなちょう》への町で、夕ぐれて来る空の下で小山たちと歩いたことがいまその意味の消え去った対話と一しょに心に深く根をおろした。

……荷のなかから束にしたおまえの手紙が出て来たときに、僕は心臓がしめつけられるようだった。おまえの手紙や古いノオトがおまえをここまで呼びよせる。しかしそんなおまえの幻が一体何だろう!

今、すべての風景も形や線を心のなかに失って、ただ深い根源でそれが僕にまで結合する。僕の悲哀にみちた心は希望をどこかに信じながら、形もなく溶け去ってここに横たわっている。空は夕ぐれてゆくが、南の国では夜の来るのさえおそいのではなかろうか。

日曜日の夕ぐれ、天からやすらいがしずかにおりて来てあかりがともりはじめる。……

おまえの町では——？　ここはどの位そこからとおく離れてしまったのだろうか！　鐘がどこかの空で鳴りはじめる。僕の心はそれをきいている。すっかりすべてを忘れてしまうようにと、またねがいはじめているようだ。そして忘れてとは一体どうしたことだろう。あわれな追憶よ、希望よ、心のなかの一隅よ！　おまえの町の夕ぐれを、僕の心はこんなところにまで来て、この夕ぐれにしずかに描きはじめている。日曜日のおわろうとする、あのあわただしいかなしい雰囲気のなかに、そしてくらくなりはじめて灯がともりはじめるあのときの愛情の上に。——

十二月五日

眠りにくかった一夜のあと、はげしい疲れのなかで眼をさます。小学校の庭からざわめきがきこえている。

疲れてしまって起き出る元気がない。不安にさびしい。こんなにとおくまで来てしまったことや、落着いたら急に元気のなくなったことや、いろいろのものがかさなる。……しきりに母をおもっている。母のところへかえりたい。何やかやひっくるめて、生活のことが心細い。おまえではだめだ。母でなくては、どうにもならない。だがそんなことを言ってもどうにもならない。——心も身体にまけないくらい、疲れてしまっているのではないかしら。

＊

熱っぽくつかれた身体をこの町にはめずらしいのだという冬のような曇り空にひどい風の吹くなかを南山手という方に野村恭二君に連れてゆかれる。ひどくうらがなしい日だ。いくらか寒く感じられる。大浦の白い天主堂の見えるあたりで電車を降りる。そのあたりはもう古ぼけた洋館が沢山あった。坂をのぼるととっつきの宏壮な洋館が、そこが僕の借りようとする部屋のある家だという。茶色のペンキのもう剝げかかった古い建物が黒ずんだ木のあいだから暗鬱な空の下にある。僕の心は期待におどった。と同時にそのあまりに荒廃した外観にすこしの不安が湧いた。赤煉瓦の塀に沿うてすこし行き、門をくぐると、中は乱雑をきわめていた。勝手な配列で建てられた幾棟もの洋館のなかには、幾家族も住んでいて、ひもをはってシャツをほしてあったり、ザルなどが窓にかかっている。おまえはどこかこういう家を東京のなかにさがそうとするなら、よほどひどい町へ行かねばならないだろう。そのひとつの棟にはいって行った。家主の部屋をノックすると、留守らしいので、その部屋にのぼって行く。階段は窓がないのでうすぐらい。踊場で身をひとつまわすと、次ののぼりは全く暗く、二階に行き着く暗がりのなかに乱雑に椅子のこわれや何かが何が何だかわからないままにうずたかく積んである。そのなかでようやく名札の剝げている扉を見つける。それをあけるとものの腐るようなにおいのする八畳あまりの天井の高い部屋があった——八畳というのは粗製のスクリーンで仕切ったので、ほんとうはその倍くらいの部屋らしい。マントルピースらしいものが入口側の壁に着いていて、その向い側の窓には大きな環をつけたカーテン・ロッドが用意してあって、カーテンはなく、窓の外には暗澹とした空と、その背景の上にこの家とおなじような荒廃してペンキの剝げた洋館がある。その内部にも幾家族も住んでいるのだろうか、乱雑に生活のきれはしが見えている。隣りの部屋が明き部屋だったら、ひとつの部屋はこれをなおしてそこへベッドをおいて住めるだろうとおもいながら、外に出て、隣のひっそりとした部屋の扉をひらくとじつにちいさい婆がまるくくるまって寝ている。病気らしく、ひとの気配におどろいたのに起きられないらしい。部屋のなかには家具らしいものもなく、その人一人じっと天井を見て眠っている。……僕はあわてて扉をしめた。すぐそばに暗い汚い洗面場があって、いろいろな汚れたものがうずたかく積みかさねてあった。僕はオーバーブリッジで次の棟につづいているそのブリッジの上まで、光が欲しくて出て行った。向うの棟にもやはり人がいて、魚の干物など窓に干してある。その棟についている屋外階段を降りてゆくと鎧戸のなかで一人の女の人が野菜をきざんでいる。その人に家主はいないかとたずねると、いないらしいなら留守だろうと答えてくれる。あきらめて外へ出ようとする。煉瓦の塀は行きどまりでまたまわって家の間を通りぬけ、入ったのとは別の門に出る……

蝙蝠館というのはこんなところではないだろうか、これが僕の夢想であるならば、僕はこのなかで生活出来よう。しかしもし僕がこのなかでくらすなら僕の身体はめちゃくちゃになってしまう。僕が長崎まで、あれほど夢みながら自分で出来ると信じてやって来たこの生活の夢想が僕の身体につきあたってくだけてしまった。……なぜ長崎まで、それなら来たのだろうか。僕の夢みていた、そしてはっきりとそれが僕の夢だと気づかずに、大切に大切にしていた、こんなひとつの生活の夢想を、しとげようというねがいだけではなかったろうか。偽画という雑誌に僕がはじめて書いた間奏曲というあのロマンがひろげているものを、きょうの僕がいつか実現にまで持って来られそうになったとばかりおもいながら、僕は自分をいつかこんなとおくまでひっぱって来た、いろいろなものをふりきって。——しかし、待っていたものは、僕の肉体の限界だった。そしてその限界は残酷に僕を拒絶する。この限界をつきやぶることにロマンティクを感じるのはいやだ。これをこえて限りなく惨落してゆくデカデンツを僕は反撥する……ここまで来て僕の夢想は、もう、くずれてしまった。それならなぜ長崎にいるのだろう。もうかえった方がいいのではないか。

僕には冬枯れの南方のすべてが索漠として見えはじめた。この町のメインストリートに出たとき、いらだたしいまでにかなしかった。僕はインキとペンを買い野村君と一しょに天井の低い喫茶店で珈琲をのみまずいカステラを食べた。長崎でもどこでもカステラがおいしいのではないという。おいしいのはたった一軒だという。僕はだんだん索漠としてなさけなくなって行った。……

野村君と橋の上で別れて眼鏡橋をぼんやり見ているると急に西日がキラキラとさした。はじめて救われたような気になった。しかし、やはり僕はこの町で自分が生活出来るかどうかわからない。ひとりきりで細い町をすこし歩いて、武君の家にかえる、すっかり疲れきっている。

＊

夕方、熱をはかると、三十八度五分あった。――急に出たのではないらしい。疲れたとばかりおもっていたのが熱だったのだろう。病人になってしまって武医院に入院する。おそろしくばかばかしいことだ。そしてアスピリンをのんで汗をいっぱいかいて寝ている。なぜこんなところへ来ているのだろう。そしてなぜこうして寝ているのだろう。

十二月六日

朝、熱は七度六分にさがっている。食欲はすこしもない。

陽がだんだんと部屋にさして来て、いまは暑いくらいだ。風がきょうも外では吹きあれているらしい。空はすっかり晴れわたっているが、けさは山々で大砲をうつような音がし、それがこだまし、飛行機が爆音高く飛びまわっていた。——あれは何だろう?

＊

僕はだんだんかえって行った方がいいようにおもっている。どこも見物したり散歩したりしないでも、もういいようになった。支那寺や天主堂もみなつまらなくなってしまった。古い古い頽廃の夢に誘われるためには、今の僕はあまりに何かが欲しい、もっと美しいものが欲しい、光が欲しい。この南方では暗さが支配しているのではなかろうか。……風景は明るい、しかしすべてが何か否定的ではなかろうか、ただ僕が北方系であるためにここで異質を感じ、自分が否定されるにすぎないのだろうか。——北方のドイツ人たちがアルプスをこえてイタリイに行ったとき見たものを見得ないのは僕の罪だろうか。それともここの南方の罪だろうか。ここにあるのは光ではない。……異国趣味などというならそれはここをいちばん引きずりおとしてかんがえているときのはなしだ。……ここで光に転じ得る生活をきずくのが今の僕の正しい道か、それとも、かえって行って、東京に近い半島の海岸にでも、光を把えに行くのが正しいことだろうか。

今は、あとの方をとりたい、旅行が出来るようになったらすぐにでも東京へ向けて旅立ちたい。

＊

僕は愛されてばかり生きて来た。——ほんとうにわがままに！　愛されないことなんかゆめにもおもわなかった。いまここでどうだろう！　だれも僕を知らない。知らない者を愛することなどだれにも出来ない。……僕はひとりぼっちだ。愛されることがいいことかわるいことかそんなことで僕はいっているのではない。僕はいま自分をここまでひきずって来たあわれな夢想にしかえしがしてやりたいくらいだ。それは何だったのだろう。ただの気取ったしゃれた観念的な夢想にすぎなかったのではないか。後悔をいったっていまはなにもならない。目的のない行為にばかりあこがれる形而上学的ダンディズムで光がとらえられるなら、俳優がだれよりも光をとらえているだろう。何ゆえのさまよい、何ゆえのこの不安、それを自分で人工してはいないか、もっともっと強くしっかりと生きることをわすれて、これに来たのではないか。生きることはこのような仕方ではあり得ないのだ。人はさまようことをゆるされた生物ではない。もっと愛情の村のなかに自分たちの生活をきずかねばならない生物だ。

＊

母よ、あなたの微笑はいつも僕の過失をやさしくゆるして下さった。僕の恋人よりも、母よ、あなたの深い愛情は今日すら僕にとって一切だ。このあわれなさまよいのなかに、僕はとおくあなたをおもうと、あなたにゆるしを乞わねばならないようにおもう。あなたのまずしい日常が僕に光を教えたのではないだろうか。しかも僕はそれを光とおもわずに光をもとめてこんなに奇妙な境涯にさまよって来た。しかしあなたはそれを咎めもなさらなかった。いまもまた、そんなにとおくから一切を与えて下さるその微笑で僕を呼んで下さる。母よ、僕は、あなたのところへかえり着きたい。もうこのさまよいに疲れ果てた。僕はあなたの子だ。あなたをにくんでも、あなたを愛しても、あなたの子だ。

＊

二時を打つころこの部屋の壁から陽の影はすっかりなくなる。硝子窓の向うで空が青い。心は午後からずっと落着いている。うちへ帰ったとてまたあたらしく旅に出なくてはならないし、東京でのくらしのことをなつかしがって思い出さなければ、あのくらしはあまりにもよくないくらしだったともいえるし、この旅へ出ていることもいろいろな意味でもっと積極的にかんがえた方がいい。今かえってゆくことはやはりいけないことだろう。母やおまえがどんなに恋しく、ここがいまはどんなにさびしくとも、かえったとてやはり十一月のひと月の東京でのくらしのくりかえしをするだけになる。……そんなことをごくごく冷静にかんがえている。その間もしょっちゅう十一月のひと月の東京でのくらしがそのまえの東京でのくらしとこんがらかって頭のなかにいろいろな町の絵を描き出す。――おまえはきのうとどいた手紙のなかで事務所の白い部屋をなつかしがっていた。……僕にはあの白い部屋が出来上ってゆくころや晩い秋の夕ぐれの地下鉄のことがいまはいちばんなつかしい。おまえをいつかあの部屋の記憶からは切離している。おまえのなつかしがっているあの白い部屋でより、町のなかでや、汚れた前の部屋ではじめて会った日の方が僕にはなつかしい記憶だ。それにしても僕たちがめぐりあったのはどんなにか不思議なことだろう。そしてだれかひとりはやはり不幸なのではないだろうか、それが、僕か、おまえか、……しかない、風景のなかで結び合わされた僕らをしずかに歩ませるに。――たとえばおまえの拒んだ別所沼のほとりや旅立ちのまえの日の神宮外苑の絵画館まえの広場など。……そしてだれかひとりはいつも限りなく幸福なのだ、

＊

あの天井の低い、夜になると青いランプのともる僕の部屋に僕がかえりたくない筈はない。ちいさい盃に甘い酒をみたし、それをしずかにのみほしたいとねがわない筈はない。そしてしずかな机の上に、洋紙をひろげ黒いインキで手紙を書きたくない筈はない。

たそがれを鐘がどこかで鳴っている。――僕はうすく眼をとじたままぼんやりといろいろな思い出をかんがえている。ともすればまた母のところへかえりたかったり、むかしの

日をかんがえてばかりいる。熱は七度二分。ひるよりも二分高い。

＊

夜中、はげしく咳入ると、また咽喉がやぶれたらしい。たくさんに血が出てやまない。山陰から出つづけた咳が、いつか、こういうことになるだろうとおもっていたが、おもっていただけでことなく過ぎるようにもうきめていた。熱もさがって来た今ごろ不意にまた僕を脅かす。はじめてのときよりもずっと分量が多いが、もうおそれていない。しかしなかなか止らないので不安だ。あまりにも赤く鮮かなので見とれるくらいだ。気泡はひとつもはいっていない……出たあと一時咳がとおのいている。咳が出かけたりまたつい咳をしてしまうと不安だが、だんだん分量がすくなくなってただ唾のようなものだけになる……もし旅の途中でこうなっていたら、とおもうとずいぶんいやな気がする。先刻からこの町で、西山手に下宿してしずかにくらしはじめることを空想しはじめていた、というより僕の空想のなかにそんなくらしがまざりはじめていたのに、この出来事が不意にそれを妨げる……だがそれと同時に、東京にかえって行ってどうなることだろう。思い出のなかの東京の町と夢想のなかの南山手の異人館は、美しさに於てひとしく、しかもそれだけはげしく僕をうらぎるのではないか！　僕は帰ってゆくことにも自信はもてない。ただ孤独を救われたいだけのねがいが帰る方をとろうとする。

十二月七日

朝の熱は七度——なかなか下ってくれない。咽喉の血もまだすこしずつ出る。困ったことだ。それから気がつくと、関門海峡をこえてから一度も便通がない。下関のデパートの便所であの朝いい気持に大便をして以来九州ではまだ一度もないから、一週間近くなるのだろう。それからもうひとつ、あの傷が、このごろすこし痛んでいることだ。二三日まえからほんのすこしだが、もうなおってよいころとおもうゆえ、わずかな痛みが気になる。——身体のいけない側はそれでですべてだ。……このどれかがひとつなくなればそれだけ元気になるだろう。自分で病人らしくなってしまって意気銷沈して寝ているのでいけないのだ。しっかりと立ち上りさえすれば元気にすぐなれるだろう。元気のないときにはだめだ。元気になってから長崎をかえるかどうかはきめた方がいい。

＊

あの傷が僕を盛岡のかえりの日からずっと蹤《つ》いて来て、それはかえって愛しているようなものだ。痛くてたまらなかったあの日のことだって、その痛さよりも、母のことや、びっこをひきながら上野駅に行った夜のことの方がよけいにおもい出される、あの傷のことをかんがえていると、僕は甘くセンチメンタルになって来る。そして甘い夢想が、だんだん僕を無気力に誘う、しかし快いまでに！

＊

この病室をすこし離れて、中庭に、楠の樹が風に鳴り棕櫚の樹が生えているのを見るときに、この南方をもっと知りたいと、おもいはじめる……楠の樹のよく光る細い葉のなかには見知らない音楽がかくれているようにおもわれる。――それからひとりきりでこの見知らない町で人にかくれて生活するよろこび、よそよそしい町のなかを歩きまわって勝手なことをするたのしさ……僕はこの町でくらしたいようになって来る。

明るい昼間はずっと心も明るかった。――日がくれ近くなって来ると、心は幼児の胸のようによわよわしくふたたびたよりない。あまりにホリゾントを追憶のあちらに追いやるためにすべての可能性が僕にわすれられてしまった。……明るい昼間に僕は自分のつくり出してゆく生のことを長いあいだ明るい思考で辿っていた。それがふたたびたそがれのなかにいつか道が失われてしまうのではないか。生がつくり出し得るもののかわりに僕は自分の生を捨てたもの、失ったものを、またあえなくもとめるあのまなざしを、古いホリゾントのあちらに投げやるのではないか。つくり出さないこと、危機をのりこえないこと、生育しないこと、そこに僕の生は後退しはじめて、ついに惨落する、無気力なしかしこころよい諦めにまで——ほろびたもののすべてが美しい、と。そしてそれをいまにかえすよしもないと。……危険はこうして一層危険な状態だ。ためらう時ではない、奮い立つ時だ。……よわよわしい幻想をあの壁の上に投げ出すのを止めよ、とおい昨日の黄昏の町のふたたび美しい音楽に誘われるのを止めよ！　明るい昼の思考を辿れ、僕の生の高まりゆくまで！

＊

観念的な夢想と、希望とが、自分の肉体の限界で破れてしまってこのかた、僕は光を失っている。いつも「暗闇をとおって」光を得るというあのひとつの救う者の地盤をさえ失ったことは暗黒だ。おまえの優しさと母の愛とも、何ものかに、おそらく僕の甘い追憶の歌にさえぎられて、ここには光となってさしていないようだ。南方で僕のいとなもうとするひとりぐらしには今は何の地盤もない。保証をねがってその生活をはじめようというのではない、だが僕はそれをはじめるかどうかさえ決めがたい暗さにいる。母に問うてきめてもらおうというかんがえがようやくつよくなる。母よりほかに今の僕にしるべしてくれる人はいないのだ。あの不思議な力の決定にまかせよう、追憶や恋しさからではなしに、あの創造的な母の力を信じるために。——一度僕をこの世に生んだ母が、二度僕をこの世に生むあの新生のために、僕は母の決定をねがっているのだ。母！　なんという奇妙な名だろう。あなたは光のなかにおられて僕に光を惜しみなく与えて下さるのではない。あなたは光もなく闇もなく、あるいは僕より一層暗い淵にいて、今この子のねがいのために危険を挺して毒竜の口から光を奪いとって、それを僕に注いで下さるのだ。かつてのたびたびの僕を破壊から救って下さったときのように！　今この子は暗いなかに、ひとりの少女の優しさをたよりに生きながら、而《しか》もその少女に自分の一切を奪われつくさないゆえに、その少女から最後の光をねがい得ない。……母よ、あなたから僕は一切を奪いつくした上に、而もなお、あなたの奇妙な名のゆえに、僕は、あなたのつくり出す力に自分の一切を投げ出す……僕の「どこへ？」を問うあの問いすら！

＊

夜っぴてあらしのなかに立っていた、木枯らしの音が頭をかきむしってすぎて眠られない。……僕は自分のしなければならない仕事を点検した。僕の生はもうおわりに近いのではないだろうか、不吉なおもいが僕を暗がりのなかで責め立てた。ときどき、それとは全く関係なしに自分の書きたいとおもっている作品が明るい美しい文体で読むように過ぎて行った。とらえられない、とらえようとしたら、あのいつ書く筈になっているのかわからない、あの作品は身をひるがえすだろう。疲れきって僕の口は乾いていた。しかし柑橘類を口にするとそれの冷い液にも悪意を感じた。

十二月八日

熱が朝から七度六分ある、ゆうべねむれなかったからだろう。きょうおまえからの小包がようやくとどく。アザミの包紙がなつかしかった。

＊

このノオトをつけるのをすこしやすんでしずかにしていよう。

これをつけるとついいろいろなとおくへ行ってしまうかんがえを知らず識らずに育ててしまう。それが熱にはいけないらしい。いつから僕はこのノオトを持つようになったか、なぜ持たずにはいられないのか——をかんがえるとそれが簡単にはやめられそうもない。しかし僕はやはりむりしていつまでも熱を出しているより早く健康にならなくてはいけないのだからいまは我慢しよう。

＊

あたたかい真昼に、楠の枝に風がわたる——空には砂を掃いたような巻雲がある。

＊

じっとしていたのに！　夕ぐれ八度も熱がある。それに今までにないくらいにたくさん血痰が出る。これも咽喉かららしく、気泡ははいっていないから、それ程心配はない。今までここに書く勇気のなかったこと――発つ前の夜ふたりで作為していた。僕はここへ来て病気になるはなし何度も何度もおもい出していた。しかしおまえをここへ呼びよせようとはおもわない。かえって僕は、もうすこししたらかえって行こうとおもう。東京で病気をしていたい、こんなところで病気をしているのはやりきれないのだ。

……母もおそらくかえれと言ってよこすだろうとおもう。

十二月九日

ゆうべは熱が九度近くまでのぼり、また解熱剤をのんで汗をかいた。

きょう医者に正確に診断してもらうことになった。ひょっとしたらしばらくこのノオトを書くことも禁じられるようになるかもしれない。禁じられたって書けば書けるが書かないようにしよう。早く元気になれた方がいいから。

＊

きょうは雨が降っている。

こんなところまで来てしまった……

母が——もうどこへも行かないでいいんだよ、お眠り、お眠り！——としずかに僕の頭を撫でてくれることをかんがえている。

——ここが私たちのうちなんだよ。何ももう心配なことはなくなったのだから……みんないいことばかり……たくさん眠って元気におなり！——それは明るい日のさす真白な僕の見知らない部屋だ。若くなってしまったような母がいる。僕の母の若いころはほんとうに病気の日が多くて不幸だった。だが、その若さではなく、もっともっとかがやかしい、あの日に持つことの出来なかった若さをいま持っているような若さ。母はすっかり元気でうれしそうだ。僕がかえって行ったのがそんなにうれしいのだろうか。窓に白いカーテンをかけてしまう。僕は眠りはじめる。うつらうつらと——おまえはどこにいるのだろう——

母にたずねようとおもいながら、何か羞しがっているうち、とうとう眠ってしまう。気持のいい、おだやかな眠りに。

白ではいけない。うすい緑か何かがいいのだろうか。それからおまえは僕の母のそばに立って、そんな僕を気づかわしげに、しかし安心しきって、じっとながめていてくれるように！

＊

とうとう運命は星になる夢でもなかった、花になる夢でもなかった。青いランプをともしたいとねがう僕には、放浪癖はやはりなかったのだとおもう。かえってひとつの家をつくって、それのまわりに庭をつくり、それの内に家具をおき、つつましやかな愛情で、生活をきずくことにあるのだとおもう。宇宙的なさすらいや大なる遠征よりも、宇宙を自分のうちにきずくこと。せまい周囲に光を集注すること、それが僕の本道だとおもう。きずつき破れ去る浪漫家の血統にはついに自分は属さないとおもう。平和に戦いつつ而も実りを目ざし、ついに小宇宙的に完成するものをおもう。ノヴァリスの青い花より、むしろゲーテのマイスターに本道を見つける。僕が戦士としてあるのもそういう場所に於てではないだろうか。

＊

失敗は黒い鉛筆にあるのではなかろうか――僕の青春のシンボルであるあのカステル25の色鉛筆をつかうのを怠ったことに、運命の恩寵が離れたのではないだろうか。……黒い手記にこのノオトをしようとねがわなかった。しかし結果はそうなった。……このかんがえはまえから心の底に、不思議にたゆとうていて、いま不意に光のように眼のまえにきらめいた、もっと早く、この考えは浮ぶべきであったのだ、……一切がふたたび転換するだろう、希望を信じる方向に、そして、すべてがよくなる方向に――

＊

盛岡でつかって以来東京ではずっと鞄の底に、盛岡の日そのもののように大切にしまっておいてこの旅にもずっと鞄のなかでついて来た六本の色鉛筆！　とりわけこの青い鉛筆――何という美しい静物なのだろう……なぜこれのあることに早く僕は信頼しなかったか――盛岡で健さんの二階の机の上の風景がまだ大切にこの鉛筆たちをまもっている。あの爽やかな北方の秋。そして僕の林檎のみのる頃、あの肯定的に光にみちた健康のための日。

　ようやく一切の価値がここにふたたびあの方向に転換する。そして僕のあたらしい発見であり新生だ。僕が北方から来たこと、あの秋の北方の完成に出会ったことの意味が充溢するのはここでではなかろうか。あの美しい日の追憶が僕をふたたび健康にする。真の意味で青い手記に値した日の追憶が！

ねがってのさまよいではなかったとはいえ、さまよいはもうおわった。家郷のない者は家郷をさえつくらねばならない。そのつくり出す愛情の世界を信じるがいい。一切は克服せらるべきものであると同時に亦肯定せらるべきものだ。ここ以外に僕の出発はない。愛情の世界の根源が不安ANGSTにあることをさえひとつの恩寵と見ることが出来よう。ささえるものはこの物質たち、色どりある羞らいの衣服をまとったものたち、それゆえ人は草舎をたてそこに住む。

十二月十日

けさは熱が六度九分——きのうとおなじ経過をくりかえしてくれればいいとおもっている。だが、ゆうべも夜中にまた血が出つづけて、一時たいへんに不愉快だった。そのほかきのう一日しずかにあかるかった。——

＊

南方がまだ僕に熟していなかったので、僕は南方に拒絶された。——たどって来たあとをかんがえると、今このまま東京へひっかえすのが最もいい。ゆうべ久しぶりに眠りがふかく、そのふかい眠りのなかで山陰が僕の心をとらえていて離さないのを感じた。長崎に辿り着かずに途中でかえった方が一層よかったにちがいない。

＊

しずかな、平和な、光にみちた生活！　規律ある、限界を知って、自らを棄て去った諦めた生活、それゆえゆたかに、限りなく富みゆく生活――それを得ることの方が、美しい。そしてそのとき僕が文学者として通用しなくなるのなら、むしろその方をねがう。コギトたちのあまりにつめたく、愛情のグルントのない文学者の観念を否定すること。コギト的なものからの超克――犀星の「愛あるところに」という詩をふかくおもいいたれ。

もし母かおまえが優しい掌で僕の髪を撫でて「お眠り　お眠り」と言ってくれたら、僕は、すぐに眠ることが出来るだろうに。そして眼の覚めたときには、あたらしい力にみちて、すべてがよくなっているだろうに。

十二月十一日　［空白］

十二月十二日

けさおまえからの手紙がとどいた――元気らしい様子がうれしい。僕がこんな状態でいることを知らないでいるおまえが、ねたましく、かなしい気がする。……自分の住んでいるアパートの屋根を見に裏の坂をのぼるおまえのことをかんがえるとそんなばかなことを教えてしまった僕のことを情なくおもう。月の光のあるあたたかい夜だとてそんなことが何になろう！　武君と虎の門からアパートまで歩いたけれどあの道ではなかったと念をおしている、おまえはいじらしく愛らしい。

＊

明後日の夕ぐれにはおまえをびっくりさせることをたのしみに描きながら、出来るかぎり心も身体もしずかにしている。汽車はもう明日の二時四十五分だ。このあいだの旅行全体の方が長崎にいた時間よりすこし長いくらいになる。何のための旅行だったかと反省したらずいぶん無意味だ。そんな反省さえひっくるめて意味もない。すべてがこれでいいのだと僕はおもっている。

東京に今帰ってゆくことも自然で何の滞りもない……僕のかわいそうな運命！　しかしそれもかわいそうというよりはなつかしく僕は信じる。

いまは夕空がしずかにくれてゆく——これが長崎での最後の一夜だ……僕のひろげて来た西の限界。ここでは地図も今までとちがってあたらしい目でながめられた。それがまたもとにもどるのだ。そんなことをかんがえながら夕ぐれを辿っている。鐘が鳴っている。それから次第にしずまって来る小学校の庭。

＊

みじかかった、この部屋でのくらし。
この部屋だけの、この夢みて来た長崎。
もう言葉はなにもない。長崎よ、おまえにあげる言葉はただ明日一言さよならだけだ。

十二月十三日

また荷もすっかりつくり出されて、着いた日の夕ぐれのようなガランとした部屋だ。ちょうど真昼ごろ、朝のうちの雨がすっかりあがったが、空はどんよりとくもっている。あと二時間と僕はこの部屋にはいないだろう。この古ぼけた壁の窓の外の見おぼえた風景も、僕に強くは、しかし、語りかけない。索漠とした気持で僕は帰って行く。今度は短い時間だ。長さはかわらない距離をいちばん短い時間で！　おかしなはなしだ。

＊

僕は疲れから気持がすこし高ぶっているのか。

すべてに憤りに近い反発を感じる。とりわけ長崎の言葉に——異質のこの言葉で表現されるものは何か僕には悪意にみちている。

ついに知り得ず、愛し得なかったこの南方！

僕がもしここで生活をきずき得るように恵まれたとしても、僕に果してきずき得たかどうかついに知り得ない。……今何ものも、知らないままでこうやって帰ってゆくことに、むしろ後悔を感じず、失敗をおもわない。

＊

あの午砲が鳴った。——けさはとおい鐘の音で眼がさめ、いつかの朝はドラで眼のさめたことを音の記憶が辿りはじめ、ここで聞いた数々の音が耳にのこっている。

汽車は長崎を出た。——雨がすこし降りはじめ、空はなお低く曇っている。これがこの旅のおわりだろうか。あんな夢みた長崎ぐらしの最後だろうか……浦上の天主堂の赤煉瓦はきょうもなおやさしく花ひらきそのあたりの丘のながめは美しい。花より美しい花でないものがそのあたりを飾っている……わずかばかりの雨が見えるか見えないかくらいに風景を濡らしている。今僕の乗って来た急行列車（下り）とすれちがった。あのときの僕の眼はどんなにさわやかだったことか！　今は疲れきって、こうして書いていると腕のつけねのあたりがかすかにだるい、あまり身体にはよくないだろう。しかし、もし僕のなかのこの pathetic に誘うものが僕に書けと命じるならば僕は書こう、僕のために、おまえのために、そして美しい明日のために、信じられたたのしさのために、この苦しみとかなしみとの日を光に転ずるために。――

＊

だが僕はいまこうしているとそんなに弱っているのだとは信じられない。帽子をいつものようにかぶって、オーヴァなしに緑の洋服を着て暗紅色のネクタイをしめている。シャツもカラーも白い。……そんな姿がガラスにうつるのを見るとやはりあのさまよい歩いたときの自分の何かをねがいつづけた意欲にみちた心をそのままに感じる。この眼もふたたびさわやかに外に向って投げられる。

長いトンネルをくぐった。――来るときとは反対にこれで長崎の圏の外にふたたび僕は出たのだ。あの蜜柑畑そして入り組んだ内海が見えはじめている。大草という海辺の駅のほとりの古い西洋館の庭に不思議に赤い木の葉がある。僕がかつてどこでも見なかった種類の紅葉だ。……波はこのあいだよりいくらかあるらしいがこの平和な内海の眺めはまた僕をなぐさめる。何というしずかさ、何というやさしさが支配しているのだろう。いくつもの低い山々の姿もやわらかい線を描く、やや中景の山の青ずんだ色の輪廓のどちらかといえばジグザグな線と語りあっているように。——

汽車が立てた風が鉄道線路のそばの黄い木の葉を舞わせる。トンネルをいくつかくぐる。トンネルを出たすぐあとにはそんな風が立つものだと見える。その黄い木の葉の舞い方がどこかためらったようなあわただしさでものかなしい。……低い山は頂まで開墾されて畑になっているのがある。それらはとりわけ色もやさしくなつかしい。……白いちいさい花をつけた黒ずんだ緑の葉の樹とすれちがうときがある。……ふくれあがったような海、海岸、荒れた海水浴場、送電線……僕の眼はしつこく景色を追うがどこかやはり疲れはじめてしまった！　腕がうまく動かない。

また有明海が見えはじめた。——雲仙が、きょうは頂上を雲に蔽われている。ゆるやかなスロープは黒っぽく煙った灰色で灰色の海のなかにはいっている。海は灰色の一様の光だがどこかからかうすい光がさしていて橙いろがかった光が海の一部にかすかにみとめられる。……このおだやかな灰色の海があの日に僕を打った明るい南方の海だろうか。島原半島もきょうは靄のなかでなくそのこまかいデテイルをこまかい浮彫のように浮び出させている、その風景はかなり親和的なややくらい美しさだ。……とおく対岸の九州本島はかすかにけぶっている。……海はさまざまの明るさと淡い色の部分に分かれていて、緑を帯びた灰色の光がとりわけ美しい。……帆かけ船がきょうも二、三艘浮いている。……だがこのおだやかな南方がなぜ僕を拒んだのだろう。僕の運命がまだ十分に成熟していなかったからなのだろうか。——往きも復りも雲仙はそのすがたが見えない。

＊

僕の静かな観照は移動警察の人に妨げられた。何かこの病人がとりわけわるいものに見えるのだろうか、たいへんに疑わしい何かがあるのだろうか、だが僕の神経はすこし傷つき何かしら奇妙に興奮している。

夕ぐれの色が濃くなりはじめる。平野のなかをいま佐賀に向って走っている。こんなところでもう疲れはかなりはげしい。来たとき見たあの風景がまた見えるということの奇妙ななつかしさももう心を誘わない。空漠とした田がつづいている。まだ籾をとらない稲の束が積みあげられたままだ。ところどころの田はそれがすっかり片づいていて焚火などしているところがある。それがまだかなり明るいのにもう赤い焔がはっきり強く見える。……今佐賀の町にはいった。もう町では灯がともっている。

＊

ここから博多までは未だとおらなかった風景のなかをゆく。しかし大体九州の平野のようだ。今まで見て来たところとほとんどかわりない。ひろいひろい田のつづいたなかに松の木やまだ緑の葉をつけた大きい闊葉樹があり、ところどころに部落がある。すべてはしずかにたそがれてゆく。もう野の地平線は茫々としている。

＊

博多から矢山君がのって下関までおくってくれることになっている。僕は鳥栖《とす》で夕飯をすませておこう。彼はきっと夕飯をすませてのるだろうから。

＊

汽車はもう夜のなかを先刻から走りつづけている。

十二月十四日

岡山をとおったあたりで日はかわったのではないだろうか。――その駅でも目がさめていた。駅の呼売の声がきこえていた。キビダンゴを呼んでいた。――夜っぴて不眠と、かすかな胸の疼痛と、夜中ごろまでは奇妙な寒気に苦しめられていた。これが、ここにねているのが僕なのだろうか、――それがわからなかった。いつかすぐに朝が来ること、時間とともに東へ東へ行っていること、それが信じられなかった、

疲れきっているが起きた。――大阪を過ぎたばかりのところで陽がようやくのぼろうとしている。……七時ぐらいだろう。

＊

京都を過ぎた。二週間以前、まださわやかな眼をもって訪れたこの町を、今は朝の靄の立ちこめたなかに車窓からあわただしく見送った。

停車場に降りてつめたい水で顔を洗っていくらか元気になっている。……

今山科を過ぎてトンネルに入った。可成《かなり》長いトンネルだ。これをこえると近江平野が眼のまえにひらけるだろう。――僕は食堂車に行って来よう……このトンネルが逢坂山のトンネルだった。今汽車は大津の駅にとまっている。

＊

琵琶湖のほとりをすぎたとき、石山の方の部落のちいさい家は陽をうけてキラキラと光っていた。貝殻のようなかたいかがやきで。――水は濁って波立っていた。伊吹山あたりすっかり白く雪をかぶっている。米原も過ぎた。もう六時間半ほどの我慢でよいのだ。

このあたりは針葉樹の常緑の風景だ。それはおなじ緑でも非常にちがう。とりわけ雪をのせた伊吹山が見えている。その緑は北方的にきびしい。南方の闊葉樹の緑葉が風にひるがえるやさしさを僕はもうわすれている。そしてこのきびしい緑に親しさをおぼえている。帰って来た！　と今はもうかんがえはじめていいのだ。

＊

日はだいぶ高く上っている。今、名古屋の市に汽車は入っている。

御油《ごゆ》をすぎて水平線を知多半島でかぎられた海が見える。日のある方向に海があるのでまぶしくてよく見えない。風が強いと見え波がかなり荒れ日にキラキラと光っている。色は青黒い。……僕はずっとまえあの半島を太平洋の見えるあたりまで行ったことがあった。そして今度の長崎行のまえにはあそこに一と月ほどくらす夢を持っていた。……今は日があたたかくさしている。ゆうべの不眠がだんだんに僕をうつらうつらとさせはじめる。

……豊橋を過ぎた。……

＊

ひろいひろい黄い荒野が丘のうねりをくりかえしながらつづいている。低い松が斑らに生えている。海のあるあたりの空は雲のようすがかわっている。

＊

浜名湖をすぎる。疲れきってのぞみもねがいもしないときに光をうけて、こんなに美しい引佐細江《いなさほそえ》をとおる。これがもし期待のうちにながめられたのならもっともっと美しかったろうに。

静岡近く――青いひろい海がまた見えはじめる。蜜柑や茶畑など南方的に明るい。僕の疲れの下降して来る状態とだんだん美しく上昇して来る富士の麓の海の景色とが交る。富士は頂上近くにわずかの雪があるばかりだ。

＊

旅はだんだん終りに近い。

根府川《ねぶかわ》、真鶴あたりの明るい海の美しさは今度の旅行で見た最も美しい完全なもののひとつではないか。殆んど全円を画いてひろがっている水平線は日御碕のながめとまけない。そして暗さのかわりに明るい紺碧の色がひろがる。水平に近いあたりは花のような紫色を帯びてけぶっている。この美しさがしかし僕の眼をとらえて離たず心をとおく奪うために、欠けているのは何だろう。——おそらく僕の側に？　それともこの風景自らに？

＊

あと一時間でこの旅はおわろうとする。ようやく奇妙な疲れた帰郷者の心はゆるめられて安心と悔といそぐ心とがまざりはじめる。

もし僕がふたたび南へ出てゆくとしたら、今度はどこをえらべばいいのだろうか？　伊豆や今とおりすぎた海岸のあれこれを思い浮べるがまた出てゆくことが何かたよりなく、よるべない。かえったらしばらくはもうどこへも出て行きたくない。じっとしてうちにいて元気になれたらなるまで待とう。

そしてあたたかくなってから盛岡へ行こう。

四月ごろからずっとあの北方で秋までくらせたら！

あの北方があまりに僕によかったので、ついどこもそうだと錯覚したのだ。しかし今はもうどこがよいのかどこにも信じられる土地はない。よいところなどはないような、かなしい索漠とした気持になって来る。

＊

とうとう大船を過ぎた。――ああ、またかえって来た！　どの景色ももう見馴れたものばかりだ。身体も心も落着いている。こんなにも落着いている。……これが帰りだろうか？

＊

柏尾川堤の橋。堀さんの病気の夜！
みんな記憶のあるところなのに、しかし、僕の心はかなしげに、まだ旅のような気持をのこしている。まだどこへも行き着かない、あの不確かな漂う気持はずっと心の奥から湧いて来るのだ。

東京駅で――これほどみんなが心配しているとはおもわなかった。もっとのんきな気持で僕はかえって来たのだから。夕方いつものように五時すこしすぎに地下鉄に行って不意におまえをびっくりさせてやろうなどと。……それがあんな風になっていた。そして、僕の病気はひょっとしたらあれに値するくらい十分に心配なのかもしれない。

*

自動車の窓から、おまえのかなしげに熱心に見ひらかれた瞳だけが眼に見えた。おまえを悲しませたり心配させたり、そんなことをおぼえさせた僕は、おまえにわるいことをしたのではなかろうか。おまえを愛し、おまえを夢みたことが、とうとう、おまえをひきずって、僕とおなじ苦しみにつきおとす。すべては今夢でなく、夢を超えて。

*

かえって来た。しばらく二、三十分のあいだ、夕陽が明るく部屋中にみちていて僕のにおいのしない蒲団のなかに身をよこたえる。何もかも僕のとおりに整えられている部屋が、かえって、かなしくなぐさめてくれる。ちいさい隅までが僕をゆるしている。かつてそれらを僕がこまかい心づかいで愛撫したから。

十二月十五日

今は平和だ。……かえって来たことがすべてよいことだらけではあり得なかったけれど、もう落着いた。午後から帝大へ行く。多分入院するようになるだろう。しかし明日からだろう。そしてその病室はあまり僕の気に入らないものだろうと予想される。しかし事情はそれよりゆるさないのだ。僕はおとなしくして早く健康になろう。

　それよりほかには何もない。

＊

　このノオトもこれでやめよう。

　薬師寺の境内で書きはじめて、自分の部屋のベッドの上で書きおわる、しかもいくらかの余白をうしろにのこしたまま。……

　このノオト一冊のあとに何も書くことが出来ない。まだこの旅の意味もわからないのだから。

　おまえがよんで、その意味を、しずかにみたしてくれたらいいとおもう。僕にとってはこの一冊のノオトはあわただしいものだった。しかし苦しみや悲しみだけではなかった。僕は今はかえりみない。ただまなざしを出来るだけ明るい未来に向ける。

夢想としての建築文学

解説
青木　淳（建築家）

本を読んでいて、建築が出てくるわけでもないのに、「建築」を感じることがある。「建築」について、考えさせられることもある。「こういうことを建築でやったらどうなるのだろう？」と、夢想に誘われることもある。

たとえば、熊本の、宮崎との県境に近い山中に、「馬見原橋」という小さな橋を設計したことがあった。橋は、元来、建築ではなく土木の守備範囲だが、それを建築の側で設計するという得がたい機会だった。しかし、建築の流儀のつくりかた、つまりどう見えるかを気にするようなつくりかたをやめた。その場所に来るまでずっとつづいている道の延長として、つまり土木の流儀でつくることにした。無骨な鉄骨の、無粋な、しかし理にはかなった細部をもった橋ができあがった。ただ、道が川の上に来て、上下に分かれ、それがまた川の反対側のたもとであわさって一本の道に戻っている、というつくりで、道がそんな特異な変異を被っているあんばいだった。

その橋ができてしばらく経って、たまたま、坂口安吾の『日本文化私観』を読んだ。このエッセイは、建築の世界では、谷崎潤一郎の『陰翳礼讃』とならぶ、必読書のひとつ。なんといっても、「必要ならば、法隆寺をとりこわして停車場をつくるがいい。我が民族の光輝ある文化や伝統は、そのことによって決して亡びはしないのである」という、あの有名な言葉があるからだ。この過激な発言はなんなのか。開くと、小菅刑務所、ドライアイス工場、軍艦にこそ本当の美しさがある、と書いてある。

ある春先、半島の尖端の港町へ旅行にでかけた。その小さな入江の中に、わが帝国の無敵駆逐艦が休んでいた。それは小さな、何か謙虚な感じをさせる軍艦であったけれども一見したばかりで、その美しさは僕の魂をゆりうごかした。僕は浜辺に休み、水にうかぶ黒い謙虚な鉄塊を飽かず眺めつづけ、そうして、小菅刑務所とドライアイスの工場と軍艦と、この三つのものを一にして、その美しさの正体を思いだしていたのであった。

この三つのものが、なぜ、かくも美しいか。ここには、美しくするために加工した美しさが、一切ない。美というものの立場から附加えた一本の柱も鋼鉄もなく、美しくないという理由によって取去った一本の柱も鋼鉄もない。ただ必要なもののみが、必要な場所に置かれた。そうして、不要なる物はすべて除かれ、必要のみが要求する独自の形が出来上っているのである。

その感じ、わかる、と思った。

それにしても「帝国の無敵駆逐艦」、である。そういえばと、戦後の日本の建築界を牽引した前川國男の発言に、似たようなくだりがあったことを思い出した。一九五三年、「国際建築」誌上での座談会。戦時中、日本独自の建築様式が求められたとき、巡洋艦にこそ日本があると考えた、というのである。

当時の日本に巡洋艦があったですよ——古鷹とか青葉とか——日本独特の巡洋艦があった。非常に精鋭だったそうですよ。（中略）非常に少い資材で荒波を突切る、能率のいい巡洋艦が造られた。（中略）僕は、青葉・古鷹が日本的であるといわれる意味においてのみ「日本的」はあり得るのだという答をした。

この感覚を、建築ではふつう、即物主義の美学と呼ぶ。しかし、なぜ「即物」が美しいのか、いつもその説明が抜け落ちている。『日本文化私観』にも説明がない。ただ、「懐しいような気持」、「遥か郷愁につづいて行く」とあるばかり。「郷愁」とは、しかし、いったいどういうことなのだろう。

答えは、坂口安吾のほかのエッセイ、『文学のふるさと』にあった。

生存の孤独とか、我々のふるさとというものは、このようにむごたらしく、救いのないものでありましょうか。私は、いかにも、そのように、むごたらしく、救いのないものだと思います。この暗黒の孤独には、どうしても救いがない。我々の現身《うつしみ》は、道に迷えば、救いの家を予期して歩くことができる。けれども、この孤独は、いつも曠野を迷うだけで、救いの家を予期すらもできない。そうして、最後に、むごたらしいこと、救いがないということ、それだけが、唯一の救いなのであります。モラルがないということ自体がモラルであると同じように、救いがないということ自体が救いであります。

私は文学のふるさと、或いは人間のふるさとを、ここに見ます。文学はここから始まる――私は、そうも思います。

郷愁とはふるさとを思う気持ちのこと。そのふるさとが「救いがないということ自体が救い」であるような孤独だ、というのである。人が生きる世界は、人を忖度しない。理不尽なこと、むごたらしいことが起きる。人はそこから逃れられない。その深淵のなかで生きているという感覚が、人のこころの原点、ふるさとだ、というのである。

だから、人を忖度しない、つまり「即物」は、そのふるさとを思いださせることにおいて、美しい。たぶん、そういうことだったのである。

建築の世界にはない口吻だった。むだのない、機能的なものは美しい。それでわかった気分になっている。しかし、それでは「魂をゆりうごか」されることもなかろう。坂口安吾は、一歩先を行っていた。

こんなことが、その後ぼくが、人を忖度しない、無根拠なルールで、青森県立美術館を設計したことにつながっている。


さて、「建築文学」である。そんな言葉はない。文学と建築はまるで違うジャンルだから、その間に具体的な共通項はほとんどない。その二つを無理矢理くっつけて「建築文学」というのには無理がある。

しかし、まぁ、「建築のような文学」くらいの意味でつかってみようと思う。なかに建築がでてくるから建築文学ではなく、その文学のつくりそのもので、建築的な問題をはらんでいるように思えるものを、建築文学と呼んでみようというわけだ。

そう思って、思い返してみれば、数多くの文学が脳裏をよぎる。それを集めれば、図書館のちょっとしたコーナーにもなるだろう。とても一冊の文庫に収まらない。そこで、堪え難きを堪え、忍び難きを忍び、国内の短篇にしぼった。が、それでも収まらないので、さらに、できるかぎり建築がでてくるもの、という条件を加えた。だいぶ減らすことができたが、この時点で、残念ながら、坂口安吾の『紫大納言』が落ちてしまった。

ともかく、それでできたのが、この選集である。だから読めば、建築の話題がでてくる(ことが多い)。しかし、ともう一度、念をおさせてもらえば、それゆえに「建築文学」なのではない。では、なにゆえに「建築文学」なのか。

これについては、ひとつひとつ、ぼくなりの理由をあげて行くしかないだろう。

＊

須賀敦子の文章にはじめて接したのは、アントニオ・タブッキの『島とクジラと女をめぐる断片』である。この本じたい、すばらしく素敵だったが、「訳者あとがき」がまたよかった。須賀敦子はこの本では訳者だった。

タブッキは、一九四三年生まれのイタリアの作家である。若いときにポルトガルの現代詩人フェルナンド・ペソアの作品に出会ったことから、ポルトガル語にのめりこみ、とうとう一九九一年、ポルトガル語で小説を書いて出版した。『島とクジラと女をめぐる断片』は、それ以前の一九八三年、イタリア語で書かれた小品である。

しかしなぜ、イタリア語でなく、ポルトガル語なのか。

イタリアの文学にしては、靄がかかりすぎているし、ポルトガルの文学にしては、形式への執着がつよすぎるように思える。

須賀は、この作品をそう評したあと、タブッキについて、透徹した形式性をもちながらも、そこに靄のような「なつかしい重さ」が「ふと通りかかった家から洩れてくる音楽のように流れつづけていて、そのことが私をこの作家にひきつけてやまない」と書きつないだ。身体の奥底にもつ、遠くまで澄みきった世界。しかし、その明晰な世界の一皮下にある、深遠な闇の世界。タブッキは、ポルトガル語の響きに、それを感じていたのかもしれない、と。

そして、彼女は想像する。この不透明な翳りは、ポルトガルが西に接する海に由来するのではないか?

ポルトガル人に夢をもってきてくれたのは、いつも海だった。その海の色は、アズレイジョスと呼んで彼らが大切にしている装飾タイルの、すこし滲んだようなあの青にもとりこめられたし、それればかりか、ファドの節まわしも、口ごもったようなこの国のことばの語尾も、いいしれない哀しみをふくんだようにうっすらと滲んで、どこかあの湿気の多い海を思わせる。

こう読んでくれれば、建築の世界に生きてきた人間の頭にはどうしたって、ル・コルビュジェのことが浮かんでくる。なかでも、二十世紀を代表するこの大建築家の、後期の変節のこと。

白い純粋幾何学立体と、それらの明晰な構成で出発したル・コルビュジェは一九三二年の「スイス学生会館」あたりを境にして、しだいに、生の素材や曲線をつかいはじめた。その極致が、一九六〇年の「ラ・トゥーレット修道院」だ。もはや白くなめらかな形態は消えてなくなっている。荒々しいコンクリートの地肌、ときに小石を打ち込んだ面、白は白でもごわごわの、吹き付けの肌。それからぶっきらぼうきわまりない空間。かつてどこまでも澄んで明るかった建築に、暗がりが迫ってくる。大きな直方体の教会堂に入れば、闇の向こうに重々しいコンクリートの天井が浮いていて、海の底からはるかな水面を見上げるようだ。ふいに現われる螺旋階段は、暗い奥へと誘う渦巻貝にも見える。磯崎新はかつて『海のエロス』で、「私にはそれが海なるもの、つまり肉体をつつみこみ、そのあらゆる活動を究極において拡散し吸収しつくすような絶対的な物質、いわば性的な充血状態ではじめて完治しうるようなエロスとつながっているような気がする」と書いた。

そんな海の世界のような混濁した空間が、しかし、徹底して澄みきった幾何学によってつくられている。その幾何学の強度は、初期の幾何学が子供だましに思えるほどだ。澄み切った形式性と、そこに滲む「いいしれない哀しみ」という靄。

しかし、その二つの共存は、なにもタブッキやル・コルビュジェだけではない。須賀敦子自身が、まさに希求したことであったのではないだろうか、と思う。

一九九八年の没後に出版された『時のかけらたち』のなかの『ヴェネツィアの悲しみ』には、そのことがはっきりと、しかもその二つがどういう関係にあるのかが、そのわけにまで分け入って書かれている。なぜ人は古典主義を必要とするのか。またなぜ人は透徹した形式性を建築として建てようとするのか。それをここまで簡潔に、真正面から述べられた例をほかにしらない。

それにしても、この『ヴェネツィアの悲しみ』の「建築」の大胆と繊細は格別だ。この小篇は、起承転結に代表されるような静的な構造をもっていない。全体をつくる要素は、それぞれが独立するいくつものエピソードであって、それらエピソードが、その独立性をたもったまま、つながったり、とぎれたり、ほかのエピソードを入れ子状に包んだりしながら進んでいく。この文学を読むことはだから、いわば石と石との間が、見えない線で思わぬ仕方で次々と編んでいかれる、その針金細工の妙に見入っている体験のようだ。その運動のなかに、この文学の幾何学はある。それこそが、静的な幾何学を超えて、人という存在の「たよりなさ」にもっとも見合った幾何学ではないか、という声さえ聞こえてくる気がする。

この文学は、円環を描いて一度閉じようとしたあと、ふっと別の暗さのエピソードに逃れていって、そのままふいに終わる。暗さ、悲しみで全体を覆いながらも、開いて終わる。

そんな建築はどうつくれるのだろう。読むたびにそんな夢想に誘われるのである。

＊

開高健の『流亡記』は、「土のかたまりを何百箇、何千箇と、一箇ずつたんねんにつみあげて」つくられたような文学だ。そのひとつひとつの文章を「土のかたまり」と形容したくなってしまうのは、言葉のリズム、音色、音程、テンポが、この中篇を通してずっと変わらず、比重の大きい乾いた響きのオスティナートを連想させるからだ。会話文はない。心理は書かれない。自分の意志と無関係に、目の前に現われるもの、またそれが自分に及ぼすことがらが、見るではなく見えてしまうもの、体験するではなく体験させられてしまうものとして、淡々と叙述されていく。にもかかわらず、退屈などころか、読者はその透明な系が支配する機械仕掛けに魅せられ、いつのまにか、その運動の渦のなかに投げ込まれてしまっている。

『流亡記』は、テキストのつくられ方がそうであるように、語られる内容もまた、機械仕掛けの世界だ。しかも、ふつうの機械がなんらかの目的をもち、効率よくその目的を完遂できるよう合理的につくられているのに対して、この機械には目的がない。全体が精密に細分化され、ひとつひとつの歯車が隙間なく精巧に組み合わされ、フル回転で運動しているのに、それは徹頭徹尾、ミッシェル・カルージュがマルセル・デュシャンやフランツ・カフカの作品についてそう呼んだ「独身者の機械」のように、徒労である。

万里の長城は完全な徒労である。それはあきらかに私の故郷の町の城壁とおなじように防禦物としての機能を完全に欠いている。風にむかって塀をたてて風が消えたと信じたがっているのだ。しかも、田舎町の城壁にたったひとつの意味をあたえていた、あの、すべての価値に先行して私たちを夜のなかに発散拡張させる共同作業の感覚が、この北方の長城にはまったく失われているのだ。ここでは人びとは厖大な拡大力のなかでの点であり、あくまでも点にとどまり、ついに結合して円をつくることのない、ただの肉片にすぎないのだ。

部品であるはずの個々の歯車の立場からは全体像を眺望できない、というだけでなく、隣接する歯車のあいだに分断があり、それぞれの歯車がただただ個別の自動運動に励んでいる。だとすれば、個別の「土のかたまり」に埋め込まれた自動運動システムが、そのまま一挙に全面化して『流亡記』全体を貫いている、と言えはしないだろうか。

帝位は個性で呼ばれない。それは一家族内の順列である。あらゆる官庁をつらぬいて束ねる透明な系は法律によって自動運動をおこない、衝動は上から下へ流れ、帝位を犯すことはぜったい不可能なのだ。私たちは聖家族の首長を一世、始皇帝と呼ぶことになった。

全体があっての部分ではなく、部分つまりそれぞれの文に内在されたシステムがそのまま増殖して、それが全体を貫いている。そんな『流亡記』は「構成」に無頓着だ。たしかに、全体は、時間の推移に沿って、ほぼ同じ長さの四つの章に分かれている。しかし、そのトーンはずっと変わらない。『流亡記』は、内容としても、形式としても、そのシステムの非人間的な超越のありさまに、怖れつつも同時に魅了される崇高の美学からできているように思えるのである。

ところで、それぞれの文を発しているのは、全貌を眺め渡すことができない一人の人間だ。自らの来し方を、ときに諸国からやってくる旅商人がもたらした情報として、俯瞰する視点を持ち込みながら、回想している。そのおかげで、地に這いつくばる視点が、ときに俯瞰する視点へと飛び立つ。『流亡記』にリズムがうまれるのは、視点のそんな空間的な行き来があるからだ。

回想ということのなかには、回想している現在と回想される過去がある。つまり、回想している現在の自分と、回想される過去の自分がある。その時間的な行き来も、リズムをつくることができる。しかし、「町は小さくて古かった」から語りはじめられる『流亡記』は、ずっと過去形のままつづいていく。あえてそうすることで、全体がひとつのトーンに染まる。

とはいえそれでも、読むにつれて、回想される過去の自分はだんだんと、回想している現在の自分に近づいてくる。いつそのふたつが出会うのか。これはサスペンスだ。サスペンスには「ネタばらし」は禁物。でも、少しだけいっておこう。語りを終えなくては、過去と現在は一致しない。では、回想録のなかで、語りを終えるのはどの瞬間なのか。そして、なぜ語りを終えるのか。

建築では、こんな芸当は、とてもできない。

*

う?

『流亡記』は「構成」に無頓着だ、と書いた。しかし、「構成」とはいったいなんだろう?

建築では、複数の形態要素をバランスよく配置し全体をつくることを指して、「構成」と呼ぶ。西欧の古典主義建築の立面だと、下から基壇、胴部、頂部と積み重なる「三層構成」が見られるし、日本の伝統的建築だと、「木割」と呼ばれる、床、柱、梁、垂木などの部材間の比例関係が見られる。洋の東西を問わず、構成は重要な概念だった。

近代になっても、構成が尊ばれてきたことに変わりはない。ル・コルビュジェとならぶ二十世紀建築の巨匠であるミース・ファン・デル・ローエも、ヨーロッパ時代、構成がひとつの大きなテーマだった。

たとえば一九二九年のバルセロナ万国博覧会のドイツ館、通称「バルセロナ・パヴィリオン」という建築がある。トラバーチンの壁、蛇紋岩の壁、茶大理石の壁、透き通るガラスの壁、深紅のカーテンの壁が、縦横、のびやかに置かれた。そして、それらがその鉛直面に直交して、上下から、屋根の大きな長方形と二つの水盤の長方形に挟まれた。全体を、X、Y、Z軸の三方向に伸びる平面要素で、みごとな動的バランスをもって構成した建築だ。

形態要素を自由に振舞わせ、その動きのなかで不安定ながら、類まれなバランスを見せるこのパヴィリオンは、古典的・静的な構成を捨て、現代的・動的な構成へと大きな一歩を踏み出した革命的な建築だった。それが、あまりに新しくまた美しかったから、世界的な規模でひろがって、モダニズムの美学のひとつの大元になった。建築家にとってはいまでも、その構成の美学から逃れることはむずかしい。

しかし、なにをやっても構成の掌の内だとすれば、それはやっぱり窮屈なものだ。だから、構成がない、あるいは構成に囚われない建築をつくりたくなる。

一九三八年にアメリカに渡ったミースが、そんな意志をはっきりともっていたかどうかはわからないが、一九五一年の「ファンズワース邸」ではもう、構成が最大のテーマではなくなっていた。主役が、重要な構成要素であった壁ではなく、柱になったのである。屋根や床の長方形水平面が、柱列を引き立てるように、その間にぴっちりと挟まっている。ガラスの垂直面もやはり、柱列の間に挟まっている。その柱が、縦横等距離の間隔を置いて、地上面を縦横に、増殖していくさまを見せている。均質な部分がそのまま広がっていって、一つの透明なシステムで覆われ、ぷつんと終わる。全体の形にはだから無頓着で、単なる箱のようになっていく。

構成に無頓着な『流亡記』が、部分に内在する「システム」で全体を貫くのを見ると、どうしても、ミース・ファン・デル・ローエのことが思い出されるのである。

しかし、筒井康隆の『中隊長』になるともう、「構成」は無頓着を超えて、壊れてしまっている。しかも、たぶん意図的に。

『流亡記』では、たとえ歯車にすぎない存在だとしても、見ている、体験している確たる主体がいて、その主体の意識が、自分の内側には向かわず、心に鎧をつけているかのように、外側に向かっていた。ところが『中隊長』では、逆に、主体の意識が、外側にではなく、内側に向かっている。たしかに外部世界はある。しかし、それは主体への刺激としてすぐに内側に取り込まれてしまう。

いつのまにか始まって、同じトーンでずるずるとつづく言葉は、自分の内側から湧いて出る刺激と外部世界からの刺激の、その両方向からの刺激を受けて、堂々巡りしつづける意識の動きのトレースなのである。

検閲が、その意識の動きに対して、ほとんど働いていない。内部で閉じた系のなかで、刺激が落ち着くべきところに落ち着かぬまま、右往左往、揺れ動いている状態がそのまま描写される。

しかし、こういうことを言葉で行なうのは、かなりむずかしいことではないだろうか。なぜなら、言葉にはそもそも、世界をくっきりとした輪郭をもった要素に切り分ける機能があるからだ。言語が入ってくる以前の未分明な世界を、弁別をもたらさざるをえない言語をつかって築く。これは、無謀な冒険だ。

それをどうやっているかといえば、要素を未分明なままにおくことによってだ。要素が単位として粒立たなければ、全体の構成は成り立たないからである。

……原則としては左足を鐙に踏みかければよかった筈だがそれは本能にさからうわけで、いや、さからわなかったのかな、いや違う、本能にさからったために……

踏みかければよかった、という判断が生まれる。するとそこから、ではなぜそうしなかったか、という疑問が生まれ、そうか、それが本能にさからうからだ、という判断につながり、しかしそう思ったとたんに、本当にそうなのかという疑問が湧き出て、その不安を解消するために、こんどは判断が正しかったと強弁する。

こうして、判断は宙に浮く。ひとつの判断が確たるものとして、次の事態への判断に対する礎になるかわりに、意識が、いつまでも明瞭な形を見せぬまま、内的・外的刺激の連鎖によってたゆたう「場」として動いていくのである。

切り分けられるべきところを切り分けないと、要素はつくれない。要素がないと、それを部品として組み立てることができない。つまり「構成」ができない。できあがるのは、溶けあい流体のようになった匂いの塊である。

『中隊長』は、そんな冒険に見える。

こういうことを指して、「動線体」と呼んだことがある。

住宅を設計するとき、ふつう、くつろぐ、食べる、眠る、というように、生活を切り分けて考える。そして、くつろぐための居間、食べるためのダイニング、眠るための寝室というぐあいに、それぞれの行為に部屋をあてがう。そんな住宅を外から見ると、生活というものが、切り分けられた行為をまるで営々とこなす姿にも思われてくる。

しかし、実際の生活はもっともっと不定形である。意図をもった行為はじつは少ない。住宅は、効率的にてきぱきとモノを生産する工場ではない。人は、住宅で、「なんとなく」時を過ごしているのである。

そこで住宅を、あらかじめそこでなにかをするための場所以外だけでつくれないか、と考えた。そんな場所を、ふつうの住宅から探したら、廊下や階段が見つかった。目的をもった部屋ではなく、その部屋と部屋をつなぐためにしかたなくある「動線」空間には、そこでの行為が想定されていないようだったのだ。

それが、動線だけで建築をつくれないか、という考えに発展した。動線という、それ自体に目的のない空間でつくれば、それぞれの人なりに、自由な行為が生まれてくるのではないか、というわけだ。はらっぱは、遊び方がきまっていなかったからこそ、そこでのいろいろな遊び方が生まれたのである。

部屋という要素をなくし、「つなぎ」だけでつくると、全体がずるずるとつながり、「構成」の曖昧な空間ができあがった。それを「動線体」と呼んでみた。

動線体は部屋をもたないから、中心もない。その体験は、まるで目的地のない散歩のようだった。一日の大半を歩いて過ごした川崎長太郎の文学にも、どうも中心が見あたらない。それは、世界の片隅から出ていって、片隅を訪ね歩き、歩くことそのものが目的となった散歩のようである。

＊

『蠟燭』は、数ページ読み進んだところで、突然、「ここらで日記の一部を紹介してみよう」と行が改まり、つづいて「二月二十五日」の日記の転記がはじまる。読者は、「一部を紹介」なのだからそのうち本筋に戻るのだろう、という気持ちで先を読んでいくわけだが、これがいっこうに戻らない。と思ううちに、それが日記であったのかどうかさえ、しだいにおぼつかなくなり、いつしか描かれる情景に引き込まれたまま、終わってしまう。けっきょく、本筋には戻らない。

形式としては、「枕」があって、つづく日記の部分が本題ということになるだろう。しかし読む体験としては、本筋から脇道に逸れて、その脇道が本筋に変わっていく、といったほうが近い。目的地に向かって歩くのではなく、脇道を歩いていることが、いつのまにか本筋に切り替わっている。これが『蠟燭』の特徴である。

もう少し細かく見れば、日記の部分は、今日は静子の番だと思っていた「だるま」なのに静子がいないというところではじまり、その静子が現われて終わる、というつくりになっている。しかし読者が、静子がいないということに、さほどひっかかることはない。まず琴が現われ、貞子に代わり、また琴に戻って、さらに、さき子の妹、さき子と出てきて、「そんなところへ静子である」と、なめらかに、とても本筋とは思えぬ話がつづいていく。

静子が現われるところで円環が閉じ、本筋に戻った感じになってしかるべきだ。しかしそんな高揚感はまるでなく話がつづいていって、そのうちにぷいっと終わってしまう。してみれば、脇道であったはずの「だるま」で働く女中たちとのやりとりが、どこかで本筋に切り替わっていたようである。

読み終わる頃になって思い出し、ついページを繰って見返してしまうのが、「枕」のなかの、あの不思議な文だ。

外で食事する間に見知り馴《なじ》んだ女中との、そくばくの色どりでその方のつなぎはつけている模様の、それとてもこのところ、彼女たちの公休相手を買って出たことはなし、色気としては淡々たる触れ合いで、まずのこる半生は独身と自分では腹をきめているようである。

この一文の不思議さは、その情景から、視点がぐーっとズームバックしていって、その情景を生きているはずの「私」をも通り過ぎ、その時間を生きる「私」を遠く俯瞰するところにまでいきついてしまうことだ。「私」は、「つなぎはつけている模様の」、「腹をきめているようである」と、とうに見る主体ではなく、見られる対象になっている。
そう、この一文はまさに、日記を転記する「私」を見る視点で書かれているのである。読み進むなかでは脇道に思われた一文が、あとで翻って、本筋に変わってしまう。

しかし、ここまで本筋と脇道の転倒が繰り返されると、それはもう「転倒」という事態を超えて、脇道こそ本筋という思想、あるいは脇道／本筋という区分を否定するという思想が体現されているといったほうが、ずっとすっきりする。
本筋と脇道の区別は、中心とみなされるものがあるから生まれる。中心を貫くものが本筋であり、その中心を逸れるものが脇道だからだ。だからもし中心がなければ、本筋も脇道もなく、世界は幾多の筋道が遍在するばかりだ。中心がなければ、すべての場所が「片隅」といってもよい。

脇道／本筋という区分を否定するということは、だから、つねに中心ではない片隅にあって、片隅から片隅へと訪ね歩くことを意味する。「私」でさえ中心ではない。私が私であることを発見するのは、その歩行のなかだ。つまり、『蠟燭』の主題は、琴、貞子、さき子の妹、さき子、静子という「片隅」であり、その片隅の間を移動する、歩行することから現われる「私」なのである。そしてまわりに立ち込める暗闇のなかから、その片隅を灯してわずかに浮かび上がらせてくれるのが、暖をとるにも非力な蠟燭なのである。

小舎も世界の片隅なら、赤畳二畳もさらにその片隅。その片隅から、川崎長太郎は、『蠟燭』の舞台である「だるま」という片隅、遊郭であった抹香町という片隅をめぐり歩いたのである。

ところで、この『蠟燭』に登場する建築、「小舎」については一言、触れておくべきだろう。なにしろ川崎長太郎は、そこで、一九三八年の五月から一九五八年七月、台風によってトタン屋根の大半が飛ばされるまで、じつに二十年の長きにわたって生活をつづけ、また原稿を書いた。『忍び草』には、「商売用の魚箱や、近所の漁師からあずかった網や綱その他、埃をかぶったなり積んである」とある。小田原で魚屋を営む実家の物置小屋だった。夏は外より暑く、冬も外より寒い。波の音も、トタン板が鼓膜のようになって、増幅して聞こえただろう。その小舎の中空に、「宙吊りの棚」の空間があり、そこに「赤畳」を「二畳敷いて」居住した。まるでガストン・バシュラールの『空間の詩学』にでも出てきそうな建築である。

この小舎を「再建」しようというプロジェクトがある。建築家・大室佑介が二〇一五年、小田原文学館の「没後30年特別展『川崎長太郎の歩いた路』」で、模型と一部の再現を展示している。たしかに田沼武能が撮った写真が、一九五四年の「別冊文藝春秋」の特集「灯なき小舎の作家　川崎長太郎アルバム」に掲載されている。『蠟燭』や『忍び草』以外にも、『余熱』、『抹香町』、『路傍』、『鳳仙花』、『新居の記』、『彼』など、川崎長太郎の小説にたびたび登場する。しかしそれでも、そのつくりが正確には特定できない。「再建」はそう簡単ではない。

＊

青木淳悟の『ふるさと以外のことは知らない』もまた、不思議な読書体験をあたえる。冒頭は、神の視点からはじまっている、ように見える。それが二ページめの、「さらにいえば鍵の管理とはどこか家庭の掌握とでもいうべきものに通じていはしないか」と、疑問形が出てくるあたりで怪しくなり、どうもこの神はさほど完全な存在ではなく、観察者にすぎないのではないかと思えてくる。そして、その数行後の「……とくに性格の似て非なる車のキーをそこから省いておきたいのである」の「おきたい」で、とうとう、神ではなく誰か人間の視点だということがはっきりする。では誰の視点なのか、と思いながら読み進んでいくと、次のページの終わりに、「太郎は十三歳になる年の四月はじめ、地元の公立中学の正門前で、そこを入るブレザー姿の自分の背中を見送って家に帰ってきたのだという」と不思議な文が出てきて、そのような比喩は十三歳の子供が使えそうな気がしないから、太郎ではなく、両親のいずれかがいったのを聞いたのかな、と思う間もなく、つづいて書かれているのがこんな調子なのである。

二階の室内ドアのうち一つが開いていて、一つが閉じている。開いているほうの部屋から「遊ぶ気満々の」次郎が飛び出してくる。そしていつものようにとなりあう中学生の兄の部屋に遊びに入ろうとしたところ、鍵のかからないはずのその部屋のドアが開かなくなっていて、自分にはもう自由な入室が許されていないのだということをするどく察知して彼は思わず泣いてしまった。やがて室内から兄が高校三年まで聴きつづけることになるロックミュージックが流れ出し、それは弟の泣き声をかき消さんばかりにまでボリュームが高められていった。

「遊ぶ気満々の」と括弧でくくられている。そこで読者は、この家庭のなかで、子供のときの弟の次郎を評する表現としてその言葉がよく使われていたのだろう、と思う。この視点の持ち主は、どうもこの家族に深く入り込んでいるらしい。「自分にはもう自由な入室が許されていないのだということをするどく察知して」では、家庭のなかどころか、次郎の心のなかにまで入り込んでいる。知りすぎている。流れ出す音楽が、太郎が「高校三年まで聴きつづけることになる」曲であることも知っている。こうなると、もう全能の神の視点だ。なのに、なぜかその曲のタイトルは語られない。まさかこの神、知らないわけではあるまいに、と思いながら、つづきを読めば、

しかしそうしていつまで自分が泣きつづけようとしているのか、それもわからないいま泣く次郎は突然ぐいと横から手を引かれてよろめきながら自室に入りこんだ。手を引いたのはなみだ目で見てもすぐに兄の太郎だとわかった。次郎はなみだをぬぐったその腕で今度は自室のドアを閉め、隣室の音楽と、依然としてやまない泣き声とをともに遮断したのだという。ドアの外で弟はまだまだ泣きつづけていた。それから以後はドアではなく間仕切り壁を通り抜けて太郎と次郎の兄弟は互いの部屋を行き来しているということだった。

語られているこの状況、理解できるだろうか。次郎は誰かに自室にひっぱり込まれた。

ひっぱったのが「すぐに兄の太郎だとわかった」の「わかった」は次郎の視点である。しかし、太郎の部屋のドアがそれより前に開いたなら、そのことに次郎も気づきそうなものだから、たぶんそのドアは開いていない。なのになぜか、兄が部屋にいた。このことはその後も、謎として残ったはず、と思う。

ともかく、次郎は隣の音だけでなく、自分の泣き声のうるささに耐えかね、泣くのをやめた、のではなく、ドアを閉めた。まだ泣いている。太郎の視点からすれば、だから「弟はまだまだ泣きつづけていた」。しかし、次郎の視点からすれば、ドアは閉まっているのだから泣き声は「ドアの外」から聞こえてきている。「ドアの外で弟はまだまだ泣きつづけていた」は、その太郎と次郎の視点が、無理やり合体されてしまっている結果に思える。

このあたりから、発話者のいうことが怪しくなる。最後の、「それから以後はドアではなく間仕切り壁を通り抜けて太郎と次郎の兄弟は互いの部屋を行き来しているということだった」は、なぜドアも開けずに、兄が自分の部屋にいたのかという謎について、のちに家族の間で「間仕切り壁を通り抜けたんじゃないか」などと冗談になったことがあったのだろうか、そのことを聞きつけた発話者が、深く考えずにそのまま述べているのではないか、と思えるのである。

『ふるさと以外のことは知らない』についてなにかを書こうとすると、こうして、その読書体験をそのまま書くのと、ほとんど変わらなくなってしまう。それは、この小説が、それを読み進む体験のなかにしかないからだ。

物語がない。しかも、描かれる対象は、ぼくたちが日常、実際に生きている世界だ。その何の変哲もない世界がどう語られるかで、ふだん見慣れた風景ではなくなってくる。こういうことがまず、いたって建築に近い。なぜなら建築の対象とは、つまり現実の敷地であるわけだが、その敷地がもともと持っているもの、その敷地をとりまいている周辺環境を前提として、その空間をなにか別の位相に変異させるのが建築だからである。

『ふるさと以外のことは知らない』の発話者は観察して得た、あるいは入手して得た情報を、ある一定の個性を通して判断し、読者に向かって話しつづけている。その内容からいって知性は高いし、理解力も高い。しかし、この発話者の視点は非現実的で、すべてを知ることができる全能の神になりえる能力があるのに、とつぜん、家庭生活を覗き見る観察者ほどにまで、視野がせばまってしまう。誤謬もおかす。またその視点は、母親、父親、息子の心のなかにも入り込む、と思えば、とつぜん、建築関係の本から得た知識をそのまま語りだす。

発話者は本来は神の視点を持ちえるし、そうであろうとする意志も持っている。しかし、実際にとっている視点は自由に動きまわっているように見えて、かなり不自由だ。発話者のコントロール下にはない。この家とその近傍からは出ることはないのである。という意味で、たしかにこの発話者は「ふるさと以外のことは知らない」。どう考えても、そんな発話者の視点、生身の人間のそれではない。

　では、いったい誰の視点なのか。

　それは現代の建築における発注者の視点だ、というのが、とりあえずの答えだ。とくに「公共建築」の発注者の視点。公共建築を発注するのは、形式としては、役所ではある。しかし、本当の発注者は役所ではなく、そこを実際につかう市民である。では、その市民とは誰かといえば、まさか声の大きい人というのでもあるまい。そうではなく、サイレント・マジョリティだ。しかし声なき人は見えない。存在しないに等しい。『ふるさと以外のことは知らない』は、発話者の視点そして読者の間で、そんな現代の発注者、つまりわれわれの肖像を描いているように思えるのである。

＊

　澁澤龍彦には、絶筆となった『高丘親王航海記』があり、小説のなかではやはり、これがいちばん好きだ。

　高丘親王とは、平安時代の平城天皇の第三皇子のことで、一度は皇太子に立ったが、政変によりすぐに廃され、晩年、天竺をもとめて旅立ったものの、行方がわからなくなったお方。澁澤のこと、『頭陀親王入唐略記』や『東寺要集』などの古文書から、現代の杉本直治郎による研究、はてはプトレマイオスの『地理学入門』まで、古今東西、縦横無尽の典拠をもって、親王が六十七歳で広州から旅立ち、いまのシンガポール付近にあったとされる羅越国で、虎に喰われて六十七歳で逝くまでの旅路を語っている。

ただ、典拠をもってとはいっても、もちろん考証が目的ではなく、そこに立って空想の翼をひろげるためだ。それも、自由この上なく、というのが、この文学の最大の魅力。もはや虚実こもごも、その境もなくなって、執筆中の本人の下咽頭癌罹患という現実が、親王が真珠を呑み込んだため喉を痛めるという話の展開に、そのまま交わってくる。夢とうつつが境を失って、故実による登場人物が眠って見る夢の話がはじまるかと思えば、とつぜん「現実の竹生島に三重塔があるかどうか、それはどうでもよいことで、ここで問題にしているのはあくまで親王の夢の中の竹生島、夢の中の三重塔である」と、語り手の注釈が挟まる。かと思えば、親王が、その時代から「およそ一千年」後にあったことを知らないことに対して、「そういう後世の事情にはからきし疎いほうの人間だったから」と、時空を超えた解説をする。語り手は、こういうことを総じて、登場人物に「アナクロニズム」と呼ばせている。

「こういうひとをアナクロニズムというのですよ。ちょうどコロンブスの船がやってきたのを見て、や、コロンブスだ。おれたちは発見された、と叫んだアメリカの原住民のようにね。」

こうして澁澤龍彥は、『高丘親王航海記』で、ふつうなら水と油のように入り混じらない虚と実をなめらかにつなげていき、とうとう彼という生身の人間の世界と文字の中の世界さえ、どちらが主でどちらが従だかわからないあんばいで溶け合う境地に達したように思えるのだが、この選集に収録した『鳥と少女』は、それとはやや違う趣をもっていて、ぎこちない。故実と空想が入り混じることにおいては同じなのだが、その切り替えがどこかスムーズでないのである。

それはまず、『鳥と少女』の主題が「本物よりも絵のほうがはるかに現実的な価値を有」するのではないか、にあることが関係しているだろう。生身の人間と、絵や文字によって造形された人工の、虚の人物は対等ではなく、溶け合うこともないのだ。生身の事物は、イデアの世界の影であり、その影を純粋に追求したのが絵や文字の世界などの人工物であるわけだから、人工物が生身の世界をカヴァーする。

『鳥と少女』の底辺には、そんな感覚がある。だから故実と空想の交替もまた人工的、技巧的で、強く構成の妙を感じさせるのである。

構成は大きく、三部に分かれる。第一部は、パオロ・ウッチェロの、典拠をもった、ただし書き手の想像を交えての紹介。第二部は、ウッチェロと少女セルヴァッジャについての、書き手の想像世界。第三部は、書き手のイタリアでのエピソード。

内容的には第二部が主だが、第三部は最後の「ひねり」のように書かれはするものの、それを超えている。むしろ、第三部から第二部へと空想が飛び、その空想を支える根拠を第一部で押さえているという点で、第三部から倒置的に全体がつくられているかのようだ。少なくとも結末は、読者の目の前に、今まで順を追って読み進んで来た道筋を、一瞬にして逆向きに照射してしまう力をもっている。つまり第三部は、作品全体の透視図法の焦点になっているのである。

「方法論としては、この一点を頂点とした円錐体をわざと逆様に立てたような、普通の小説の逆構成を考えた」というのは澁澤龍彥ではなく、『真夏の死』についての三島由紀夫の弁。しかし、この作品は、三島由紀夫あるいはそのもとにあるだろうフランスの修辞的コントを思い出させるのである。

『鳥と少女』は、『高丘親王航海記』に先立つこと六年、短編集『唐草物語』の冒頭に掲げられた作品で、『唐草物語』のほかの十一篇とくらべても、やっぱりぎこちない。形式の人工性が、内容として語られる人工性の優越を入れ子として包んでいる、というその構図が——それがまた人工的な構図であるわけだが——あからさまだ。

しかし建築は、やっぱり、マトリョーシカ人形に弱いのである。

＊

街には地図が貼ってあり、平面図がなければ建築をつくれないが、街そのものに「地図」はなく、建築そのものに「平面図」はない。たしかに街や建築から地図や平面図を、頭のなかで組み立てることはできる。しかし家を見にいって、その目でそこに平面図を見たという人は一人もいないはず。（しいていえば、まだ基礎しかできていないときには、「平面図のようなもの」を見ることができるが、これとて平面図そのものではない。）

このことは、つい忘れられてしまう。人間が全体だと思って見ているのは、想像のなか、記憶のなかだけであって、全体というものは、実際には見ることはできず、全体や地図や平面図はつまり、具体ではなく、抽象なのである。具体と抽象との間には、優劣はない。人間は、具体と抽象の間をいったりきたりして、物事をつかむ生き物である。

ところが建築では、だいぶ前から、抽象あるいは全体像の専制になっている。どうも建築には、そういう質があるらしい。「平面《プラン》は原動力である。」ル・コルビュジェは、『建築をめざして』のなかで、そう宣言している。平面図こそが、建築に律動《リズム》（対称、反覆、補償、抑揚）を与え、秩序と統一をもたらす、というのである。たしかに、ぼくたちは立体物である建築を二次元の平面で考えることで、立体を立体として考えるなかではとうてい思いつかないような案を発見したりする。その意味で、平面図には、つね日頃、大きな恩義を感じている。しかし、恩義だけでは専制には至らない。決定的なのは、写真の発明とそれとあいまってのメディアの発達だった。

実際にそこで時間を過ごすことはおろか、そこを訪れたこともないのに、メディア、とくに写真を通して「知っている」建築は多い。というより、そちらの方が今ではずっと多い。

何枚もの写真から、その建築を訪れたときの体験を、想像のなかで組み立てることができる。しかし、それには想像力を働かす労力が必要だ。だから、できるだけ少ない数の写真、できれば一枚の写真で、その建築を伝えることが望まれる。それが勢いあまって、一枚の写真でその建築の全体像が伝わるような建築がいい建築、という風潮が生まれる。一枚の写真で伝わるためには、そこに全体像が透いて見えていなければならない。全体像を伝えるには、建築を引いて見る外観写真が便利だから、それが明快に全体像を伝えることに成功している建築が、フォトジェニックという以上に、優れた建築ということになる。設計でも、全体像をまずはっきりさせ、それを邪魔なくはっきりと見せようと努力する。つくり手と受け手の、メディアを介しての、こうした共犯関係が、全体像の専制を築いてきた。

しかし、建築を実際に体験するとき、ぼくたちが触れるのはいつも部分である。そして、その体験の瞬間のときどき、部分から全体を類推する。その体験のなかにしか、建築はない。しかし、全体像の専制下にあっては、その部分に接して感じられることが、そのままストレートに、写真や図面から感じられることにつながる。部分は全体像から割り出されてつくられるし、部分からも全体像にまっすぐにたどり着く。

こうした建築は、いわずもがな、そうとうに貧しい。だから、もうずいぶんと前から、多くの批判がなされてきた。（それは、ロバート・ヴェンチューリの『建築の多様性と対立性』くらいからはじまる建築のポストモダニズムのひとつの主題だった。）しかし正直なところ、この問題は解消されるどころか、よりいっそうの深刻さを増してしまっている。（アイコンと化した建築の蔓延など。）

というわけで今、建築のことを考えるとき、全体像からはじめてそこから部分を割り出すのではなく、どうやって部分からはじめることができるのか、またそのとき、どのように全体像が生まれてくるのか、そしてその全体像はどういう種類のものになるのか、ということが、とてもヴィヴィッドなテーマなのである。

芥川龍之介の『蜃気楼』は、目に見えるもの、耳に聞こえるもの、知覚されるものがいつも部分でしかないということを保ちながら、そこからどう全体を築くことができるかということについて、独特の道を歩む掌篇だ。

『蜃気楼』は二部構成でできている。第一部は、昼間に鵠沼海岸まで行って帰ってくる話で、第二部は、夕べに昼間と同じ鵠沼海岸まで行って帰ってくる話だ。都合二回、海岸への往復が繰り返される。

第一部では、目に見えるもの、というかむしろ、目に入ってきてしまうものが淡々と語られる。最初は、O君の住まいを通りかかって、O君を誘うシーン。彼が着ている赤シャツ、ポンプを動かしている姿が目に入る。ついで、会話のやりとりが挿入される。と、行が変わって、「五分ばかりたった後、僕等はもうO君と一しょに砂の深い路を歩いて行った」と、時間が飛ぶ。牛車の轍《わだち》が二すじ、目に飛び込む。数行いって、また「そのうちに」と、次のシーンに切り替わる。こうして、次から次へと、前触れなく、シーンが切り替わっていく。シーンとシーンが、フェイドイン／フェイドアウトでつながっている。間に空白の時間がある。部分だけがくっきりと見え、それがある程度のかたまりになったところで、暗転して、次につながる。バラバラな事物が、ブツブツに分かれたまま、連なっていく。なんだか、ジム・ジャームッシュの映画「ストレンジャー・ザン・パラダイス」のようだ。

第二部では、耳に聞こえるものが中心で、匂いが次にくる。視覚は、ときに灯される暗闇のなかのマッチが照らす範囲に限られる。シーンはひとつだけで長回し。そのシーンの基本は沈黙であり暗闇だ。そのなかに、浪の音、海草や汐木の匂い、ほのめく波がしら、貝殻、鈴の音が、浮かび上がり、また消えていく。見ようと思えば、その意志にしたがって見えるのが視覚の特徴だが、暗闇がそれを制限している。

このように『蜃気楼』は、つくりが根本的に違う二つの章からできている。しかし、読み進むなかでは、その違和感がない。なぜかといえば、第一部での視覚の働きがじつはけっして視覚的ではなく、聴覚的原理にもとづいているからである。第一部を読むときは、バラバラなシーンが軒を接しているように思える。違和感というなら、むしろそのほうが大きい。視覚の原理に背いているからだ。しかしそれはトーンとして、非視覚的な、黒画面が基底面にある第二部に、そのままつながる。第二部を読み進むなかでこうして、奇異に思えた第一部が、それと一見ただ並列されているように見えていた第二部の世界に呑み込まれていく。基底面としての闇と、そこからときにぼわっと浮かび上がるシーン。そういう全体像に、有機的にかつ緊張感をもって、つながっていくのである。

構成だけではない。浮かび上がってくるバラバラなものどうしも、幽霊のように現われる男女、蜃気楼、水葬に際して付けられたと思しき木札、真っ白な犬、游泳靴、幻聴のような鈴の音、夢のなかの顔、ネクタイピンに錯覚した巻煙草の火と、「無気味さ」という項で弱くつながっていく。部分は部分で独立しながら、ある側面でつながり、結果としてひとつの「くうき」という全体を醸成する。

黒画面とはなにかといえば、「意識の閾《しきい》の外」である。この『蜃気楼』の副題は「或は

『続海のほとり』」で、この二年前に発表された『海のほとり』には、もっとはっきりと「識域下」という言葉が見える。（『海のほとり』もやはり、昼と夜の浜への二往復が語られるのだが、『蜃気楼』のような緊密な構成はない。）意識が、その「識域下」から氷山の一角のように浮かび上がる。その点で、意識は、夢とおなじく「蜃気楼」なのである。

黒画面という「全体」を前提として、バラバラな部分を成立させる。その上で、バラバラな部分どうしを、なんらかの項を介して弱くつなげて「全体」をつくる。全体をつくるのに、話の筋に頼らない。

これが、芥川龍之介なりの「『話』らしい話のない小説」の試みだったのではないか、と思うのである。

＊

「話」は、いまなら「物語」と呼ぶだろう。あるいは「筋を追う」の「筋」だろうか。文学、音楽、映画は、作者によって決められた順序でリニアに進む体験なので、筋と相性がいい。しかし、家のなかでどういう順番で移動して生活するかが住まい手の勝手であるように、基本的に、建築の体験には決められた順序がなく、筋がない。

たしかに建築にも、シークエンスという概念はある。たとえばコンサートホールを設計すれば、ロビーからホールに向かって、聴衆の気持ちがじょじょに盛りあがってくるように工夫する。ル・コルビュジェ、ミース・ファン・デル・ローエと並んで、二十世紀の巨匠と呼ばれるフランク・ロイド・ライトは、入口を絞って、だんだんと奥に向かって開かれていく構成を得意とした。博覧会場のパヴィリオンなどでは、入口から出口まで、観客をトコロテン式に誘導する。

ただ、こういうことばかりに気をつかっていると、建築は特定の感覚を生成する「装置」、単なる感動を演出する空間的仕掛けに陥ってしまう。もちろん、そういう建築もあっていいのだが、日常生活の器としての建築でいつも感動させられていたら、たまらない。日によって、人の気持ちは違うので、そのそれぞれの気持ちを受け入れてくれる家のほうが、ずっといいのである。

そういう意味で、単線の体験だけを考えてつくるのではなく、複線の体験を考えるほうがいい。コンサートホールなら、聴衆の動線だけを考えるのではなく、演奏者の動線も考え、どちらの動線から考えてもうまく、美しく解けている建築のほうがいいのである。

こういう複線の体験を「構造的美観」と呼んだのは、谷崎潤一郎だった。「日本の小説に最も欠けているところは、此の構成する力、いろいろ入り組んだ話の筋を幾何学的に組み立てる才能、に在る」（谷崎潤一郎『饒舌録』）というのである。

単線の建築より複線の建築のほうがむずかしく、単線の文学より複線の文学のほうがむずかしい。

しかし、この言葉に芥川龍之介は噛みついた。いや、「我々日本人は『源氏物語』の昔からこう云う才能を持ち合わせている」、しかも、そもそも問題は筋の組み立て云々にはなく、筋という「材料を生かす為の詩的精神の如何」であり、そしてその「詩的精神」がもっとも「純粋」にあらわれるのが「『話』らしい話のない小説」なのだ、というのである。（芥川龍之介『文芸的な、余りに文芸的な』）

話の長短、奇抜さは、小説の価値にとって特段の意味はない。これを建築におきかえれば、シークエンス云々に拘泥してもはじまらない、建築の本質はそこにはない、ということになるだろう。たしかに、どのような順番で空間をたどるかが、基本的には体験する人に委ねられている建築にとっては、それはほぼ前提となる認識である。

幸田文の『台所のおと』には「話」がある。音を通して知る世界——それはまた建築の問題だ——がある。しかし、その「話」と同じくらいにすばらしく思うのは、まずはテンポの緩急だ。

テンポは、今、リアルタイムで起きていることや思うことの記述と、それへの注釈や回想などの記述のバランスでつくられる。前者が多ければ速くなり、後者が多ければ遅くなる。

書き出しは、最初の一文だけがリアルタイムだ。「佐吉は寝勝手をかえて、仰向きを横むきにしたが、首だけを少しよじって、下側になるほうの耳を枕からよけるようにした。」次の文、「台所のもの音をきいていたいのだった」からは、注釈がはじまるので遅くなる。リアルタイムに戻るのは、しばらく経って、段が変わっての冒頭、「しゃあっ、と水の音がしだした」のところ。『台所のおと』は、ゆっくりとしたテンポではじまる。

少し行って、「きょうはどこだっけな?」ではじまる会話文で、少しテンポが上がり、すぐにゆっくりとしたテンポに戻る。会話文はリアルタイムの表現なので、速い。遅いテンポをベースにして、ときに速まる素振りを挟みながらつづいていく。

はっきりとテンポが速くなるのは、「風のある日だった。冷えが強かった」からはじまる火事の場面で、その後いったん遅くなって、佐吉の言葉の端々から、あきの心が見透かされているのではないかと「ひやりとする」場面で、また速まる。

遅くなったり速まったりが繰り返され、終わりの場面、あきがくわいの椀だねをこしらえるところで、テンポが上がりはじめる。最後の最後では、さらにギアが変わって、走馬灯のように猛烈な速度で回りだした、と思う間もなく、糸が切れて飛んでいくようにして終わる。回想が、現在を追い越してしまう。この結尾のテンポの急変は、何度読んでもすごい。

もうひとつ、すごいのが、視点の居場所が揺れ動く、その動きかただ。

冒頭の視点は佐吉にある。そのつもりで、「佐吉の病気は、去年の秋からだ」から以降の段落を読み進んでいくと、「夏の暑さまけを持ち越しているのだ、と自分ではいってい た」で、ひっかかる。視点が佐吉にあるなら、「自分ではいっていた」はないからだ。つづく文は、「ちょうど店の忙しくなる時季だったから、休んでもいられず、市場へは毎日買出しにいった。こたえるらしかった。」自分の仕草について、「らしかった」と推量することはないだろうから、これはあきの視点だろう、と思う。ところがそのすぐ後に、「なか川、という小さい料理家を、あきと初子を助手に、やっていた」である。「あきと初子を助手に」しているのだから視点は佐吉だ。

次の「あきは佐吉と二十歳も年齢のひらきがあり」から始まる段落では、最初、視点の居場所が曖昧だ。「ほっと息をついているうちに、十五年も経ってしまったといいたい」では、まだ「いいたい」が誰なのかがわからない。それが次第に、あきに近づいていって、段落が終わる頃には、視点があきに定まってくる。

ここから先はずっとあき。ようやく終わり近くになって、視点があきから佐吉に移動する。こんなぐあいだ。

あきのすり鉢の、もの柔かだが小締りにしまった音は、もう止んでいた。佐吉もとうにその音から離れて、このあいだから何度も想い出のなかに現れてくる、かつての二人の女のことを思っていた。

「止んでいた」には、過去に止んで、止んだまま今にいたるまでの時間の経過が含まれている。その時間に回想されているのが、この文の後につづく、かなり長めの佐吉の話だ。これより前のあきの視点の語りと、これより後の佐吉の視点の語りの間にあるこの文で、視点が中空を移動する。しかし、なんと静かで、自然で、なめらかな視点の移動であることだろう。

『台所のおと』の視点は、佐吉とあきの間を自由に行き来する。音を介して、佐吉はあきになり、あきは佐吉になる。なぜ音が媒介するのかといえば、その理由はもう最初のところに書いてある。「台所と佐吉の病床とは障子一枚なのだから、きき耳たてるほどにしなくても、音はみな通ってくる」からだ。

この家では、人が、障子一枚、襖一枚で、ごくごく繊細に区切られているように、視点も、軽々と、人格の壁をすり抜ける。『台所のおと』には、日本の家の幾何学がある。

＊

『日は階段なり――《遊歩の階段》の設計公式つき』は、二十八篇からなる平出隆の『遊歩のグラフィスム』の第二十四篇である。もともとが雑誌「図書」での連載だったということもあるだろうが、どの篇もほぼ同じ長さという規則性をもっているだけでなく、またそれぞれの篇が前後の篇を意識させつつ、しかしどちらに転ぶかわからない、という点で、この一篇は、連なる階段のなかのある一段、といっていい。あるいは、ある日の「遊歩」といったらいいか。書名の『遊歩のグラフィスム』自体が階段の言い換え、というだけでなく、「あとがき」でさえ、最終第二十八篇のつづきとして書かれ、そのことが無辺につづく階段を思わせる。いやいや、それでは話が逆で、そもそも階段というものは有限の領域をもつ部屋ではなく、異なる高さを「つなぐもの」であって、階段は、その本性には終わりはなく、たまたま部屋が両端におかれることによって、とりあえず終わってみせるだけのことなのである。

その意味で、本という形をとったこの階段のなかから一段だけを選ぶことは、たいそう気がひけることなのだが、この一段のなかにも、階段の本性はたしかに現われてはいる、ということに免じて、許してほしい。

階段の各部について、建築用語がある。足を乗せる水平の段を「踏面《ふみづら》」、「踏面」の先端を「段鼻《だんばな》」、段と段の間の垂直面を「蹴上《けあげ》」と呼ぶ。図で描けば一目瞭然なのだが、文字で書くとややこしい。

さて、この一篇が階段の一段だとすれば、前篇の終わりと本篇の間が「蹴上」にあたり、書き出しは「段鼻」に相当する。幼年時代の回想はだから、「段鼻」である。それにつづく本篇が「踏面」であるのはよしとして、では次の蹴上はどこにあるのか。それが本篇と次篇の間ならばふつうなのだが、本篇はどうもちがう。最後の、森鷗外がゲーテの「日の要求」という言葉を引く段がはじまる前の、二行のアキが蹴上ではないかと思われるのである。

というのも、タイトルの「日は階段なり」という古めかしい言い回しは、この篇のいちばん終わりになってようやく現われるのだが、その意味するところが、はっきりとつかめないのである。

日は階段なりと、私は感じる。上り下りの定かならぬ、その「要求」の定かならぬ階段なり、と。

なぜ、つかみにくいかといえば、この文がそのまま、次の篇につながっていくからだ。つまり、これは本篇のエピグラムであると同時に次段のエピグラフ、段鼻なのだ。

しかし、意味が宙に浮きながらも、それでも「上り下りの定かならぬ階段」、である。ここで、はっ、と、冒頭の、階段にまつわるほほえましい回想が思い起こされないだろうか。規則的に並んでいるだけに思える階段にボールをあてる。するとボールが、思わぬ方向に飛んでいく。「要求」つまり毎日やらなくてはいけないことの繰り返しのなかに「上り下りの定かならぬ」相がある。その見た目の規則性とそこに潜む不規則性が、階段とのキャッチボールに重ね合わされて、語られていたのである。冒頭部と結末部は、じつは同じことを言っている。段鼻どうし、なのである。

では、段鼻と段鼻に挟まるのはどんな「踏面」だろうか。それは、ほかの篇と比べてあきらかに毛色が違う、建築の用語世界に仮託された世界である。

建築の用語世界への仮託といえば、『猫の客』にもまたその側面がある。なかでも後半、猫がいなくなってのち図書館に行って知る、古代人の編み出した三角測量の方法が、詳らかに述べられるくだりは印象的だ。しかし、なぜ数学なのか。

そう考えはじめたのも、悲と憤とを一帯の空気に紛らそうとしてのことであったかもしれない。実際には、そんな無駄骨の三角測量を行なったわけではない。ただ、古代人の測量法という晴朗なものを、途方に暮れるばかりの自分の場所に適用する思いつきに、慰められたかったということにすぎない。（平出隆『猫の客』）

自分が自分から離れるために、「晴朗な」世界の言葉に仮託するのである。仮託は、自分が自分から離れる手段なのである。

しかし、仮託された宛先の建築もまた、仮託の上になりたっている。建築は、自分が自分から離れるための行為でもあるからだ。

建築家は、自分がいいと思うものをそのままつくっているわけではなく、自分の感覚を置いておいて、つまり丸腰になって注文主の懐に飛び込んで設計している。（そうでない建築家もいるが。）つまり、建築家は注文主の感覚に仮託する。自分のための建築ではなく、他の人のために設計しているからである。

仮託しなければ思い通りの建築ができるので、そのほうがうれしいか、というとそうでもない。なぜかというと、それでは、自分の感覚の枠組みをけっして超えることはできないからだ。自分が自分に縛られる。これはこれでつらい。仮託はその自縛から逃れさせてくれるかもしれない、都合のいい手段なのである。仮託によって、自分の感覚が組み変わる瞬間、自縛の圏域からの脱出の瞬間がある。極端にいえば、この瞬間のために、建築をやっているといってもいい。どちらに飛ぶか行方知らずの危ういボールではあるが。

仮託は、「日は階段なり」のひとつの方法なのである。

ところで、提案されている設計公式だが、これを、広島の山間に設計した「三次市民ホールきりり」の、二階の千席規模のホールに上がる大階段で試してみた。

三次市民ホールきりり ©daici ano

これにて晴れて、《遊歩の階段》の設計公式が証明されたことをお伝えしておこう。

＊

一九三八年の終わり、立原道造は東京を離れて長崎に向かった。『長崎紀行』は、その約三週間にわたる、離京の翌日にはじまり帰京の翌日におわる旅の記録である。このあと立原は、十二月二十六日に東京市療養所に入院し、ついにそこを出ることなく、翌年三月二十九日に、二十四歳の若さで亡くなっている。そのことを知るいまのぼくたちにとって、だからこれを冷静に読むことはむずかしい。とはいえ、ここでこれを選んだのは、その悲劇性ゆえではなく、これがすぐれて「建築文学」だと思うからである。

臨場感が生半可ではない。腰をすえて書か

れたものではない。寺の境内、駅のホーム、入ったレストランのテーブル、汽車のなか、船の上で、携帯する一冊のノートが取りだされ、そこにいま起きていること、いま想うことが、まるで実況中継のように書きとめられる。いまここで生きている。そのことといま書くことが溶け合っているのである。書かれたオリジナルのノートは失われているが、この直前の『盛岡紀行』の、現存する縦二〇×横一六センチの市販ノートと同じような（あるいは同じ？）ノートだったらしい。

どちらに転ぶか、わからない瞬間が、ずっと続く。大阪に向かうのか、それとも京都なのか。選ばれたあとに書かれたなら、その逡巡はたぶん省かれてしまうだろう。リアルタイムで追っていくから、不連続な今という瞬間がさざくれだつ。日付は記されている。しかし、一日という単位よりもずっと細分化された瞬間が連なっているために、日の区切りがめだたず、全体が不連続の連なる連続体になっていく。

ちなみに、『遊歩のグラフィスム』の、『日は階段なり――《遊歩の階段》の設計公式つき』につづく篇は『日記的瞬間』である。日記には、日という規則性のなかに不連続が潜んでいるからだ。『長崎紀行』にも、おなじく不連続な瞬間が捕まえられているが、それがそのまま緊迫して連なっている。ロードムービーのようだ。

見えている景色は、遠い。遠くのものばかり見ているというのではない。実際に近くのものか遠くのものかは別として、自分と対象との間に距離がある。夢想と現実との間の距離といいかえてもよい。たとえば、長崎の目的地であったはずの「宏壮な洋館」で打ちのめされるところ。

蝙蝠館というのはこんなところではないだろうか、これが僕の夢想であるならば、僕はこのなかで生活出来よう。しかしもし僕がこのなかでくらすなら僕の身体はめちゃくちゃになってしまう。僕が長崎まで、あれほど夢みながら自分で出来ると信じてやって来たこの生活の夢想が僕の身体につきあたってくだけてしまった。

夢想と現実との大きな距離を自分の身体が埋めることができないことに直面して挫折する、この紀行最大の山場である。夢想の内容は、数行先に、「偽画という雑誌に僕がはじめて書いた間奏曲というあのロマンがひろげているもの」とある。『間奏曲』とは、港に近い町にある最上階の小さな窓だけがある部屋で、ランプと地球儀を買い、暖炉に薪をくべ、思い出のなかに過ごす、逃亡中の詩人の話だ。港に近い町が長崎、詩人の部屋が洋館ということだろうか。たしかにこの夢想、現実離れしている。

その距離をどうしようとしたのだろうか。翌日の、途中福岡で会った高校生・矢山哲治に宛てた書簡には、こうある。

浪曼的な夢を日常に人工して生きてゆき、ついに日常をひとつの夢にまで高めること

圧倒的な距離を縮めるのではなく、逆に距離を広げていくことで、一気に逆転して、距離を縮める、ということのようである。現実を遠ざけるとき、旅先で会った人々との交流の話題はつとめて避けられ、風景と自分の心のなかの思いだけが中継されることになる。人は点景としてのみ登場する。対話は距離を縮めてしまうからだ。

ところで、立原道造は詩人であると同時に建築家でもあった。一九三四年に東京帝国大学の建築学科に入学し、卒業設計を含めて三回の辰野賞銅賞をとっている。才能もあった。一高で同期だった生田勉は、皆が白い機能主義的な案をつくっているなか、色を塗り、石を貼った案を「敢然と」やって、「断然異色だった」けれど「確かに美しいことは美しいと認めざるを得なかった」（磯崎新『建築の一九三〇年代』）といっている。一年下の、のちに世界的な建築家になる丹下健三も、「鮮烈な光ぼうを放って私の目の前を通り過ぎた一人である」（丹下健三『一本の鉛筆から』）と回想する。詩集『萱草に寄す』に収められた詩はいずれも、在学中、設計課題にとりくむさなかにつくられた。一九三七年卒業、石本喜久治の建築事務所に入所したものの、その二年後に夭折した。実作はないが、

建築の分野で、将来を期待される目立った存在だった。

どんな設計をしていたのかは、いま、『立原道造全集4』で見ることができる。死の一年前にスケッチされた小屋「ヒアシンスハウス」も収録されている。これを「『立ち技』をあてにするのではなく、立つことそのものを潔くやめ、寝そべってしまうことにこそ可能性をみていたとはいえないだろうか」と評したのは、建築家の鈴木了二である（鈴木了二『寝そべる建築』、みすず書房）。立原の建築を正面から建築として論じ、それがどう彼の詩作と関係しているのかにまで展開しているすばらしい評論である。

立原道造には、『住宅・エッセイ』という短い文がある。そこでは、人生《ダス・レエベン》がボールに喩えられている。

ふたたび、中空のボールの内と外を考えられよ。住宅はボールの表面をやさしく包むことをおもい、生活はそのなかに静かにつつましく懐かしく営まれ、そのボールに包まれた暗い内奥に添うてふたたび湧き出るように美への郷愁が言葉となれば先ず随筆となって来る、と。更に、この美への郷愁と憧憬が醇化されては、音楽・詩・絵画・彫刻・舞踊などの列に純粋造型芸術の一形式・建築を要求する。ここに高次の建築美が発生する。

この議論の出発点は、人が生きるということから離れて芸術はない、という認識である。まず人生《ダス・レエベン》というボールがある。その表面を外側からやさしく包むのが住宅であり、その表面を内側からなでるのがエッセイである。だから、住宅とエッセイは、その精神としては同じで、どちらも「いつわりのない」「何でもない」もので、だれでもつくり、また書ける。無形のものを、有形のものに転化してとらえるところが、建築家らしい。

さて、内側から表面に触れさせるには原動力が必要で、それが美への郷愁と憧憬である。その原動力をさらに純化すると、音楽、詩、絵画、彫刻、舞踊、建築が生まれてくる、という。

一見、あたりまえのことをいっているようで、しかし、じつはそうとう変、ではないだろうか。なぜなら、だとすれば、そうして生まれた建築は、人が生きることの内側に接しているわけで、そのままではその外側を包んでいる住宅は建築ではない、ということになってしまうからだ。もちろん、彼にとっては、人間の生活に切実に密着しない建築は「建築」ではなかった。彼は、そういう建築として、図書館、美術館、音楽堂、劇場、公会堂、市庁舎、議事堂、百貨店、銅像の台座、公園の涼亭をあげるのだが、唯一、人が生きるということに触れる住宅さえ「建築」でないとすれば、彼がいう「建築」はまだこの世にないことになってしまわないだろうか。

この議論をひきとって書かれたのが、卒業論文「方法論」である。ここでも、建築が人間と結びつけられていることを前提としている。そのうえで、「建築物」と「建築する」との区別をとっぱらった、観念としての「建築」が語られていく。その「建築」は、もはや形をもった、ぼくたちがふつう建築だと思っているようなものではない。「今はいつか体験せられる瞬間が来ることもあろうとして賭けられた」観念としての建築なのである。

しかし、その賭けはじつに奇妙なものだ。その観念は、体験されるその瞬間に次々に消えていく種類のものであり、それゆえ「建築」はその消滅の瞬間にしかない、というからだ。「壊れ易きもの」という言葉が使われている。これは、物質的に壊れることではなく、二度と同じ体験がありえない、この消滅を含んだ観念の傷つきやすさのことを指していっている。

「建築」は現実から大きな距離を隔てた観念であり、それは二度と繰り返されない瞬間の連続にしかない。

その「建築」を『長崎紀行』で、立原道造は実践しようとしたのだ、と思っている。

＊

余談ながら、「解説」の冒頭に挙げた坂口安吾の『日本文化私観』が書かれたのは、この『長崎紀行』の四年後の一九四二年のことである。『長崎紀行』にも、工場の美しさが記されている。

> 北九州の工業地帯をひるすこしすぎの光のなかで見た。今はまた何もいえないくらい心打たれた。技術の美しさとでもいうのか、巨大なマスの美しさとでもいうのか、おそらく、その両方なのだろう。八幡製鋼所あたりの巨大なブロックは目を奪う。そのあとの山々の自然のみすぼらしくあわれに見えたこと！　この種類のものの人を奪う力は何だろう。浜口たちと語りあいたいテーマだ。

ここで語られているのは、技術の美しさや巨大なマスゆえに人を奪う、という機能主義の論理ではなく、なぜ技術の美しさや巨大なマスは人を奪うのか、という問いである。結論のおわるところに、文学はおわり、建築もおわるのである。

著者略歴

須賀敦子（すが・あつこ　一九二九〜一九九八）
兵庫県生まれ。聖心女子大学卒。上智大学比較文化学部教授。一九九一年『ミラノ　霧の風景』で女流文学賞、講談社エッセイ賞受賞。著書『須賀敦子全集』『コルシア書店の仲間たち』『ヴェネツィアの宿』、訳書『インド夜想曲』（A・タブッキ）など。

開高　健（かいこう・たけし　一九三〇〜一九八九）
大阪府生まれ。大阪市立大学卒。一九五八年「裸の王様」で芥川賞、六八年『輝ける闇』で毎日出版文化賞、七九年「玉、砕ける」で川端康成文学賞、八七年『耳の物語』で日本文学大賞受賞。著書『日本三文オペラ』『ロビンソンの末裔』など。

筒井康隆（つつい・やすたか　一九三四〜）
大阪府生まれ。同志社大学卒。一九八一年『虚人たち』で泉鏡花文学賞、八七年『夢の木坂分岐点』で谷崎潤一郎賞、八九年「ヨッパ谷への降下」で川端康成文学賞、九二年『朝のガスパール』で日本SF大賞、二〇〇〇年『わたしのグランパ』で読売文学賞、一〇年菊池寛賞受賞。〇二年紫綬褒章受章。

川崎長太郎
（かわさき・ちょうたろう　一九〇一〜一九八五）
神奈川県生まれ。小田原中学校中退。一九二五年、徳田秋声の推挽で「無題」を発表。五四年『抹香町』で長太郎ブームが起きる。著書『裸木』『浮草』『忍び草』『淡雪』『夕映え』など。

青木淳悟（あおき・じゅんご　一九七九〜）
埼玉県生まれ。早稲田大学卒。二〇〇五年『四十日と四十夜のメルヘン』で野間文芸新人賞、一二年『私のいない高校』で三島由紀夫賞受賞。著書『いい子は家で』『このあいだ東京でね』『匿名芸術家』

『学校の近くの家』など。

澁澤龍彦（しぶさわ・たつひこ　一九二八〜一九八七）
東京市生まれ。東京大学卒。一九八一年『唐草物語』で泉鏡花文学賞、八八年『高丘親王航海記』で読売文学賞受賞。著書『澁澤龍彦全集』『ねむり姫』『うつろ舟』『サド侯爵の生涯』『少女コレクション序説』など。

芥川龍之介（あくたがわ・りゅうのすけ　一八九二〜一九二七）
東京市生まれ。東京帝国大学卒。在学中に発表した短篇「鼻」が夏目漱石に激賞される。短篇小説の名手として「羅生門」「藪の中」などの王朝もの、「蜘蛛の糸」「杜子春」など古典に材を取った作品など多数発表。没後、親友だった菊池寛が芥川龍之介賞を制定。

幸田　文（こうだ・あや　一九〇四〜一九九〇）
東京市生まれ。女子学院卒。父・幸田露伴の思い出を書いた「雑記」「終焉」「葬送の記」で文筆家に。一九五六年『黒い裾』で読売文学賞、五六年『流れる』で新潮社文学賞、五七年日本芸術院賞七三年『闘』で女流文学賞受賞。

平出　隆（ひらいで・たかし　一九五〇〜）
福岡県生まれ。一橋大学卒。一九八三年『胡桃の戦意のために』で芸術選奨文部大臣新人賞、九四年『左手日記例言』で読売文学賞、二〇〇二年『猫の客』で木山捷平文学賞、〇四年『伊良子清白』で芸術選奨文部科学大臣賞受賞。著書『葉書でドナルド・エヴァンズに』『鳥を探しに』など。

立原道造（たちはら・みちぞう　一九一四〜一九三九）
東京市生まれ。東京帝国大学卒。著書『立原道造全集』『萱草に寄す』『暁と夕の詩』『優しき歌』など。建築家でもあり、「ヒアシンスハウス」などの作品がある。在学中に辰野金吾賞を三年連続受賞。

本書の底本は左記の通りです。
「ヴェネツィアの悲しみ」須賀敦子／河出文庫『須賀敦子全集　第3巻』二〇〇七年
「流亡記」開高健／新潮社『開高健全集　第3巻』一九九二年
「中隊長」筒井康隆／新潮文庫『エロチック街道』一九八四年
「蠟燭」川崎長太郎／講談社文芸文庫『鳳仙花』一九九八年
「ふるさと以外のことは知らない」青木淳悟／ちくま文庫『いい子は家で』二〇一三年
「鳥と少女」澁澤龍彦／河出書房新社『澁澤龍彦全集　18』一九九四年
「蜃気楼」芥川龍之介／岩波書店『芥川龍之介全集　第十四巻』一九九六年
「台所のおと」幸田文／講談社文庫『台所のおと』一九九五年
「日は階段なり」平出隆／岩波書店『遊歩のグラフィスム』二〇〇七年
「長崎紀行」立原道造／筑摩書房『立原道造全集　3』二〇〇七年

本文中で明らかに誤りと思われる箇所は正しましたが、原則として底本に従い、適宜ふりがなを調整しました。収録に際し新漢字新かなづかいに改めました。作中、屠場に関する表現など今日から見れば不適切と思われる箇所がありますが、作品が書かれた時代背景および作品価値、また著者が差別助長の意図で使用していないことなどから、そのままとしました。この点をご理解くださるようお願いいたします。

建築文学傑作選《けんちくぶんがくけっさくせん》
青木《あおき》 淳《じゅん》 選《せん》

二〇一七年三月一三日第一刷発行
二〇二一年五月二四日第五刷発行

発行者――鈴木章一
発行所――株式会社　講談社
東京都文京区音羽2・12・21　〒112-8001
電話　編集（03）5395・3513
販売（03）5395・5817
業務（03）5395・3615

デザイン――菊地信義
印刷――豊国印刷株式会社
製本――株式会社国宝社
本文データ制作――講談社デジタル製作

定価はカバーに表示してあります。

ISBN978-4-06-290340-0

講談社
文芸文庫

講談社文芸文庫

青木淳選	建築文学傑作選	青木 淳——解
青柳瑞穂	ささやかな日本発掘	高山鉄男——人／青柳いづみこ–年
青山光二	青春の賭け 小説織田作之助	高橋英夫——解／久米 勲——年
青山二郎	眼の哲学｜利休伝ノート	森 孝一——人／森 孝一——年
阿川弘之	舷燈	岡田 睦——解／進藤純孝——案
阿川弘之	鮎の宿	岡田 睦——年
阿川弘之	桃の宿	半藤一利——解／岡田 睦——年
阿川弘之	論語知らずの論語読み	高島俊男——解／岡田 睦——年
阿川弘之	森の宿	岡田 睦——年
阿川弘之	亡き母や	小山鉄郎——解／岡田 睦——年
秋山 駿	内部の人間の犯罪 秋山駿評論集	井口時男——解／著者——年
秋山 駿	小林秀雄と中原中也	井口時男——解／著者他——年
芥川龍之介	上海游記｜江南游記	伊藤桂一——解／藤本寿彦——年
芥川龍之介 谷崎潤一郎	文芸的な、余りに文芸的な｜饒舌録ほか 芥川vs.谷崎論争 千葉俊二編	千葉俊二——解
安部公房	砂漠の思想	沼野充義——人／谷 真介——年
安部公房	終りし道の標べに	リービ英雄–解／谷 真介——案
阿部知二	冬の宿	黒井千次——解／森本 穫——年
安部ヨリミ	スフィンクスは笑う	三浦雅士——解
有吉佐和子	地唄｜三婆 有吉佐和子作品集	宮内淳子——解／宮内淳子——年
有吉佐和子	有田川	半田美永——解／宮内淳子——年
安藤礼二	光の曼陀羅 日本文学論	大江健三郎賞選評–解／著者——年
李良枝	由熙｜ナビ・タリョン	渡部直己——解／編集部——年
生島遼一	春夏秋冬	山田 稔——解／柿谷浩一——年
石川 淳	黄金伝説｜雪のイヴ	立石 伯——解／日高昭二——案
石川 淳	普賢｜佳人	立石 伯——解／石和 鷹——案
石川 淳	焼跡のイエス｜善財	立石 伯——解／立石 伯——年
石川 淳	文林通言	池内 紀——解／立石 伯——年
石川 淳	鷹	菅野昭正——解／立石 伯——解
石川啄木	雲は天才である	関川夏央——解／佐藤清文——年
石坂洋次郎	乳母車｜最後の女 石坂洋次郎傑作短編選	三浦雅士——解／森 英一——年
石原吉郎	石原吉郎詩文集	佐々木幹郎–解／小柳玲子——年
石牟礼道子	妣たちの国 石牟礼道子詩歌文集	伊藤比呂美–解／渡辺京二——年
石牟礼道子	西南役伝説	赤坂憲雄——解／渡辺京二——年

▶解＝解説 案＝作家案内 人＝人と作品 年＝年譜を示す。 2021年5月現在

伊藤桂一――静かなノモンハン　勝又 浩――解／久米 勲――年
伊藤痴遊――隠れたる事実 明治裏面史　木村 洋――解
稲垣足穂――稲垣足穂詩文集　高橋孝次――解／高橋孝次――年
井上ひさし-京伝店の烟草入れ 井上ひさし江戸小説集　野口武彦――解／渡辺昭夫――年
井上光晴――西海原子力発電所|輸送　成田龍一――解／川西政明――年
井上 靖――補陀落渡海記 井上靖短篇名作集　曾根博義――解／曾根博義――年
井上 靖――異域の人|幽鬼 井上靖歴史小説集　曾根博義――解／曾根博義――年
井上 靖――本覚坊遺文　高橋英夫――解／曾根博義――年
井上 靖――崑崙の玉|漂流 井上靖歴史小説傑作選　島内景二――解／曾根博義――年
井伏鱒二――還暦の鯉　庄野潤三――人／松本武夫――年
井伏鱒二――厄除け詩集　河盛好蔵――人／松本武夫――年
井伏鱒二――夜ふけと梅の花|山椒魚　秋山 駿――解／松本武夫――年
井伏鱒二――神屋宗湛の残した日記　加藤典洋――解／寺横武夫――年
井伏鱒二――鞆ノ津茶会記　加藤典洋――解／寺横武夫――年
井伏鱒二――釣師・釣場　夢枕 獏――解／寺横武夫――年
色川武大――生家へ　平岡篤頼――解／著者――年
色川武大――狂人日記　佐伯一麦――解／著者――年
色川武大――小さな部屋|明日泣く　内藤 誠――解／著者――年
岩阪恵子――画家小出楢重の肖像　堀江敏幸――解／著者――年
岩阪恵子――木山さん、捷平さん　蜂飼 耳――解／著者――年
内田百閒――百閒随筆 II 池内紀編　池内 紀――解／佐藤 聖――年
内田百閒――[ワイド版]百閒随筆 I 池内紀編　池内 紀――解
宇野浩二――思い川|枯木のある風景|蔵の中　水上 勉――解／柳沢孝子――案
梅崎春生――桜島|日の果て|幻化　川村 湊――解／古林 尚――案
梅崎春生――ボロ家の春秋　菅野昭正――解／編集部――年
梅崎春生――狂い凧　戸塚麻子――解／編集部――年
梅崎春生――悪酒の時代 猫のことなど ―梅崎春生随筆集―　外岡秀俊――解／編集部――年
江藤 淳――一族再会　西尾幹二――解／平岡敏夫――案
江藤 淳――成熟と喪失 ―"母"の崩壊―　上野千鶴子-解／平岡敏夫――案
江藤 淳――小林秀雄　井口時男――解／武藤康史――年
江藤 淳――考えるよろこび　田中和生――解／武藤康史――年
江藤 淳――旅の話・犬の夢　富岡幸一郎-解／武藤康史――年
江藤 淳――海舟余波 わが読史余滴　武藤康史――解／武藤康史――年